U0066222

起家靠長妹 2

風文創 1157

魯欣 著

目錄

第二十七章

何貞眨了眨眼，看到一向沈穩的弟弟滿臉興奮期待，穆氏夫妻也是笑容滿面，總算放了心。不是壞事就好，她猶豫的是另一件事。「穆老爺，我怕我們給您添麻煩呢。」

穆靖之搖頭。「我不是因為我那不成器的兒子。且從前我就跟妳說過了，我們如今無官無爵，就是平民百姓，妳莫要有負擔。這孩子良材美玉，我還想當一回狀元郎的授業恩師呢。」

何貞心中滿是驚喜和不可置信。

「這孩子，是高興還是生氣呀？」穆太太忍俊不禁，拉著何貞的手笑。「我這夫君啊，不是我自家吹牛，學問絕對是頂好的，必不會耽誤了妳兄弟！」

「明義，你快給先生磕頭！我去準備束脩。」何貞說著，連忙低頭往外走，可是話音都帶了幾分顫抖。這是天大的好事！她剛說了弟弟們不能貪心，可這次，她真的拒絕不了這樣的誘惑！

「妳幹啥去?怎麼哭了？」穆永寧從外頭進來，手裡還抱著隻小狗。

「沒。你爹娘在呢，快進屋吧。」何貞低聲說著，就往外跑。

這事來得突然，她一時備不下好禮，至少買些肉，再買些精米白麵什麼的，過些日子過年再送趟年禮。

「妳跑什麼呀，他們在，妳就更不能走了。」穆永寧拉住她，又帶著她往屋裡走，還叨她。「妳平常不是最有主意的嗎？這怎麼回事，慌裡慌張的，我爹娘又不會吃了妳。」

穆永寧一進屋，正看見明義跪在地上，頓時不樂意了。「不是，爹，幹什麼呢，怎麼還罰跪了呢？明義快起來，看我給你帶來什麼？」

屋裡再一次陷入尷尬的安靜。

何貞的腦子稍微轉了轉，連忙去了旁邊堂屋，找出那半包茶葉沏了。等東屋裡大概都解釋清了，水也不燙了，才端進去，遞給明義。「明義給先生磕頭敬茶。」她也回過味來了，自己剛才的應對實在是太衝動、也太小家子氣了。不管是什麼原因，穆家夫妻主動找上門來，那肯定就不是圖那點束脩。

更尷尬的是穆永寧，在何貞跟明義跟前丟了這麼大的臉，回家之後還不知老爹怎麼修理他。一想起這些，他就頭疼。

明義恭恭敬敬給穆靖之磕了三個頭，又敬了茶，同樣也給師娘磕了頭，只是才磕了一個就被穆太太拉了起來。「好孩子，我們也不圖別的，只看你是個好苗子，不想你在鄉下地方耽誤了，你往後只管好生用功就是。你有了出息，也好照顧你姊姊不是？你看她，多不容易。」

夫妻倆辦完這事，見兒子還不想走，也不管他，就先告辭了。臨走穆靖之說：「雖說是守孝不應走親訪友，可是商討學問卻也無妨，咱們也算近鄰，往後明義隔天下午來跟我念書。」

明義自然無有不遵。

回了自家院子，穆太太才有些不贊成地道：「你不是說就看著嗎？怎麼又如此衝動行事了？你看給那丫頭驚得，我都覺得有些無事獻殷勤的意思了。」

「阿茹，妳不知道，那孩子真的是個好材料。妳跟我來，看看他的文章就知道了。」穆靖之摟著穆太太的腰往書房走。「這孩子就是進了鄉下的學堂，也是會被耽誤。我原知道他不錯，卻不想果然了不得，我這還真有些見獵心喜了。」

看了明義的文章，穆太太也是滿臉驚豔。「這般文采靈氣，若不雕琢，將來有了仲永之傷，可就真的可惜了。」

「正是，所以我才沒有按捺住。」穆靖之笑笑。「多少年了，頭一回做了一件衝動事。」

「恐怕他姊姊要被你嚇得睡不著覺。」穆太太有些無奈。「你發了一回少年狂，可讓人家孩子栽個大跟斗，看著吧，很快她就要來送拜師禮了。」

「不送也無妨，送了妳就收下，我在筆墨上貼補她兄弟就是，還能換她個安心。」穆靖之想了想。「目前也只能這樣了。妳看妳兒子還在人家家裡呢。」

還在人家家裡的穆永寧弄清了情況之後倒挺高興。「那以後你就是我師弟了，就更親了。唉，你看這個，我家佃戶裡有一家的小狗剛生，我想著你們家也沒個大人，養隻狗再適合不過。真要有什麼事，牠多叫兩聲，我們就聽見了。再說，將來還能跟孩子們玩呢。」

這確實是個貼心的好禮物。如果沒有明義拜師這檔事的話，何貞一定會毫無負擔地接下這條小狗，當然現在也是歡喜的收下了，可對穆家，心中還是負擔挺重的。

明義今天格外高興，看著小狗，可是想著姊姊的話，還是糾結了一下，最後說：「大姊，我會聽先生的話，將來也孝順先生的。還有穆大哥，我都會記著。這隻小狗，我就叫牠小恩，行嗎？」感恩的意思。

何貞當然點頭。人情債最重，可是已經揹上了，她也不能再怕。只要弟弟們不變成自私自利的人，都知道感恩和回報，她也不必過於緊張。

穆永寧戀戀不捨離開之後，何貞就不掩飾疲倦了。今天頂著寒風送了貨，回來又經歷了情緒的大落大起，最後還有一份讓她不知道怎麼還的人情債，她坐在炕邊，就不想動了。迷迷糊糊打起了盹，何貞忽然想到，明義得了這樣的機緣，明輝會怎麼想？他本來就對讀書沒多少信心，這下會不會更自卑了？

事實證明，明輝的胸襟比何貞想像的要寬廣許多，或者說他對弟弟的疼愛足夠戰勝失落。總之聽了這個消息之後，他只是稍微愣了一下，接著露出大大的笑容。「大姊，這可是天大的好消息！別的不說，人家見過大世面的人，眼界也比村裡的夫子高，對明義只有好處！」

何貞還是不放心地問：「那你可也想拜那穆先生為師？」

明輝立刻搖頭。「別別別，姊，妳可別為難我了。我就跟著夫子認個字、明白個道理就不錯了，我還是想練功夫。」

「好，我明白了。」何貞點頭。

「你心裡有數就比什麼都強，我會想辦法的。你們兩個都好好的，也給弟弟妹妹做個榜樣，讓他們都好好跟著哥哥學。」

「哥哥！」炕上的何慧忽然脆生生喊了一聲。

何貞幾個頓時石化。

何慧又喊了一聲。「哥哥！」

「妹妹說話了？」明輝呆問。

「真的呢，妹妹說話了！」明義也很興奮，完全沒了剛才的嚴肅鄭重。

其實兩個孩子早就會發出一些無意義的聲音了，何貞也知道他們可能是要開口說話了，可這會兒聽著還是很高興。

明義和明輝爭著答應，又哄著明睿也叫，可惜一直都不成功，兩人只好放棄了，轉而教何慧叫「姊姊」。可是這個詞對於剛開口說話的孩子來說有些難度，也沒教會。

明輝就拉著她的小手說：「其實妳應該先叫姊姊，是姊姊養活了妳呢。」

明義出門去擠羊奶。雖說孩子們已經很能吃一些東西了，可羊奶一直還是沒斷。何貞見了，就說明輝。「叫我看啊，妹妹是記著二哥呢，她可是二哥餵大的。」

姊弟幾個在炕上絮絮說著話，小花狗小恩窩在炕邊上睡覺，屋子裡暖意融融。

隔天何貞就託了何四叔幫忙買了五斤粳米、五斤上好的細白麵粉，再加上五斤小米，自己又拿了三十個雞蛋和一對黃花魚，讓明輝晚上帶著明義正式去穆家拜訪。她並沒有跟著，一方面要在家看護弟妹，另一方面由明輝這個長兄出面，也才更加鄭重其事。

穆太太把東西都收下來，不過還是回了一塊細棉布。本來拜師禮是不回禮的，可是穆太太說了，這是給雙胞胎的見面禮，讓他們務必帶回去。何貞見了，也只囑咐明義好好學習，不讓先生操心。

拜先生的事情沒有什麼不可告人的，不過何貞也沒到處宣揚，雖然託了何四叔置辦東西，才說了那麼一句，但是何四叔夫妻都不是愛說閒話的人，自然也沒傳出去。

臘月十五這天，何貞可以說是從早忙到晚，別看一直在廚房裡張羅，卻連飯都是明義趁著雙胞胎睡了出來做的。開口笑和沙琪瑪一共做了三十來斤，大麻花三十根，肉脯做了六斤，燻魚二十五斤，另外給陳娘子炸小麻花、做月餅，最後燻魚做完的時候都已經月上中天了。

好在四叔家交了銀子頂徭役，這幾次趕集都能捎帶著她，不然這些根本就拿不動。

何貞早上走的時候又取了一條黃花魚，趕早在黃屠戶那裡買了五斤五花肉和一對豬蹄。到了鎮上，先去了陳記貨棧，把陳娘子要的東西送上，然後又取了這些東西，何貞才說：

「陳姨，一年了，我們多虧您照拂，這點心意您可不能不要，過年圖個熱鬧。」

陳娘子收了年禮，自然是高興的，故意板了臉道：「我可不管妳送我多少，該給的我一文錢也不會多給妳啊。」

「得嘞，多謝多謝。」何貞笑笑，把碎銀子和銅錢收好。

其實陳娘子也給她準備了東西，聽說她搭車過來，就叫夥計幫忙送到攤子上，也都是實惠的半疋普通棉布、五斤麵粉、兩斤白糖。

到了攤子上，看見何貞做的燻魚，陳娘子又買了兩斤。何貞瞧著，她這張羅各種稀罕吃食的樣子，倒像是什麼貴客要來，不過她也沒多問，送走陳娘子，就回來擺攤賣貨了。

上一集她做的東西賣得挺好，這會兒還真有人又找了過來。有趣的是，開客棧的唐老闆也過來趕集，看見燻魚直說多年沒吃著了，便搶購似的秤了五、六斤。這一來，燻魚就成了搶手貨，沒怎麼需要何貞費心就賣完了。

這一下子就能淨賺一兩半銀子，可以說是收穫頗豐了。不過也就這麼幾天，何貞也不貪心。

只是該花的錢還得花，他們輩分小，既然單獨分了一戶，該走的禮就要踏踏實實地走。何貞置辦了東西，在臘月十九，明輝放了年假以後，讓明輝和明義分別給陳夫子、黃里正和三奶奶他們這些長輩送過去。另外重要的穆家也去了一趟，就連何家院子也沒落下，只不過何貞沒去而已。

四叔五叔兩家是何貞去的，帶的也不是特別貴重的東西，就是自己做的點心和幾斤肉、一壺酒，倒是得了不少的回禮。兩家的嬸子都替他們想得周到，給的回禮全是實惠東西，豆腐、小米、雞蛋，還有不少的白菜蘿蔔。現在何貞家有了院子，就算沒有地窖，放在屋後裡也能擱得住。

三奶奶更是指揮著兒孫推了一輛小車過來，除了最後完工的桌椅櫥櫃，她又給了兩斤燈油和兩塊棉布，都是孩子們用得到的。

值得一提的是黃里正家給的回禮。除了一塊棉布和一袋小米之外，他還讓明輝拿回來一小袋花生米。

「里正爺爺說，這是他家大兒子從嶺南捎回來的稀罕物，叫什麼長生果，也叫落花生，是從海外帶回來的。他知道妳會琢磨吃食，就託我帶回給妳了，也是好吃的。」明輝原話學給何貞聽。

何貞對明輝的話簡直是充耳不聞，全部的注意力都被花生給吸引去了。這可是在這個世界裡第一次見到花生啊！這是花生啊！有了花生就能做很多好吃的，而且最重要的是，能榨花生油！

有那麼一瞬間，何貞相信了，穿越是有金手指的，這就是她的金手指！

「大姊，這個東西不對嗎？」明義拉拉她的袖子。

何貞回過神，笑起來。「我跟你們說啊，這個可是真正的好東西！我聽碼頭上的客人提過的，說不定啊，咱們發家致富就要靠它了！」

明義明輝都不明白，炕上的何慧拍著小手學道：「它！好！」

旁邊的明睿哼了一聲。

何貞就捏捏何慧的小胖手。「對，它可好了，妳個小明白！」

沒怎麼多做解釋，何貞秤了秤，這些花生米也就有三斤多，不到四斤，在自家後院裡種著就行。開春之後，前院靠兩邊院牆都種上菜，後院種上花生米，到了秋天說不定就能產出幾十斤，下一年就能種上半畝地了。這麼幾年下來，她就能把這東西給種出來，說不定還能推廣呢！

把這些花生米小心收好，何貞又和明輝明義說起最重要的事情。「咱爹娘忌日就快到了，這是一周年，爺爺那邊可有什麼章程嗎？」

明輝就垂了頭，說：「說了，說是要大辦。二叔說他張羅，估計得花些錢。」

這就是要搞些儀式了。

何貞自己本心裡是不信這些東西的，可是人已經去世了，作為女兒，還能為他們做些什麼呢？讓他們得到些身後的面子大約也是好的吧。何況如今這世道就是這樣，這些儀式辦得好，是家族團結、子女孝敬的表現，她不能有異議。

何貞點頭。「這些東西我不太懂。等會兒我拿一兩銀子給你，你再跑一趟送過去，順便問得仔細些，咱們該做什麼。爹娘的事情，咱們多上心都不為過。」

「娘？」何慧懵懵懂懂地喊了一聲，卻叫何貞一下子落了淚。

明輝心裡也難過，接過何貞給的銀子就跑出去了。

要說這何二郎吧，就是好事，一說要辦個什麼「大事」，那是必定要做出個排場的，所以何貞爹娘的周年忌就辦得格外熱鬧。除了他們一家子悉數到場，他居然還請了縣城邊上小廟裡的和尚過來念經，甚至還有個吹手喇叭的小班子，搞得極是熱鬧，卻也有些不倫不類。

時間已經過去了整整一年，雙胞胎扶著牆都能站著走上幾步了，何貞幾個孩子的生活發生了巨大變化，這一切都和流逝的歲月一起，沖淡了失去至親的傷痛，可是一旦觸碰到，還是讓人悲傷不已。

到了墳前，一直沒開過口的明睿忽然口齒清楚地喊了一聲。「娘！」

這一聲他自己都搞不清涵義的呼喚，一下子打開了何貞姊弟幾個情緒的閘門，孩子們抱成一團，哭聲大作。

這個時候，和尚的念經聲猶可接受，那樂手的吹奏就顯得十分刺耳了。可他們十分有職業操守，收了錢就不知疲倦地吹奏著，樂聲跟哭聲糾纏在一起，呈現一種帶著幾分諷刺意味的悲涼。

就連何老漢都覺得刺耳。他沒法讓樂手停下來，就瞪了二兒子一眼，低聲斥道：「你這都弄的啥！」

何貞他們是不會理會這些的。

離開了墳地，何貞的情緒也就慢慢平復下來了。對父母依然懷念，但已經不至於總是落淚不止了。在父母墳前，可能更多的還是觸景生情吧？

儀式結束，她就帶著弟弟妹妹請姑母回家說話，並不在意何家院裡豐盛的酒食。

第二十八章

等送走了何氏，何貞一時也找不到什麼事情做，就拿著納了一半的鞋底接著納起來。也就是臘月裡不天天擺攤，她才有功夫做這些，新衣服是早就做好的，就是鞋子要常做。明義還好，明輝和她都是路走得多，格外費鞋，而且兩個小的開春就要下地走了，也得穿鞋，這些活足夠她填滿瑣碎的時間。

穆永寧提著籃子進來的時候，看到的就是何貞低著頭做針線的情形。

他沒少見過女人做針線，他娘親、奶娘還有從前房裡的丫鬟姊姊都是針線上的好手，見得多了也覺得平常。可這會兒，看著何貞安安靜靜坐在炕上做針線，他就覺得好看得很，連呼吸都放輕了，生怕打擾了她。

知道白天明義要在家看書學習，蓋房子的時候，何貞就要求窗戶開得大些，屋子裡地上鋪了青石磚，牆面也都粉刷了白灰。她還專門從陳娘子那裡買了上好的白紙糊了牆和窗子，所以她家比一般的農家房舍顯得格外乾淨敞亮。

冬日的陽光十分溫和，透過窗子照進屋裡，就把何貞認真的表情照得特別清晰。

只是何貞馬上就聽到了動靜，抬頭笑著問：「吃飽了……唉，你怎麼過來了？」因為穆永寧上次發了火，何貞就不再叫他穆少爺，可又覺得跟弟弟一樣叫他「大哥」有點怪怪的，就乾脆不稱呼了。

「妳坐著，忙妳的。」穆永寧把筐子放回了外面堂屋，才轉身進來，也不見外地在炕沿坐了。「我娘讓我給妳送年禮。她說你們是晚輩，他們要是真過來了怕你們還彆扭，就讓我拿過來。」

「這怎麼行？從來都是學生給老師送年禮，哪有反過來的？」何貞站起來。

穆永寧把她摁回去。「妳也忒講究了。這是給妳的回禮，就當是鄰居來往，妳就別多想了。我看了，都不值錢。」

「那我給你倒碗水吧。」何貞還是起身去倒了碗熱水過來。「我這幾天沒做買賣，家裡沒啥好吃的了。」

「呿，彷彿我貪妳那口吃的似的。」穆永寧接了碗，也不嫌白水沒味道，喝了一口才盯著她。「妳怎麼了？哭了？明輝他們呢？」

何貞搖頭。「今天是我爹娘忌日，他們在我爺爺那邊呢。」

「唉呀，一年了啊。」穆永寧想起他第一次見到何貞時的情形，想到她沒了父母，一時也不知道說什麼好。

少年人初識情滋味的時候會患得患失、無所適從甚至作天作地，可是時間久一些，慢慢也就摸索到了相處之道。穆永寧就覺得現在這樣說說話挺好，自己再著急，何貞也不可能一天就長大。而且細水長流地過日子，就跟爹娘那樣，也挺幸福的。

陪著坐了一會兒，穆永寧問：「接下來，妳有什麼打算嗎？」

何貞手上不停，道：「頭年不行了，就剩最後一個集，幹點什麼也有限了，能賺點零錢過年就不錯。過了年，我打算看看多做點別的。」

說到這些，穆永寧也沒什麼辦法。這小丫頭是個倔的，搭把手幹點活可能還行，要是真的怎麼幫她，她絕對不會接受的。不過他現在也知道了，自己除了靠爹娘，其實也還啥都不是呢。

「對了，我跟妳說啊，我爹說了，這兩年他也要讀書備考，回頭出了孝，要帶著我跟明義明輝一起去考呢。」穆永寧只好說點自己能做的事。

「真的？」何貞抬頭瞧著他。「先生真的這麼說？」她現在也跟著弟弟管穆靖之叫先生了。

穆永寧點頭。「所以過了年，我們的功課肯定都要重了，可能也不能出來玩了。」

「那是應該的。」何貞沒覺得有什麼不好，只是不大有信心。「先生這麼說，必然是有把握的，你們都讀了那麼多年書了。可是我家明義明輝，可以嗎？特別是明輝，他一直說功課不好學的。」

「明義是準行的，說不定比我還強呢！明輝是差了點，可還有兩年功夫呢，我看他也用功，到時候讓我爹指點指點，肯定行的。」穆永寧讓她樂觀些。「就算不能一步考上秀才，一個童生總還是行的，放在鄉下不也是好的？」

「那是。既這麼著，來年我得更加把勁了！」何貞幹勁十足。她不怕吃苦，只怕沒有盼頭。

穆永寧不是空手回去的，何貞說罈子裡的鹹鴨蛋現在正好吃，又給他揀了十幾個。他不想讓何貞破費，可是想著這都是她親手做的，又捨不得不要，十分糾結地回了家。

臘月二十六的年集還是十分熱鬧，何貞把昨天費了一天功夫做成的點心肉脯之類的賣光，也沒再買多少東西，畢竟他們在守孝，倒是多買了幾刀紙，留著除夕夜燒給父母。

穆太太給的年禮裡有兩遝宣紙、兩枝毛筆、兩塊墨，何貞讓兩個弟弟分別拿了東西，又教他們。「雖說這些人情往來的事都有我，往後也有你們的媳婦張羅，可你們也要記得，做這些事情都要上心，送禮要送到人家的心坎上。」

大年三十的團年飯還是在何家院子裡吃的，只不過姊弟幾個都沒吃飽。下午回了自家，何貞打發弟弟們去洗澡，換新衣裳，自己則在廚房裡另外燒了一桌飯菜。

洗完澡出來，何貞的年夜飯也擺上了桌。如今堂屋裡有了圓桌和椅子，又守著小爐子，一點也不冷。兩個孩子雖說是大了一歲，可這會兒也還是忍不住歡喜。

吃了飯，明輝明義在堂屋提著兩個娃娃練走路，何貞回房洗了澡。聽著屋裡時不時傳來的笑聲，何貞只覺得一年的辛苦和焦慮都不算什麼了。

按說大年初一，何貞他們這些小孩子是要去長輩家拜年的，可是他們家情況有些特殊，戴著孝的人家，大過年的不能到別人家去。想來想去，不講究這些的也就是穆家了。於是一大早，何貞就讓明輝明義穿戴整齊，去了隔壁拜年。

她這邊剛把昨晚剩下的年夜餃子煎好，明輝他們就回來了，後面還跟著穆永寧。

因為是過年，何貞特別穿了穆太太給做的那身新衣服。因為做得寬鬆，罩在棉襖棉褲外頭也很適合，平常總拿粗布包著的頭髮也露了出來，梳著小女孩常見的雙丫髻，乾乾淨淨的沒有珠花。

穆永寧看著俏生生的小丫頭就覺得眼睛一亮，怎麼都看不夠，就留下來蹭了一頓飯。這也幸好過年的飯家家都會多做一些，不然何貞可真要頭疼了。

過完初一，明義明輝就都開始念書了。因為何貞已經知情，明輝也不藏著掖著的，每天早上早早起來練功。看著好像也就是些紮馬步、站樁之類的基本功，然後還打一套拳。能練成什麼樣的武功是不知道，不過他的個子卻開始了瘋長，到開春的時候，明輝就比何貞高半個頭了。

碼頭上還在施工，何貞也沒去，只是逢集就去趕集，賣些零食小吃之類的，收益明顯不行，好歹也就是賺個飯錢。不過想著接下來可能會忙，何貞就趁待在家裡的時候趕工針線活，出了正月，姊弟幾個接下來一年的衣裳鞋襪什麼的也就齊全了。

進了二月，天氣轉暖，何貞就央了五嬸來教她種菜。

留了一塊地種花生，剩下的空地就種了各種蔬菜，還在五嬸建議下，院子外頭種了香椿樹，院子裡東屋外頭種了棵棗樹。要說怎麼沒在院子裡養雞鴨這些，實在是沒地方了，院子成了菜地，萬一被養的東西給糟踐了可不行。

這次清明節上墳，姊弟幾個又有了些變化，除了個子都長高了一些以外，兩個小娃娃都能站著了。明輝越發壯實，隱隱有些小男子漢的樣子，明義也更像個讀書郎而不是黏著姊姊的小孩子了。

雖然事先沒有約定，可這次誰都沒有哭泣，姊弟幾個沈默地磕了頭，然後在飄起細雨的天氣裡互相扶持著離開。

何貞個子高了一點，往鎮上走好像又快了一些。下過雨的第二天，她先去鎮上轉了一圈，打聽了一下碼頭的行情。雖然出工服徭役的命令在何貞看來殘酷了一些，可這位新來的縣令也確實是個做實事的人，碼頭被拓寬了不少，據說現在能停的船也比以前大了。這當然是好事，碼頭越繁華，她這種在碼頭上做小買賣的人自然是越賺錢。

得知老規矩不變，她就跟陳娘子打了聲招呼，準備明天開始擺攤了。陳娘子卻叫住她。「丫頭，妳今年可還有空做手套嗎？我要的多，只是時間不緊張，妳要是還做我就都交給妳。」

何貞當然滿口答應，這次又分了大概的尺寸，有男式女式的差別，還有一些小兒手套，還是按雙收手工費。大人的一雙五文錢，做二百雙；小孩的一雙三文錢，做八十雙。雖然不多，可這麼算下來也有一兩多銀子的進帳。在她買上車之前，反正她的小吃攤只能擺半天，這也是兼職收入，她是很樂意的。

因為現在天氣才剛回暖，並不擔心變質什麼的，何貞就煮起了茶葉蛋。她捨得放調料和茶葉，在湯裡泡上一整夜，雞蛋入足了滋味，一開始賣就很受歡迎。因為家裡的羊奶已經不夠用了，沒法做點心，她就在攤子上搭著賣起了肉脯，雖然小貴，可一天怎麼也能賣個一斤半斤的。碰上了有行船不愛吃飯的客人，也有人一次就買個一、兩斤。

長了一歲，且一直沒斷了幹活，何貞的力氣漲了不少，現在能稍微多揹一些食材去鎮上了，直接的好處就是每天也能多賣些錢。

快要能攢到二十兩銀子了，何貞想著先把碎銀去兌了銀錠子，先還穆家一筆，接下來再攢了還給陳娘子。這麼琢磨著，她還挺開心。高高興興地又收起一雙做好的手套，何貞瞧著天色不早了，就去做飯。

可是飯都上了桌，明輝還是沒回來。何貞就不放心了，叫明義看家，她就出去找了。

學堂裡沒人，去問何文，才知道明輝在學裡跟明忠明孝起了衝突，這會兒回老院子去了。

明輝沒想到，明忠明孝兩個男孩子，說出來的話那麼難聽，什麼「丫頭片子拋頭露面不正經」啦，什麼「跟穆家的少爺勾勾搭搭」啦，什麼「將來嫁不出去」啦什麼的，這如果還能忍，明輝覺得自己都不配吃姊姊給的飯。

他是真想把兩個小渾球摁到地上暴打一頓的，可是想著姊姊反覆說的，做任何事情要站到理上，他好歹還是忍住了。不過他沒想著什麼家醜不能外揚的話，反正能這麼說姊姊，他們也不算是什麼家人了，就把狀告到了陳夫子那裡。當然他不是告他們辱及姊姊，而是搬弄是非、敗壞他人名節，立身不正，有辱斯文。

都是一個村的，明輝的三嬸還是陳夫子的姪女，他當然也知道不少內情。姪女他不好管束，可是非是清楚的，便順著明輝說的，拿戒尺一人打了十下手心。那兩孩子怎麼憋屈他不管，明輝的表現卻讓他刮目相看。這個原本有些魯直的孩子現在也懂事周全了不少，看來還是他家的大姑娘教導得好。

想想明輝雖然緩慢但一直都有在進步，他更看重了這孩子幾分，教導起他來也比以前更加上心，這是後話。

挨了罰，明忠明孝自然不樂意，散了學就往家跑，找爹找娘找爺爺做主。明輝也不怕，他反而要問問這些長輩，這些話到底是什麼意思，於是就在何家院子裡對峙了。

其實這事的緣由很簡單。昨天十六，李氏也去趕集了，她是個好事的，到了鎮上自然要溜到碼頭上瞧瞧，一看何貞的生意真的挺好，那就又眼紅了，回來就編排了許多話，在屋子裡說，然後就被兒子聽見了。

李氏搬弄口舌也都是背地裡，這麼被姪子問到臉上，一時也是十分尷尬，認了理虧，不認吧心裡憋氣，又加上心疼兒子，也是一肚子火氣。明輝呢，就一句話。「你們編排我姊的時候，就沒想過她姓何？」

過了一年多，明輝也知道了，如果只是給姊姊抱不平，在這個家裡根本沒用。果然這麼說了，何老漢原本毫不在意的，現在也不大高興了。

明輝又說：「我姊從沒教我們記恨人，可你們這樣，莫不是我們不記恨上你們，你們就難受？不求你們疼我們，井水不犯河水難道就不行？」

「說這什麼話！」何老漢一拍桌子。「你看你這樣，還說不是讓那丫頭帶壞了！誰跟自己叔叔兄弟井水不犯河水？」

「誰家兄弟說自己姊姊不正經？」明輝也火了。

「話雖是糙了些，可也不是沒影的事。好人家的閨女，誰成天在外頭跑？」何老漢說：「過了年你們十一，往虛歲上說都十二了，這眼看能說人家了，如今這樣算怎麼著？誰敢要她？」

「這個事自然是由我兄弟替我做主，就不勞你們費心了。」何貞進門，正好聽見這麼一句，冷淡地扔下一句話就拉著明輝往外走。「為這些事耽誤功夫不值得。快走，回家去吃飯。」

明輝的火氣根本消不下去，可是當著這一院子人的面，他還是非常給何貞面子，跟著她出來。

春日的白晝已經長了很多，這會兒天色也不過是剛剛有些發暗。何貞拉著明輝的胳膊，一邊走一邊笑。「我都聽何文說了，你知道用道理服人了，這很好。」

明輝不吭聲。

「行啦，別拉著長臉了，我都不生氣，你想那麼多幹什麼？」何貞又搖著他的胳膊叫他。「難不成他們是這麼要緊的人？」

穆永寧遠遠過來，就看見何貞跟明輝挨在一塊兒走。雖說那是雙胞胎姊弟倆，親生的，可是看何貞拉著明輝言笑晏晏的樣子，他還是心裡酸溜溜的。

何貞勸明輝。「你以後呀就要像今天這樣，凡事先想想再做，也要懂得借力，咱們只要站住了理，那就不是挑撥離間。至於這些碎嘴的話，你看我像是被傷到了的樣子嗎？咱們站得直行得正，怕個什麼呢？這也不算什麼流言蜚語。他們不敢在外頭說的。嚼自家姪女的舌頭，你看是誰更沒臉？」

「你們說什麼呢？」穆永寧幾步就到了跟前。

明輝拿穆永寧當武術先生，見了他還是格外恭敬，老老實實叫了「穆大哥」。何貞就沒那麼嚴肅了，直接問：「你要上哪兒？」

「下午明義落了一頁功課在我爹書房，我給拿過來，才聽說你們都出來了。出什麼事了？」穆永寧看著明輝的臉色，覺得有必要問問。

「姊，我想跟穆大哥說兩句話。」明輝說。

嘿，這還學會支開人了。何貞哭笑不得，眼看著已到了自家門口，就推了大門，一邊摸著迎上來的小恩，一邊叫他們倆。「到院裡說吧，我去把飯熱熱。穆、穆大哥一起吃吧。」直接叫名字好像不妥當，何貞只好壓著心裡的彆扭跟著弟弟們稱呼。

穆永寧當然樂意了，應了一聲就跟明輝談起心來，當然也少不了眼風時不時掃向廚房，只是明輝沒發現罷了。

聽完了始末緣由，穆永寧也挺生氣的，對明輝的做法也讚許。

「既然你姊說了讓你不追究，你就聽她的話，也叫她安心。」穆永寧想了想，拍拍他的肩。「她說得對，別說那些閒話在村裡傳不開，就是傳開了也沒幾個人信的。你姊是個了不起的姑娘，她不在乎這些，我覺得她更在乎你們幾個，只要你們不傷她的心，她就不會有事。」

「我們當然不會！」明輝想都不想的說。

穆永寧點頭。「那不就結了？你們個個都好好的就行了。來，你打一遍我上次教你的拳，我看看你練得怎樣了。」

等穆永寧又指點了一通，兩人一起進了堂屋的時候，何貞發現，明輝的臉色已經好多了，自己怎麼哄都沒放開的神情也明顯舒展開了，也就放下心，於是趕緊招呼大家吃飯。

今天明睿不知怎麼的，忽然喜歡上了明輝，非要他抱著，於是吃完飯，穆永寧要走的時候，何貞就說：「我送你吧。」

穆永寧可不會推辭，點頭跟幾個小的說了一聲就朝外走。出了屋有點涼，他回頭看看何貞，就說：「這時候天還涼著，妳多穿一點。」

何貞點頭。「我還穿著棉襖呢，不冷的。」

「還有妳別下河洗衣裳，也冷，我娘說女孩子不能凍著。」穆永寧想起從前這個時候何貞蹲在河邊洗衣裳，凍得時不時站起來跳的樣子，忍不住多說了一句。

他居然還能這樣囉嗦，何貞覺得十分有趣，便說：「我都曉得，現在沒人盯著了，我都燒了溫水洗的。」

「哦，那就好。」穆永寧覺得不高興。這個院子太小了，這就走到大門口了！

「剛才明輝的事，謝謝你了。」何貞由衷道謝。小孩子，特別是男孩子的成長過程中，男性長輩的角色真的是不可或缺的。穆永寧雖然小，可是擔當起一個兄長的角色，也起了很重要的積極作用。就像剛才，她怎麼都勸不好明輝，穆永寧卻做到了。

穆永寧搖頭。「這有什麼，明輝是我兄弟。不過說起來，如果這些話傳出去，妳真的不怕嗎？」

「怕？怕什麼？」何貞失笑。「總不會是怕嫁不出去吧？我才幾歲？再說了，我跟爹娘發了誓的，弟弟不成材，妹妹不出嫁，我是絕對不出這個門的。」

「那，別說弟弟成材不成材的了，就妳妹子出嫁，那也還要十幾年呢！到那時候妳都多大了？」穆永寧擰著眉看她。

何貞眉眼彎彎。「那時候我就是老姑娘啦！嫁不出去，正好我就不嫁人了呀，多簡單的事。」

穆永寧瞧著她，一時沒繃住。「妳要嫁不出去，我就娶妳！」

何貞笑顏如花。「可別逗了，你快回去吧！」

明明是真心實意的一句承諾，卻被女孩當作了笑話。穆永寧又覺得很憋屈了。不過眼前的景致太美，讓他生不起一點不滿。

黯淡的暮色柔和了農家院子的輪廓，女孩臉上帶著溫暖的笑意亭亭站在那裡，腳邊，他送的小花狗慵懶地搖著尾巴。

這畫面夠他記一輩子的。

這事對何貞來說根本就不是事，大風颳過，她就忘記了。跟陳娘子買了把大傘之後，她更是風雨無阻地擺攤賣貨。偶爾也會琢磨一下，陳娘子的精氣神跟原來大不一樣了，像是遇到了什麼特別好的好事那樣，整個人都洋溢著一種歡喜和幸福。也許是跟臘月裡那個重要的客人有關？何貞不知道，也沒問。

天氣暖了，切了第一叢韭菜之後，何貞開始賣起韭菜盒子。原來幾樣招牌小吃都不變，只是每天她再早起一些，現切了韭菜包好，帶到碼頭上現烙現賣。因為新鮮，三文錢一個的價格也賣得不貴，倒是越賣越火紅。

四月底，緊趕慢趕地把手套做完，何貞拿到了手工費之後，開始還帳了。

第二十九章

這陣子何貞很忙，但還是很有成果的。四月底，她手裡就有了將近三十六兩銀子了。因為要賣粽子，她留了零頭來買糯米和蜜棗之類的，還剩下了三十五兩可以用。於是就兌換了整一點的銀錠，趁著端午節送禮的功夫開始還帳。

有去年月餅的經驗，何貞這次就放開手腳，一口氣包了五、六種餡料的粽子，甜的有豆沙的、蜜棗的和白糖的，鹹的有蛋黃的和肉粽，搭配起來往各處長輩那裡一送，也挺得他們喜歡。像三奶奶他們，說起來就念叨起張氏的好來，總是當娘的教育得好，女兒才能幹知禮。

在鎮上賣了幾天，果然賣得也很好。尤其是許多南邊來的客商，因為在外頭過節，原本以為吃不到家鄉口味的粽子了，沒想到何貞這裡居然有，做得還很不錯，不少人都買了好多，讓何貞賺了幾百文快錢。

這樣就更能拿出所有的錢還帳了，何貞採取了每家都還一部分的策略。別人肯借錢給你，就是很大的人情，就算沒有能力一時還清，也要讓人家知道自己的態度，她一直在努力還，一定不會拖欠很久的。所以就是穆家二十五兩，何四叔和陳娘子那裡每家還五兩。

債務這種東西，還一些就輕一些。

六月初二是穆永寧的生日。這個何貞記著呢，如今明義是穆靖之的弟子，兩家的關係更密切了，她可是早早就做了準備。放麥收假的時候，何貞就專門抽出一天，姊弟幾個齊出動，到鎮上趕了一回集。今年再說給穆永寧準備禮物的事，何貞就不插嘴了，放開手讓兩個弟弟自己準備，反正她平常也會三文兩文地給他們零用錢。

至於何貞自己，她還是從擅長的吃食入手。因為穆永寧已經出孝，她就花上功夫做了肉脯和燻肉，還豁出去胳膊，打發了雞蛋，做了蒸蛋糕。結果中午她擺攤回來，就聽說穆永寧練功的時候沒小心，傷到了腿，這會兒在家躺著呢。

她並沒覺得這是個了不起的事。練武的男孩子受傷應該算是正常，不過既然躺下了，她也就不適合去看了。把東西準備好，她又去找黃屠戶買了些排骨一起裝起來，讓明義給送過去。

明義去了穆家。因為這半年來隔天就過來，明義也已經很熟悉了，跟先生說好了，就來看穆永寧。

聽長安說明義來了，穆永寧連忙躺好了，伸長了脖子朝外看，想找何貞的身影。可惜只有明義。

「穆大哥，你怎麼樣了？」明義把籃子放在桌子上，站在床邊小心看著他。

其實腿挺疼的，扭到筋了，可是穆永寧不能表現出來。他神色正常，十分堅強。「沒事，就是郎中說不能動，你別擔心。」

明義點點頭，說：「本來說給你送生辰禮的，這倒成了探望你了。」

「我正要問你呢。你帶什麼來？這麼香？」穆永寧的腿受了傷，鼻子還挺靈的。

「我姊做的肉脯和燻肉，還有糕點。」明義一說，長安就很有眼色地把籃子就送到廚房去找他娘給切好裝盤了。

「你姊怎麼沒過來？」穆永寧饞蟲上來，也高興總算說到何貞了。

「她說你臥病呢，她過來不方便，就沒來了。」明義有問必答。

「有什麼不方便的啊，真是的。」穆永寧不大樂意，不過還是問：「這麼熱的天，你姊在廚房裡多難受啊，她沒事吧？」

明義看了穆永寧一眼。穆永寧卻避開了他的視線。

明義若有所思。

羅嫂子瞧著燻肉有些鹹，就配了薄麵餅，捲了燻肉片給端上來。至於肉脯，因為原就是零食，只是換了個盤子就好。倒是蒸蛋糕挺新鮮，她也沒有擅動，裝在點心盤子裡拿了過來。

穆永寧讓小小的明義瞅得還挺尷尬，正好借著吃東西轉移注意力。他咬了一口捲餅，頓時顧不得別的，一口氣吃完一張餅才停下來。看著明義不動，他才有點不好意思，就說：「這都是肉的，就偏了我了。你看，你姊的一番心意，替我謝謝她。」

明義回到家裡，何貞剛洗了個澡，頭髮還濕著，正搬了把椅子坐在院子裡曬呢，瞧見他就隨口問：「送過去了？穆大哥沒事吧？」

明義搖頭。「傷得應該不重，我看他胃口還好，還說讓我謝謝妳。」

這種天氣擺攤子挺受罪的，又在廚房裡忙活了半天，何貞覺得之前有點中暑，就是洗了個澡也沒緩過來，這會兒就有點懨懨的。曬了一會兒，覺得頭髮差不多乾了，也不想挨這個熱，就要回屋去喝水，可是一起身就往前栽過去。

明義回屋看了看雙胞胎。明睿還睡著，倒是何慧醒了，拉著他的手咿咿呀呀的說話。這麼著，就沒人看見何貞暈倒。

「何姑娘！明義少爺！」長安推門進來。「我家少爺剛得的桃子，給你們——何姑娘！妳怎麼了？」

明義大驚，抱起妹妹就往院子裡跑。

長安已經抱著何貞進屋了。鄉下地方沒有那麼嚴格的講究，更何況何貞畢竟只是個半大孩子，又情況緊急，顧不得避諱了。

明義一時驚住。剛才姊姊不是還好好的嗎？

「明義少爺，你看著你姊姊，仁心堂的郎中還在我們家呢，我去請過來。」長安說著，一步也不敢停地回了穆家。

他先跟穆靖之說了一聲，畢竟郎中是他請來的，然後才帶著郎中去隔壁。這一折騰，穆永寧也聽到了，連忙一蹦一跳地從床上爬起來，要過去看看。

「你給我回去！」穆靖之叫住了他。「你也不是郎中，去做甚？還要人家招待你？」

「我不是……我就不放心。」穆永寧也知道自己去了也沒什麼作用，可是關心則亂，他擔心得很。

「等會兒郎中回來了你問問就是，現在先回房等著吧。」穆靖之搖頭。「只盼你這份心意一輩子不變才好。」

穆永寧有點摸不準老爹是啥意思，不過也沒多想，只是焦灼地等著郎中回來。

其實何貞也沒什麼大病，就是整天過於勞累，體質有些不好，然後又受了暑氣，中暑了。郎中看過，開了一副祛濕熱的方子，因為是鄉下，曉得他們抓藥不方便，還順便連藥也一起抓了。明義趕緊付了診金藥費，恭敬地把人送出去。

跟著的長安自然回來覆命。待把老郎中的話轉述一遍，穆永寧恨恨地拍了拍床。什麼勞累，什麼體質不好，她守孝只能吃素，然後每天那麼風裡來雨裡去地擺攤，人哪裡受得了？可是偏偏，哪一樣他都沒辦法幫她，只能眼睜睜看著她累出病來。

明義哄著妹妹，坐在炕邊搧著扇子，直到明輝散了學，何貞才醒過來。她只覺得難受得很，頭昏腦脹的，還直犯噁心，可看著明輝都回來了，連忙掙扎著起來去做飯。

「大姊，妳躺著，我也會做飯的。」明輝讓弟弟陪著姊姊，自己做了飯來，雖然味道一般，但是有鹹鴨蛋和豆腐乳下飯，兄弟倆也吃得飽。

何貞沒有胃口，勉強喝了一碗小米粥，漱了漱口就栽到炕上了。明義端了藥來餵給她喝，然後還抱走了弟弟妹妹，讓她安穩地睡一晚上。

沒準備出攤的東西，明天可能不能去了。何貞模模糊糊地想著，可一動彈就覺得身上難受得不行，也只好承認，就這個狀態，明天真的走不了十幾里路。可不擺攤，就少了兩、三百文的收入。唉，人窮了，真的是連生病都不敢啊。

稀裡糊塗地想著，也不知道什麼時候睡著的。

醒過來的時候已經是天光大亮了。吃了藥，睡了長長一覺，何貞覺得好了很多，雖然一坐起來就覺得身上沒有力氣。她沒聽見郎中怎麼說的，不過憑感覺應該是中暑或者熱傷風什麼的毛病。說起來，她雖然瘦，可是除了小時候生過幾次病之外，都已經有好幾年沒吃過藥了，這滋味可真是不好。

尤其是想到今天不能去賺錢、反而還要花錢抓藥，何貞就覺得更不好了。

可是沒力氣就是沒力氣，她也沒辦法。慢條斯理地穿好衣裳，何貞推開房門進了堂屋，這會兒估計明義正帶著雙胞胎呢，她想去西屋看一眼。

「妳起來了？」堂屋裡挺安靜的，她一時就沒留意穆永寧在這兒坐著呢，頓時一個激靈。

穆永寧站起來，一條腿往前跳躂了一步，想去摸摸她的額頭，可是看著她披散著長髮的樣子，卻又不敢伸手了。何貞到秋天就十一周歲了，這一年個子也長了不少，雖然身材還沒什麼曲線，可是披著頭髮的她也有了幾分少女的韻致了。

穆永寧就覺得好像不能褻瀆她一樣，又往回退了退，靠著椅子站著問她。「妳覺得好點了嗎？明義在那屋呢，說妹妹尿了，收拾去了。」

何貞點頭，有氣無力地說：「我沒事了。怎麼還驚擾了你呢？」

她還不知道給自己看病的郎中是從穆家過來的。

正好明義出來，看見堂屋裡兩個人相對站著，穆永寧正盯著姊姊看，就抿了抿嘴，招呼了一聲。「大姊，我給妳盛飯吧，吃了還得吃藥呢。」

何貞點頭，一邊綁頭髮一邊出了屋去洗漱。

明義就轉臉一看，果然穆永寧的眼睛還盯著自家姊姊呢，雖然有些懵懂，可是明義還是隱約明白了自己這位師兄的心思。也說不上生氣什麼的，就是覺得這樣好像不大好，他就說：「穆大哥，你要不要也吃一點？」

「不，不用了，你姊沒事，我就放心了。我先回家去了，長安！」他揚聲叫人，果然長安從外邊進來，扶著他就走。

明義聽著大門響了，這才去廚房盛粥。

何貞這一病，精神頭就有些不行，很多事情沒有注意到，明義當然也不會跟她說。

正好她剛吃完飯喝藥的功夫，五叔五嬸把這一季的麵粉送了過來。看到何貞病懨懨的，五嬸連連嘆氣，弄得何貞哭笑不得，只好引著他們來看自己種的花生。

五叔夫妻都是種地的好手，雖然不知道最後能結出個什麼，可這麼看就知道長勢不錯。聽說是外頭來的稀罕品種，何貞在後院也沒有仔細侍弄的時候，五叔大感興趣，讓何貞到收穫的時候一定要叫他。何貞自然是答應的。

他們走了沒多會兒，五嬸又過來了一趟，送了一小袋小米和十來個雞蛋，讓何貞好好養著，也不多坐就走了。何貞就跟明義感慨了一句。「五嬸是個好人，咱家這兩畝地的事，明明是咱們種不動才找她家，他們卻一直記著。」

「嗯，我明白，大姊，我也記得妳說的話，記得別人的好。」明義說完，又讓她回屋歇息。

休息了三天，何貞覺得自己沒事了，便又張羅著擺攤。迎著弟弟們不贊成的目光，她笑著說：「放心吧，要是真的難受，我不會硬撐的。」因為拗不過，她還特意減少了分量，早點賣完早點回家。

早上何貞戴著大草帽，揹著背簍出門之後，長安就跟過來了，一邊走一邊說：「我家少爺讓我跟著妳呢，他聽明義少爺說妳昨天就在家炸麵什麼的，特別擔心妳沒好透，再累著，就叫我跟著妳有個照應。」

「啊？那你快回去吧，我沒事。」何貞覺得穆永寧也太誇張了些。

「可別。我家少爺也就是傷了腿，不然肯定自己跟著來了，妳要是把我攆回去了，他準會拄著枴來！」長安要去接她背上的背簍，何貞不肯，他只好把她挎著的籃子接了過去。

何貞知道長安做下人的也不容易，真要是把他打發了，只怕穆永寧會不滿意，就隨他去了。不過顯然長安要比他主子活泛多了，到了鎮上並沒有一直跟著何貞，而是尋了塊樹蔭地，不遠不近地瞧著，等何貞東西賣完再跟在她後面回家。

到了村裡，何貞說：「你看，我好好的呢。跟你家少爺說，不用擔心了，好好養傷要緊。」

得了這句話，長安覺得今天這差事算是完成了，便告辭回去。

今天少帶不少東西，自然賺得也少，不過總比沒出門強，怎麼也是一百多文的利潤。

回了家，叫明義放心去找穆先生上課，何貞想了想，把鹹鴨蛋撈出來，順便刷了缸，準備把家裡的幾個缸都醃滿，正好一個月後賣一批，再醃一批，就趕上今年的中秋月餅了。

六月的天，雷雨也多，何貞吸取了教訓，看著天不好了就不出攤，或者早收攤，總之是再沒生病過了。

也幸好她早早醃足了鹹鴨蛋，七月中的時候，鎮上的點心鋪子和客棧唐老闆就來找她了，點名就要蛋黃豆沙的月餅。

唐老闆好說，也算是熟人，可是點心鋪子她一直沒打過交道，畢竟算是競爭關係，還是鋪子掌櫃的跟她說：「咱們鋪子裡賣的點心都是自家做的，妳那月餅其實也沒甚難的，不過現去買了鹹鴨蛋來做餡，成本又高，蛋白扔了又可惜。且月餅這東西賣不了多久，不如從妳那裡進上些，多個品項賺些快錢就是了。」

何貞頓時覺得自己思路太僵化了，人家古人的多種經營理念早就很成熟了好嗎？這主動找上來的買賣當然得好好做，就是單價便宜些，做做批發，那也是一筆盈利。

到八月初的時候，她已經賣出去三百塊月餅了，真是幸好留足了醃兩批鹹鴨蛋的時間。手上也攢出了一部分銀子，她就乾脆把陳娘子的帳還清了。少了一個債主，何貞覺得又輕鬆了一些。

她做的月餅都小有名氣了，這中秋節禮自然也就是以她的月餅為主，再根據各家各戶的不同，搭配著肉、雞、雞蛋、鹹鴨蛋、棉布和高粱酒等等。自家頂門過日子久了，這些人情往來的事情她也越發熟悉了。大部分人家還是明輝帶著明義去送禮，反正也不進家裡串門，只是隔著院子把禮送了。有的是當時就拿了回禮，有的人家也會再過來一趟，跟他們說幾句話。

穆家的節禮和十兩銀子的還款都是明義送過去的。銀子呢，穆永寧拿到就轉手讓長安給他娘送了過去，可是吃的東西，還是照例被他留下了大半。

也是這個時候，何貞才意識到，好像好久沒有見到穆永寧了，回來就問明義。「穆大哥的傷好了？」

明義就算是對穆永寧打上姊姊主意這件事，心裡還是有些奇怪的感覺，這下也不由得有些同情他了。「他的傷早就好了，現在是被先生拘在家裡念書呢。」

「不說傷筋動骨一百天嗎？」何貞這麼一想，可不是，都過去兩個多月了，少年人恢復得快，也是該好了。這樣算來，如果明年秋天要去考童生試，現在可不是正得發憤嘛。

今年的中秋團圓飯還是得回何家院子去吃，大家都不怎麼喜歡，不過也默契地不吭聲。去就去，胡亂吃上兩口，回來就是。

雙胞胎還差幾個月就兩周歲了，現在已經走得很穩當，說話也索利多了。生下來就沒有父母，確實非常不幸，可是哥哥姊姊疼愛，除了到現在沒吃過肉、沒穿過鮮亮衣裳以外，吃得飽穿得暖，冬天凍不著夏天熱不著的，長得很健康。兩個孩子在路上走著，完全看不出早產體弱的樣子了。

村裡有人看見兩孩子，都很新鮮，紛紛說孩子長得好。也有那想得多的婦人就感嘆，何貞這孩子說是姊姊，可跟孩子的娘也差不多了。

就算何老漢對何貞非常不待見，看到大房整整齊齊的五個孩子，聽著兩個小的奶聲奶氣地叫他「爺爺」，他也實在是不好意思挑理。

第三十章

回了自己的小院，因為天氣還暖和，何貞就隨兩個小的在院子裡跑著玩。反正沒錢鋪地磚，院子裡都是土地，就是不小心摔一下也沒事，何況還有明輝看著呢。就連已經長大了的小恩，也許是跟兩個小主人一起長大的緣故，也會保護兩個孩子。

今天晚上過節，明義也沒學習。他跟著何貞進了廚房，幫她把準備好的零食端到堂屋裡。因為會在老院子那邊吃飯，何貞也沒再炒菜，就留了一大盤炸麻花和幾種口味的月餅。擔心這些東西吃著膩，拿小爐子煮了一小鍋小米粥，另外桌上還放著洗好的甜桃和脆棗。

兩個小娃娃每天還是會喝羊奶，當然也跟著吃飯了。何貞看明輝帶著兩人洗了手，才拿了刀子過來，每一種口味的月餅都拿出一個，儘量均勻地切成五份，大家分著吃了。自從兩個小的開口說了話，這就慢慢成了習慣，不管有什麼好吃的，都要分成五份，姊弟幾個分享。

怕月餅油膩不好消化，吃了幾個小塊之後，何貞就不許兩個小的吃了。至於明輝，十幾歲的少年最是能吃的時候，何貞並不管他。明義卻是自己有分寸得很，尤其是跟著穆先生以來，更是整個人都有了變化，從一個乖巧聰明的鄉下孩子完全變成了內斂機敏卻不失朝氣的小書生。

這個家裡還缺很多家具，這個院子裡還缺幾間房子，還有著沒還清的債務，可是又有什麼關係呢，何貞還是覺得滿足而幸福。

八月底，何貞要收花生了。因為之前跟五叔五嬸說好的，他們過來幫著收，順便也看看這個稀罕東西。為了計算產出，何五叔甚至還專門借了秤糧食的大秤。

他們過來的時候帶著兒子何磊和何剛。何磊四歲了，何剛比雙胞胎只大了半個多月。這兩個小子都是小皮猴，跑跑跳跳的沒個消停，不過都不壞，不會欺負更小的孩子，還會主動帶著弟弟妹妹玩耍，明睿兩個也很快就跟他們玩在一起。

何貞看了，就說：「嬸子，您讓磊子他們沒事就上我家玩唄。」她能好好照顧兩個小娃娃，可是他們幾個跟雙胞胎的歲數都差得多，孩子還是需要同齡的玩伴，總不能天天關在家裡。就是明義，也跟何壯何文和村裡的一些孩子相熟的。

「這兩調皮蛋淘氣得不行，妳這裡到處都收拾得乾淨，我可不敢叫他們來。」五嬸連忙擺手。她知道何貞寶貝兩個孩子，家裡老備著吃的喝的，兒子要是過來了可就是占人便宜呢，這一會兒，兩個小子都吃了好幾樣了。

何貞一邊清理著土，小心地下鐵鍁，一邊說：「這也是我家沒出孝，不然我早就讓他倆上您家去了，難不成您還怕兩兄弟在我家受了委屈呀？」

「那哪可能呢！」五嬸連忙擺手。

「您可千萬別見外。說起來，那年要不是您，他們倆還不一定能活下去呢……」何貞說著，想起那段日子，也不大好受，仰頭吸吸鼻子、眨眨眼。「我們幾個都受過叔叔嬸子們的照顧，您怎麼還分得這麼清呢？唉，您看，就是這個！」

花生這種東西，真的是種下一顆籽，就能收穫一大串的。五叔看了就道：「這可真是好東西，長得多，還不挑地。」

何貞讓他們剝開嘗嘗。五叔吃了一粒鮮嫩的花生，更是讚嘆。「還怪好吃的呢。」等全部都收完，五叔過了秤，居然有快要五十斤了，曬乾了的話，怎麼也可有三十多斤；就算是去了皮，花生米淨出也有三十斤。這個產量雖然看起來也沒比現在的小麥黃豆什麼的高多少，可是架不住不挑地，那些薄田、沙地、坡地之類出產差的地方要是也能種這個，那能多收多少啊。更不要說，這還是何貞不大會種地、也沒有精心侍弄的結果。

所以雖然她沒提起這東西的經濟價值，何五叔也已經對這個產生了足夠的興趣。待聽何貞打算把這二十多斤花生米留種、明年春天就在她的地裡試種的時候，他立刻贊成。「這些許能種個八分地的樣子，那我就先留出來，今冬就不種麥子了，給妳種些蘿蔔白菜的吧，趕著臘月前能收了，也是一份收成。」

何貞自然是同意的。「那就咱兩家一家一半吧，來年春天的收成，我就要一百斤麥子，但是花生米我得全留著，後年好做種呢。」

「妳的地，妳說了算就是。明年我想問問里正，上南山腳底下開上一畝兩畝的荒地，等妳這個花生長出來了，能不能也給我些種子？」

何貞自然是同意的。她現在自己弄，那是為了繁殖種子，可以後還是要推廣才能有價值呢。五叔是種田的好手，既然他看好，就說明很有可操作性。

最後曬好收好的時候，何貞也過了一下秤。三斤多的花生米種子，她煮了兩大碗五香花生米，剩下的一共是二十五斤，按五叔說的，種八分地還真的夠了。

她留出了一小碗給弟弟妹妹嘗嘗味道，就讓明義把大碗送到穆家去，給先生嘗嘗。

穆靖之久居京城，還真沒見過這東西，嘗了嘗覺得味道也很好。聽明義說何貞準備多種這個的時候，也十分意外，之後就是讚嘆。「你這姊姊，雖是個女孩，可這眼力跟魄力卻十分了得！你也要多多聽聽她的想法，必能受益不少。」

穆永寧也在書房的，等著老爹說完了，就追著明義出去，問：「你姊是下個月初五的生辰吧？到時候就十一周歲了吧？」

明義點頭。按理說女孩子的生辰是不該讓外男知道的，可是現在已經知道了，也沒辦法，只好拿「穆永寧是師兄也不算外人」這樣的說法來安慰自己。

生日對何貞來說真的不算是什麼特殊日子，只不過是許許多多擺攤賺錢哄孩子的平常日子之一罷了，要不是之前明義跟弟弟妹妹說這些，她自己都忘了。

她忘了自己的生日不要緊，可還有明輝呢，估計她給明輝準備的禮物他一定會喜歡。何貞回家之後，難得地有些興奮，盼著明輝散學回來。

說到明輝的學業，她也挺放心的。之前深談過之後，明輝的心思就沈澱下來，每天早起練練基本功，晚上也練一遍拳，最近好像開始跟穆永寧學兵器了，不知道是棍法還是槍法，反正他是老拿著根棍子揮舞，練得像模像樣的。念書的課業上，他也一直挺用功，這半年來不知怎麼還得了陳夫子青眼，時常點撥，進步也挺快。

豐盛的晚飯後，何貞拿出了給明輝買的弓箭，果然讓他的眼睛都直了。「姊，妳哪兒弄的？」

何貞拍他一下。「看你這出息！我想著你們不是有什麼六藝，有射箭麼，買了你跟明義都能學學。反正你要學武，估計也用得上，這才專門託陳姨幫我捎的。不過只有十枝箭，你可愛惜著些啊。」

「那是！我一定愛惜。」明輝目不轉睛地盯著弓看，忍不住用手摩挲。「我先不動，等我問了穆大哥和穆叔再練。」穆叔指的是穆江。現在他們也知道了，穆江原本是跟著穆靖之上戰場的，功夫也很不錯，明輝除了問穆永寧以外，也經常跟穆江討教。

他正興奮著，穆永寧就進來了。「你們幹麼？喲，這誰給弄的弓箭啊，還不錯啊。」

明輝拉著他就問上了。穆永寧倒也喜歡這個，一說起來也來了興致，從回頭要做個箭靶子練習說到怎麼用力怎麼站位，兩人越聊越興奮。等穆永寧想起今天來的目的的時候，天都黑透了。

好吧，一肚子話也沒法說了，穆永寧又鬱悶又後悔。可是看著何貞笑盈盈地跟弟弟妹妹說話的樣子，又覺得，不說就不說吧，她的心思都在這幾個孩子身上呢，說了沒準會被直接拒絕，還不如以後再說。

於是他只是在臨走的時候把手裡的東西往何貞懷裡一塞，故意做出不怎麼重視的樣子說：「哪，我平常沒少吃妳的東西，妳生辰，這是我送妳的，妳做個圍脖什麼的吧。」

何貞只覺得自己懷裡毛絨絨的一團，下意識就想扔出去，好歹才控制住了。要說起來，穆永寧前兩年小的時候都沒惡作劇整過自己，現在都這麼大了，應該更不至於了才是。等人走了，她才仔細看了看，居然是一塊皮。雖然顏色不是很純，可是很完整，鞣製得也很好。

「原來這是送給大姊的啊！」明義過來看了一眼，就認了出來。「這是穆大哥自己獵的狐狸皮，他吹噓了好久呢，沒想到是給大姊的生辰禮。」

「啊？這可怎麼好，就不該要的。」何貞頓時覺得這是個燙手山芋了。「穆大哥也太胡鬧了，給我這麼貴重的東西幹啥？我一個鄉下的小孩，哪裡用得上這樣的東西？明義，你回頭幫我送回去吧。」

其實本心裡說，明義也不想讓姊姊收下這個，確實是貴重了些，而且怎麼看這件事情都有些曖昧，要是傳出去可是不得了。哥哥姊姊不知道，他可是對穆永寧的心思看得挺明白的，這位這是忍不住了吧？

「可是，送回去也不適合……」明義有些猶豫。讀書他行，可這個複雜的感情問題，他一個小孩也說不明白呀。

何貞做了決定。「這個我不能收，太貴重了。這樣吧，回頭我多做些好吃的，裝一個籃子，你去上課的時候送到他房裡就是了。他要是問你，你就說是我說的，這東西不是我一個鄉下小孩能用的，他應該不會為難你。他雖然對咱們挺好的，可畢竟不會跟咱們一樣想事情。」

她覺得自己的想法沒毛病，反正明義把東西送回去之後，穆永寧也沒找上門來說什麼，所以她也就把這事放在了腦後。

時間忽忽悠悠地過，這天中午，何貞剛回家沒多久，四嬸就急匆匆過來了。原來是遇上了賣騾子的，他們打算買，過來問何貞要不要，一起買能便宜些。雖然債還沒有還清，可是機會難得，也是為了擺攤更方便，何貞一咬牙，花了八兩半買了騾子配了輛八成新的車，於是也成了有車的人了。

何四叔家買了新騾車的事並沒有引起很多議論。因為這一年多以來，他家跟鎮上的貨棧做起了生意，據說人家的豆腐乳都賣到京城去了，肯定是賺了大錢的，這不這個秋天也翻蓋了新房子，眼看著是日子起來了。

可是何貞買了騾車的事就挺神的了。村裡有壯勞力的人家還有很多沒有個大牲口的呢，這一窩小孩子居然去年蓋屋今年買騾子，不要太扎眼喲！

回來的路上，何貞一邊跟四叔學著趕騾車，一邊聽四嬸說：「雖說日子是自己過的，妳也得想想，怎麼能少些是非。你們都是小孩，恐怕有人使壞呢。」

何貞也想到了這個問題，所以一直也沒想要擴大規模，就每天二、三百文錢地攢著。家裡也沒添什麼大家什，為的就是先還些債，也不怕人紅眼。可是因為明年出孝之後，弟弟們就要考學了，往後用錢的地方多著呢，總不能因為要韜光養晦就刻意讓自己窮著吧，那不是因噎廢食了嗎？

她就說：「嬸子，這件事我也想過了，還挺對不起妳的呢。我想著，往後要不就我自己直接收雞蛋鴨蛋。倒不是為了省錢，而是這樣也好讓嬸子大娘們記我點好處。」

「哦，這有啥對不起我的？妳可別想多了，嬸子還真給妳說句張狂的話，我家如今還真不指望倒騰雞蛋鴨蛋那幾文錢呢。」四嬸完全不在意。「妳這麼辦也對，但凡要點臉的就不好意思說妳了。」

回了村子，何四嬸就把這個事情傳開了。「其實我原先收雞蛋鴨蛋也是幫小貞那孩子收的，誰不知道她在外頭擺攤子賣雞蛋餅啊。那時候她小，顧不過來，我就搭把手。現在她大了，肯定是自己幹啊。今兒她騾車一買，往後生意大了，還不是大家都沾光？」

這年頭，一般鄉下人家的院子裡都養著雞鴨，撿回來雞蛋鴨蛋除了留著走親訪友的時候送人，也就是賣了換幾文錢花。何四嬸的意思很明白，你們原來拿雞蛋換的銅板都是人家何貞的，往後人家的需求越來越大，那就是你們的大客戶，你們總不能盼著她不好吧？她要是不好了，你的雞蛋賣給誰去？

要說村裡的長舌婦也不是沒有，背地裡說道什麼的都有，何貞還沒說啥，就被明義修理了。他的法子也簡單粗暴，就是在人家上門來賣雞蛋的時候直接拒絕。有人說他，他就鼓著小臉說：「孀子看不起我姊，那肯定是不稀罕要我姊的錢呢！可咱們也不能白拿你們家的雞蛋，所以還是拿回去吧。」

看在錢的分上，不少嘴欠的人就閉了嘴。也有不服氣的，想撒潑，可是人家大門一關，生意不做了。

所以說到底，還是要有錢有權有勢，但凡有一樣，村子裡的這點蜚短流長就是浮雲了，根本就不值一提。

這個道理，何貞說給弟弟們聽，然後穆永寧拐彎抹角地又知道了，也深以為然，因為這話跟自己父親說的簡直是異曲同工。他看中的小姑娘多好啊，他美滋滋的，然後看到明義送來的銀子，神情又垮了。

明義送來了二十兩銀子，多出了五兩。他說：「我姊說了，借了一年多，也該有一分利錢，你若是不收，她怎麼都不會安心的。」

穆永寧從來就說不過何貞呀！

第三十一章

有了騾車，何貞也沒有一下子上很多東西，不過是那個分家分來的小爐子用上，加上原本的那一套家什。再就是多帶上些雞蛋和準備好的麵餅麵糊什麼的，品項沒格外變化，每天的供應量大了，收入也漲了不少。

明輝明義是男孩子，當然對車馬這些東西感興趣，也爬上去試著趕車玩。這些何貞都不拘著，只是不讓兩個小的去爬。

還清了穆家的帳，又多了一輛騾車，何貞覺得今年算是過得不錯，如今已經是十一月中旬，離碼頭上停航也沒幾天了，她要抓緊這幾天的功夫再賺一點。

因為要準備過年的衣裳和年後的除服，穆太太叫兒子陪著去了一趟鎮上。東西買完，穆太太回頭一看，就瞧見兒子魂不守舍的樣子，哪裡還不知道這是為了什麼呢？就叫他自己去碼頭上轉轉。穆永寧自然是高高興興地去了。

穆太太看著身量已經長成、如今長身玉立的兒子，再想想看著還很孩子氣的何貞，也只能替兒子嘆氣。「他還有得等呢。那孩子我看對寧兒可沒那個心思，以為我不知道，寧兒打的那狐狸皮，還在他屋裡放著呢。」

「叫我說啊，這樣的才是好姑娘呢。不貪咱家的家產，也不會早早地生了男女上的心思。」羅嫂子冷眼看了兩年，是真心挺喜歡何貞的。雖然也覺得鄉下姑娘身分上差了點，可是人真的是沒話說。當然，來年她的兄弟們若是出息，有了功名，也就很能配得上她家少爺了。

何貞前些日子琢磨著煮出了滷料，就買了些肉回來試了試，做出來的肉夾饃味道還很不錯。幸好現在有了騾車，也就是多加一口小鍋和一塊切菜板的事，還能每天多些收入。她也不怕冷，準備碼頭封航了就去縣城裡試試。反正也只比來鎮上遠個六、七里路，有了交通工具，這點距離就不怕了。

穆永寧是知道何貞擺攤的地方的，偶爾來鎮上的時候他也會悄悄過來看看她。有的時候讓何貞看見，有的時候就躲在一邊，看一會兒就走，並不打擾她。打從上次的狐狸皮被退回來之後，他有些憋悶，好久沒來了。

這會兒可巧，碼頭上人不多，他剛走上這條路就被何貞看見了。

何貞瞧見他，也挺高興。「穆大哥，你來鎮上辦事？」

這個小丫頭可能早就把狐狸皮的事給忘了，穆永寧就覺得一拳打在棉花上似的，過去那麼久就顧著自己瞎生悶氣了。現在看著她裹著棉襖有些臃腫的樣子，又覺得怪心酸的，那點氣也就散去了。

他走到何貞跟前，看著她攤子上的東西。「我陪我娘來的，她先走了，讓我來碼頭上逛逛。妳這是啥？」

何貞早就提著勺子撈起一塊肥瘦相間的肉，麻利地切碎，夾在剛剛熱好的饃裡，又澆上一勺香濃的湯汁，才包了紙遞給他，笑咪咪說：「肉夾饃呀。這個東西就要現做現吃才好呢。你嘗嘗。」

穆永寧已經很習慣吃何貞做的東西了，而且老有一種何貞跟他不是外人的感覺，所以完全沒推辭，接過來就咬。這東西用的原料不貴重，可是吃起來特別香，又管飽又好吃，他一嘗就很喜歡。

他很快吃完一個，又掏出手帕擦了嘴，才在騾車的一角坐下，說：「妳倒是挺會想的，很好吃。」

何貞眉眼彎彎。「那當然了，不好吃我怎麼在這裡擺攤？」

兩個人正說著話，同在這一片做生意的一個婦人就過來了。原本就來者不善，看見穆永寧，就越發嘴上無德，污言穢語地把何貞罵了一通。因為她是管著這一片的鄉老的姪媳婦，周圍的人誰也不敢幫何貞說話。罵到最後，何貞明白了，這人是來要這肉夾饃的方子。她沒給，卻也知道這裡的生意是做不下去了，只好收攤。

到了陳娘子那裡，偏偏陳娘子不在，說是東家那邊的事情，她去了北邊，估計得兩、三個月才能回來。於是何貞就跟夥計留了話，得了夥計幾句安慰之後，就跟穆永寧一起上了騾車。

「妳坐著吧，我趕車。」穆永寧看著何貞強作鎮定的樣子，心裡難過極了。是在知道祖父和伯父被冤屈的事情之後，再一次對權勢生出了強烈的渴望——他要是有權，一個小小的鄉老如何敢欺負何貞！

何貞也覺得沒力氣，就胡亂爬到車上窩著。

穆永寧回頭看她。何貞為了出來擺攤暖和些，就在貼身的小棉襖外頭又套了一件大厚棉襖，這會兒她抱膝坐在車上，越發顯得棉襖肥大，而她小小一隻。

在穆太太她們眼裡，何貞還是個孩子，是因為何貞個子不算很高，身形曲線也不明顯，算不上能談婚論嫁的大姑娘。可在穆永寧眼裡，何貞比他剛認識的那時候已經長大了很多，早就不是小丫頭了，反正他心裡一直是把她當大姑娘喜歡的。

很快，騾車就出了鎮子，上了大路。穆永寧提醒她。「妳包著頭，別凍到。」

何貞答應了一聲，又說：「我坐在爐子邊呢，還有些炭沒熄，熱著呢。」

然後，穆永寧就不知道該說啥了。他是心裡放著這姑娘，可這會兒哪是說那些事情的時候？那說今天這事吧，又能怎麼說呢？

何貞也不說話。

穆永寧知道她愛惜牲口，並不怎麼用力抽打那騾子，只是隔一會兒就用鞭子輕輕敲敲而已。走了大半的路，他終於聽見了細微的哭聲。

何貞哭了。

說起來，穆永寧不是沒見過何貞哭，可是還真沒像現在這樣，連聲都不出，小心壓抑著。他的心都被揪起來了。

他停了車，從騾車上跳下來，小跑著繞到何貞身邊，小心翼翼地盯著她，問：「妳是不是難受？」

何貞點頭又搖頭，帶著重重的鼻音說：「我沒有，就是眼淚鼻涕有點不聽我使喚。」

穆永寧都要笑了。這丫頭說話還是這樣，平常最老成不過的了，可冷不防冒出一句來又特別有意思。

可是問題還在那裡，他還是很發愁。

現在他也知道了，自己的老爹狡猾狡猾的，打多少年前就年年借著回老家祭祖的名義往這邊帶東西。別看這穆家宅子就那麼大，地也不多，可是家裡藏的金銀可不少。救濟救濟何貞，他完全做得到，可是名不正言不順，再說何貞怎麼可能接受呢？

何貞說話了。「怎麼不走了呢？快回去吧，省得晚了你娘不放心。」

穆永寧也不放心地看著她。

「我沒事，趕明兒我就去縣城看看。本來打算封航以後去的，現在就當提前了。」何貞甕聲甕氣地說：「日子再難過，老天爺餓不死瞎家雀，我就不信我會一直倒楣。」

「那妳、那妳別哭了唄。」穆永寧是覺得她恢復得也太快了些，怕她心裡還是壓著事，再憋屈出毛病來。

「我沒哭，你快上車走吧。」何貞低下頭。

再次上路，好一會兒，何貞才輕聲嘆息。「過日子，怎麼就那麼艱難呢……」她的聲音很輕，被凜冽的風一吹，就散了。

可是穆永寧聽見了。

他不敢回頭，怕忍不住想要去抱抱她。

他想給她一個依靠，可是她並不需要。那句感慨估計就是極致了，接下來，她必然又得活力滿滿地去縣城打探生意了。

她有沈重的家累，消沈不起。

回到家裡，何貞果然已經收拾好了心情，也沒跟弟弟們提起那些糟心事，只說碼頭要封航了，她準備去縣裡看看。因為有了騾車，且黃里正的二兒子就在縣裡做縣丞，大家倒沒覺得特別擔心，只是擔心她累著。

何貞欣慰地想，不管怎麼說，起碼她有懂事的弟弟妹妹呢。

今年因為有院子種了菜，他們在吃食上好了很多。後院的花生收了之後，五嬸建議她來年就在後院種菜，前院可以養幾隻雞什麼的，她考慮過後還是放棄了。前院她準備打口井，就不想養雞了，萬一污染了水源，更麻煩。現在倒座裡一頭騾子一隻羊，來年可能的話她要再養一隻羊，多做些含奶的點心。要到縣城裡做買賣，太粗糙的小食恐怕是不行的。雞蛋就在村裡收吧，現在看在兩個雞蛋一文錢的面子上，大部分婦人也不議論她了。

現在最發愁的是，她對縣城兩眼一抹黑，不知道能不能找到賺錢的路子。

因為要進縣城，何貞第二天特地換了身齊整衣裳，就是穆太太給她做的那一身。因為衣裳寬大，她雖然長高了些，穿起來也還可以。她還沒出門，穆永寧就跑了進來，一看她還在家，頓時鬆了口氣。

「穆大哥，你有事？」何貞問。

穆永寧點頭。「妳不是今天要去縣城？我爹打發我有事要辦，正好順路，搭妳的車唄。這不昨天的事……」他眨了眨眼睛。據他估計，何貞肯定不會跟弟弟們說的。

果然何貞會意，就應了。「我正要出門呢，走吧。」回屋跟明義說了一聲，小孩擰了擰眉毛，最後也沒說啥，只讓她注意安全。

上了路，穆永寧看著何貞的精神好了很多，才說：「我回去跟我爹說了昨天的事，他也說妳做得對，不過就叫我今天跟妳一塊兒，好歹也保護妳，誰讓我昨天拖累了妳呢。」

事實是，他軟磨硬泡才跟穆靖之要了一天的假。畢竟跟去地裡找佃戶們幹活不一樣，這可是純粹的約會——當然這是穆永寧單方面的美好心願。

「穆大哥，以後可千萬別說什麼拖累不拖累的，我可就無地自容了。」何貞說：「昨天的事我已經不在意了，你也不用擔心我。我知道你心好，不過我真的沒事，說不定我到了縣裡能賺更多的錢呢。」

被發了好人卡的穆永寧總覺得有些鬱悶，又說不清楚。不過想著能跟何貞單獨在一起一天，他又高興起來。

到了縣城，把騾車停在城門口看車的地方，何貞交了兩文錢的看車費，才跟穆永寧一起逛起來。當然，她已經問好了，騾車是可以進城的。

縣城到底是一縣府衙所在的地方，比起齊河鎮來那可是大多了。何貞有點懵，好在穆永寧之前來過縣城，對大概的布局還有些了解，就領著她往東邊去了。

「這個地方說是『東富西貴』。衙門和縣學都在西邊，本縣有頭有臉的人物也都住在那一片。做買賣的和街市就都在東邊了，妳要是想看鋪子，就得往這邊走。」穆永寧跟她簡單介紹了一下。

何貞還是很有興趣的，不過心裡卻知道沒用。「我就是一個擺攤的小孩，哪裡開得起鋪子啊？」

正說著話，就在一家雜貨鋪門前碰到了老熟人唐老闆。原來這家雜貨鋪就是他兒子唐修的。

唐修吃過何貞做的小食，如今見到了本人，馬上提出收購肉脯和燻魚。燻魚是沒有了，只有肉脯能做。一通討價還價，定下了七十文一斤收肉脯的契約，唐修還出門請了一個在街上巡邏的縣衙衙役當了個見證人，簽字畫押。

這個一年的契約，每個月三十斤，當月交貨時就結清貨款，這樣每個月何貞能穩賺一兩多的銀錢，算是不錯了。何貞知道，她在齊河鎮都能賣一百文一斤，到了縣裡賣得肯定更貴，不過這是人家的人脈和本事，她也不眼紅。

說好了三天後送來第一批貨，何貞又打聽了一下要在縣城擺攤的事。有個認識的業內人士指點，那肯定是比自己瞎逛有效率。唐修建議她去城西，府衙旁邊是縣學和一家新開的書院，人流不少且有衙役巡街，比較安全。

辭了唐家父子，何貞就轉往西大街那裡走。

穆永寧就在她身邊一步遠的地方跟著。「妳當真要去那邊擺攤？」

何貞點頭，一邊看著路邊的街巷布局一邊說：「是呀，聽唐老闆這麼一說，我覺得那邊確實比較適合我。」她沒有本錢做大生意，而且也沒有什麼過硬的技術金手指，所以這種步行街小吃攤的地方確實是最適合她的。

穆永寧並不懂得經營，想著他來年要考秀才，肯定也沒法子天天陪著何貞——再說他也沒有那個身分和立場，所以街面上的治安情況就格外重要。

到了地方，何貞遠遠就看見了縣衙的門樓。她沒進過衙門，不過看著就覺得威武莊嚴，不容冒犯的樣子。再往不遠處，就是縣學了。可能是年代有些久遠，院牆什麼的有些黯淡，現在沒到散學的時候，書院裡頭十分安靜，門外也沒有學子走動。

這條街的斜對面就是唐修說的新開的書院了。雖然不算怎麼奢華，可是紅漆大門看著就比縣學鮮亮，果然是剛裝修沒多久的樣子。

門口有人在聊天等孩子散學，何貞聽了一耳朵才知道，原來這是縣城裡最有名的兩家私塾合併擴建的，裡頭有好幾個班級，從剛開蒙的小童到考過了童生試卻沒有得到秀才功名的成年人都在這裡讀書。學生是以縣城裡的人為主，可是也有些別的鎮子上的人家慕名把孩子送過來——當然都是家境殷實的人家，所以書院學生一直在增加，很有發展潛力的樣子。

長街兩側都有衙役巡邏，而且此地離縣衙也不遠，看著是挺安全的樣子。也不是沒人爭吵，但是好像都是些私人口角，看周圍攤販們的神色就知道了，並不怎麼擔憂，甚至還有看熱鬧的樣子。

何貞看著就放心了，跟人打聽了一聲，到了街口，找到衙門設的一個小鋪子，問清了擺攤的規矩。原來像她這樣拉著騾車來擺攤的人，只能到街市中間衙門指定的地方擺，離兩側的店鋪都有一段距離，互相不會影響。當然，場地費還是要交的，一天十文錢。

這個價格比鎮上可高多了，但是何貞不怕，只要能踏實做生意，交點保護費也是值得的。

該說的該問的都打聽明白了，何貞就不想多留。她也大概看過了現有的攤位，既然自己的小吃暫時還沒有人做，她就可以準備起來了。

畢竟是多了六、七里路，路上用的時間也還是長了一些。穆永寧想著那十文錢的進場費，就有些鬱悶。「要是我當時注意克制一下就好了，大不了妳不賣那個肉夾饃，也還能在鎮上安穩些。」

「你這話就不對了。」何貞有了新目標，心情挺好，就勸他。「那人滿嘴的髒話，你聽著要是一點反應沒有，那我也會覺得寒心呢。再說，要是平常的事情，該忍讓的就忍了，可這不是口舌官司，她那是要我的財路呢，這是本質衝突，並不是你不出聲就沒事的。再說了，塞翁失馬，焉知非福。你信不信，我往後能賺銀子賺得更多更快？」何貞笑著問。

冬日的陽光下，何貞的臉好像都發光了，穆永寧就覺得有些暈。他彷彿失去了思考的能力，只有順著她的話說：「當然是信的。」

第三十二章

何貞回家整理了一下食材和鍋灶，定下了要賣的東西：雞蛋灌餅、煎餅果子、手抓餅、紅豆餅、肉夾饃、茶葉蛋和炒鹹菜。想了想，她又去了一趟黃屠戶家裡，跟他約好了，再有下奶的母羊，她再買一頭。

因為豬肉脯的生意，她現在跟黃屠戶也熟悉得很，每次買肉，黃屠戶都稍微給她搭上一點，還說好了，等何貞他們出了孝，想吃什麼他都給提前留好。何貞當然是笑著應了，然後提著瘦肉回家準備剁肉做肉脯。

縣城裡的人們果然消費水平高些，而且也愛圖個新鮮，尤其是如果哪個攤子跟前圍著人排隊，那大家是必然也要跟著排一排的。所以何貞就得了個開門紅，雖然忙了一天，等著趕車回家的時候腰都要直不起來了，可是還是很開心，這一天的功夫就賺了將近五百文！

本來是五百多文的，可是她趕早把自己攤子上的各類吃食都挑了好幾份，一股腦兒地送到衙役們值班的小屋子裡去，這也是一份成本——別說每天都給入場費，那入場費是公家的，這些衙役雖說有些分成，可那都是照著規矩來的。何貞一個小丫頭，第一天來擺攤就知道表表心意，正好又不是錢財，也不怕縣太爺責罰，大家再看這個小孩不就順眼多了？

這樣何貞也就更放心了。

擺了兩天攤子，第三天把給唐修的肉脯送過去，得了第一筆貨款。再過來擺攤的時候又往小值班室裡送了一小疊肉脯，自然也是很得了幾句誇獎。誇獎什麼的何貞倒也不是很在意，這邊的生意能踏踏實實做下去，她就十分知足了。

接下來的日子雖然忙碌，她卻十分歡喜。本來往年到了臘月，碼頭上一封航，她就只能趕兩、三個集，乾著急沒地方賺錢去，可是現在呢，書院縣學都要到臘月二十左右才放假，她還能多賺不少錢呢。

因為慢慢傳出了些名聲，每天到點就來她這裡買了餅之類的當午飯的人也多。她這生意雖說小，可也在穩步成長，差不多每天都能有半兩多銀子的進項。

另外一個好消息是，肉脯在縣裡賣得不錯，唐修專門去攤子上找何貞，問她這個臘月能不能再額外給他供三十斤貨，何貞自然是答應的。自己辛苦些就辛苦些，反正過了臘月二十，要忙父母的忌日和過年的事情，暫時不出攤了，到時候再休息就是。

今年是何貞父母兩年的忌日，按風俗是不需要大操大辦的，何貞幾個也懶得理會何家院裡的事情，自己準備了，日子到了就去墳地祭拜。

這次姊弟幾個都沒有落淚，只是雙胞胎因為從來沒有見過爹娘，並不懂得為什麼要給一個大大的土堆磕頭。可是他們都聽何貞的話，老老實實照做了。

臨走的時候，明睿忽然問：「爹和娘為什麼在土裡？」經常跟何剛他們玩耍，現在他也已經知道了爹娘是什麼了。

何貞紅了眼眶，俯身抱起他，說：「爹娘累壞了，得在那裡養著，明睿大了就知道了。」

明睿小身子一扭，緊緊摟著何貞的脖子，說：「那大姊千萬不要累壞。」

何貞有些想笑，也有些想哭，最後深吸口氣，什麼也沒說。

回了家，因為明輝和明義都有些消沈，何貞就讓他倆先哄著兩個小的睡覺。等兩個小娃都在暖烘烘的炕上睡熟了，何貞才把兩兄弟叫到堂屋，說起了正事。「最近縣裡的生意好，咱家現在有二十三兩多銀子，我想著把四嬸家的十五兩銀子連本帶利給還了。」

兩個弟弟都沒有異議。

「這樣就不欠債了。另外我打算在院子裡打口井，這樣往後也省了挑水。我做吃食的用水多，且澆澆菜什麼的也便宜些，這個我估計要用三兩到五兩銀子，回頭明輝去找里正爺爺問問這件事。」她又說。

明輝自然點頭答應。

「接下來就是你們的事了。」何貞看著他們。「過了年，到三月裡，咱們就算出孝了。我曉得你們要去考秀才，到底是怎麼個章程？」時人守孝三年，但是實際執行的時間是二十七個月，這樣，他們就是三月裡出孝。那以後，他們就可以正常吃肉喝酒、走親訪友、談婚論嫁和考科舉了。

「大姊，我也、我也想去考一考。」明輝首先說：「本來我想著來年就不念了，可是先生說我的功課也還行，說不定能考個童生，我想著那樣也算是有個身分。穆大哥也說，我要給妳撐腰，光靠著一把力氣是不夠的。可我怕要花很多銀子。」

這裡頭又有穆永寧的事。不過他說的話能讓明輝轉變了觀念，何貞還是很高興的。她就點頭。「明白了。你想去考，我高興得很，不用去想考不考得上什麼的，只管好好努力。銀錢的事不用擔心，我總能供得上你們。」

明義是早就說好了明年要去考的，這會兒也沒有什麼改變。兩兄弟一起考試，何貞覺得挺好，互相有個照應。

何貞把何四嬸家的帳還完。對於她給了一分利錢這事，何四嬸差一點翻臉，直說她拿自家當外人，還是何貞仔細解釋她的想法，四嬸才勉強收了一兩銀子，就是半分利。可是回頭就送了兩大籃的年禮過來，只說給他們過年用。

這下子何貞也沒法拒絕了，再讓來讓去那就是矯情。正好得了空，她就給兩個小的做新衣裳。

如今他們跟何家院子的關係也疏遠得很，只剩下逢年過節去吃頓飯了。反正他們不空手，蔬菜雞蛋甚至糧食之類的都帶著些，也不算白吃，誰也挑不出理。

因為何三郎想去縣城新開的書院讀書，又跟家裡要錢，二房不滿，大過年的鬧得雞飛狗跳。何貞幾個一聽著酸話轉到自己頭上，立刻就走人了，回到自己的院子裡，兄弟姊妹有吃有喝，自在開心地過年不更好？

之前唐修說過，正月初八他的鋪子就要開張，讓她到時候去送肉脯。何貞過了初五才開始準備，等做好了，因為也沒打算做生意，就決定帶著弟弟妹妹，全家出動去送貨，順便逛一回縣城。

她想了想，覺得既然算是出去玩，就讓明義去隔壁問問，穆永寧和長安去不去。完全不出明義預料，長安要跟他爹去佃戶家看看，穆永寧跟著去。

今年何貞長高了不少，從前做的衣裳不能穿了，過年的新衣裳還是她自己做的，沒繡什麼花，就是簡簡單單的青布小襖和同色棉裙。穆太太沒給她再做過衣服，反倒是給兩個小的做了兩身，還搭著新鞋子新帽子，這不今天就都穿上了。

怕兩個孩子凍著，何貞把平常自己擺攤子穿的大棉襖拿過來，把兩娃娃包住，讓明義坐在旁邊扶著，等穆永寧來了，就一起上車出發。

穆永寧過來，先看了何貞一眼，眼裡就有了笑意，這才說：「帶著他倆，還不如用我家的馬車呢。」

何貞坐在明義旁邊，叫明輝趕車，又招呼他上車來坐著，才說：「我今天得去送貨呢，你家的馬車可不成。」自從還清了債務，無債一身輕的何貞心態也好了很多，也不會覺得一定要跟穆家劃分界線什麼的了。

別看穆永寧心思沒有他老爹那麼縝密，可是也覺察到了這一點。他當然是樂於見到何貞這個樣子的，也不反駁，在她對面坐著，一邊有一句沒一句地說些話，一邊也逗著兩個小的玩耍。

雙胞胎自從話說索利了之後，因為常常見到穆永寧，也早就跟他熟識得很了，靠在二哥懷裡跟他呱呱嘰嘰地聊得熱鬧。

別說兩個孩子這還是第一次出村子，就是明輝和明義，神色間也是很興奮。到了縣城，何貞想了想，決定花錢把騾車寄存在門口，自己揹著肉脯去送貨，這樣等會兒玩的時候也不用拉著個大板車累贅了。

穆永寧還在呢，哪裡會讓她受累，提前一步揹上大背簍，跟在何貞後面。明輝一看，用不到自己，就低頭把胖嘟嘟的弟弟抄起來抱著，何貞也抱起了小何慧，一邊不緊不慢地走著，一邊引著他們看街邊的店鋪。

幾個孩子都是懂事的，只是好奇打量著，誰也沒說要買什麼東西。

過了這個年，穆永寧虛歲已經算是十六歲了，身量也高，自然沒人把他當成小孩子看待。明輝也長高了不少，看著就是個孔武有力的少年，所以他們一行人雖然有小孩子，也有姑娘，卻也沒招來什麼不好的人。

唐修的鋪子已經開張，收了貨，沒耽誤多久，一行人就繼續上街去逛了。何貞說：「看上什麼跟大姊說一聲，咱們都買。」這下子，就連明義也抿嘴直笑。這孩子到了換牙的時候，剛掉了門牙邊上的那顆牙，正漏風呢。

背簍裡空了，穆永寧就衝何慧張開了手，果然小姑娘扭著身子要找哥哥抱。何貞無語得很，只好把她交出去了。

聽著何貞和弟弟妹妹時不時說笑兩句，穆永寧心裡也美得很。這要是再過上幾年，他抱著自己跟何貞的女兒，跟何貞一起也這麼逛街，那才叫幸福呢。

小小的少年心思飄得很遠，渾然忘了何貞到現在都不知道他的心意。

轉悠了一大圈子，到了中午，也是何貞作東，在城西書院街的一家麵館，幾個大的吃陽春麵，只是額外給穆永寧的碗裡加了幾片醬羊肉。兩個小的不會用筷子，就跟店家說了，另外給煮了一碗雞蛋麵片湯，反正都吃得很飽。

出了門看見有人賣糖葫蘆的，便掏錢買了幾根，人人有份，吃了消食。

下午他們也算是滿載而歸，除了油鹽醬醋的買了一大堆，何貞還給兩個讀書的弟弟買了筆紙文具。另外買了些鄉下少見的栗子酥、桂花糕之類的精緻點心，一份給孩子們，一份讓穆永寧帶回去。

買的時候穆永寧並不知道，反正何貞買，他就負責拿著，讓她的兩個弟弟都沒了用武之地。可也沒辦法，誰叫那背簍在他背上呢。等到了家，何貞把一半的點心遞給他的時候，他才知道，何貞也有想到他，於是格外高興地跑回了家。

明輝現在也回過味來了。過了年，他跟何貞就算是十二歲了，他在學堂裡也不是沒聽過少年們懵懵懂懂談論過誰看上了誰家女娃，或者誰家爹娘給說親了什麼的。雖說他自己還沒有什麼喜歡女孩子的心思，可不影響他看出了穆永寧的心思。再問問明義，敢情弟弟也知道呢，就大姊自己不知道。弟弟說得對，大姊不知道，那就不用告訴她。

要說穆永寧喜歡上何貞，也有一年多了，在這之前是真當她是個小夥伴來著，以至於何貞一直當他是小夥伴。就是現在，他也沒敢在何貞面前表露一點，生怕驚著她或者被拒絕。他就算試圖表白表白，可是回回都錯失良機，讓人扼腕之餘，越發不敢造次。

過完十五就算是過完年了，村裡人開始忙起來，明義明輝也明顯更用功了。

明輝跟先生說了想去考秀才的事情，陳夫子很欣慰。他早也想勸著明輝去試試了，沒想到這孩子自己提了出來。不過他還有些擔憂，就問：「縣試還好，府試跟院試可都要盤纏的，你可有什麼為難之處嗎？」

明輝搖頭，面帶愧色。「先生，我姊說能備足銀錢，我覺得十分慚愧不忍。」

陳夫子當年因為一次不中就沒有再去考，並不是受不起打擊，而是實在不忍自己的寡母辛苦支撐，才尋了這個教書的營生。年月久了，求功名的心也就淡了，養家餬口奉養老母也不錯。他聽到明輝這話，也是嘆息，不過還是說：「既然如此，你就打起精神來，全力以赴，也不枉你姊一片辛勞。」

他這裡是盡力而為，而穆先生和明義那裡，就是一定要考上了。就算穆靖之十分有把握，他也沒有大意，還是帶著兒子和弟子認真研習經義。

對於這些，何貞是幫不上忙的，她就像現代考生家長，除了給學費、加營養，別的也真是沒辦法。

只是身體還是很重要。明輝天天練拳練射箭的，這還好說，明義就不行了，小小的孩子天天窩在屋裡可不是辦法，正好黃三的羊送來了，何貞就要求他每天下午去放一次羊，順便撿些柴火回來。幹活什麼的都是次要的，適當地活動一下，腦力勞動和體力勞動相結合，才能確保身體健康。

二月底，何貞家辦了兩件不大不小的事情。

第一件，是在黃里正那裡備了案之後，明輝託人請了打井的人來，在何貞家西屋的西邊打了一口井。他們這邊地下水豐富，施工並不算麻煩，很快就出了水。

已經打了井，何貞乾脆就請了姑父過來砌了一個井臺，防備小孩子不小心掉下去。同時直接把這一片圍起來，加蓋了西堂屋的耳房，和之前一樣的磚瓦房，也一樣的石磚鋪地，用來儲放糧食雞蛋這些東西，當成家裡的庫房。

許姑父倒是問過何貞和明輝，要不要把東西廂房也給起了。不過兩個孩子都搖頭，他也沒勉強，回了家跟自己的老婆說：「叫我看啊，妳娘家大哥留下的這幾個孩子，有譜得很，日子一點一點地過起來，踏踏實實的，比什麼都強。」

至於第二件事，就是何貞的兩畝地裡，有八分地居然種下了一種叫做落花生的稀罕東西。

因為田地挨著，所以何五叔一點種，何老漢就發現了。他看了這新鮮東西，也知道估計是何貞的主意。這老五兩口子都是老實人，弄不來這些玩意兒。他是很想說道說道的，可是何五叔卻說：「四叔，我看小貞那孩子有本事得很，聽說這個種子還是里正叔給她的，說不定這是個好東西呢。」

這一年年的，何貞大了，都獨當一面做起生意了，自然不能總是「貞丫頭」、「貞丫頭」地叫，所以幾個常來往的長輩都改了口，只叫她的名字。

當著外人的面，何老漢還是很顧及面子的。他悶悶說了一句「就你們年輕人心眼活泛」，也沒再說別的，可是終究還是叫了明輝過來說了一通。別覺得那丫頭賺了些銀子就能瞎折騰了，糧食的事，那是能試著玩的嗎？

明輝很光棍。「賦稅有交，我們都有飯吃，別的我就不管了。我姊養活著我呢，我沒有那個臉再去說她。」

三月底，何貞姊弟幾個出孝。這也不是什麼值得大肆慶祝的事情，不過是給父母上了墳，門前掛了串鞭炮放了也就算了。

四嬸特別實惠，給送了一大條五花肉，說好幾年沒吃過肉了，給他們打打牙祭。五嬸給何貞做了一件新夾襖，用的是水紅色的料子，而穆太太則送來了兩身衣裙，淺米黃色和水綠色的上衣，胭脂紅和靛藍色的裙子，任意組合都是好看的。

何貞有些哭笑不得。為什麼一出了孝，大家都忙著給她送衣裳呢？還是撐著後腰的何四嬸給出了解釋。「妳這孩子就顧著幾個小的了，這些弟弟妹妹哪個都穿得比妳好，長輩們可不就多疼妳一點？要不是我肚子裡揣著這個，妳四奶奶不叫我動針線，我也是要給妳做兩身的。」

都是長輩們的一番關愛，何貞高高興興收了，卻沒怎麼捨得穿，平常擺攤還是穿著舊衣裳，只是頭上會纏根紅的或者粉的頭繩，顯示自己已經出孝了。

兩個小的打出生就沒有吃過肉，他們幾個大的也吃了好幾年素，何貞怕猛地大魚大肉，反倒壞了腸胃，就在每次炒菜的時候少少放上幾片，循序漸進地加上去。

因為又有了一頭羊，保證了家裡的乳品供應，姊弟五個每人每天都要喝上半碗，要是穆永寧來了，也得跟著一起喝。再有剩下的羊奶，何貞就抽空做上些蛋捲，放在攤子上搭著賣。

然後，這蛋捲就引來了縣學裡一位夫子的注意。

這位劉夫子本人也有舉人功名，算是縣學的山長，地位上是僅次於縣衙的教諭。他性情端方，一般也不流連市井，不過是妻子回了娘家或者走親戚的時候，才會跟其他的夫子一起出來買些吃的。

因為帶他出來的那位夫子愛吃何貞的肉夾饃，就把他也帶到了何貞的攤子前頭。本來劉夫子只是等著他買肉夾饃的，可一扭頭就看到了何貞擺在一邊的蛋捲，頓時想起了一、兩年前的事，就問：「小姑娘，這蛋捲妳是從哪裡進來的？」

「我自家做的呀，先生。」何貞麻利地把肉夾饃做好，澆上一勺滷汁，遞給那位等著的夫子，才轉臉笑著答話。

「妳是齊河鎮的人？」劉夫子又問。

何貞點頭。「先生吃過我的蛋捲？」

「是妳想出在雞蛋上畫畫的法子？」劉夫子不答反問。

何貞想了一下，確實是有那麼回事，就有些不好意思地點頭。「那都是小時候胡亂想的，以為那樣就能多賣銀錢，好在有個客人買了，不然都賠了呢。」

劉夫子就笑起來。「確實，要不是拙荊回娘家的時候見到了，知道我喜歡這些新奇的東西，給妳包了圓，只怕妳真要哭了呢。」

「哦，原來那個好氣質的太太是您家的呀，果然是書香門第的，就是不一樣。」何貞說得好聽，但心裡也確實是這麼想的。那件事算是她做生意犯了一次傻，印象當然很深刻，記得那個修養很好的中年婦女主顧，原來她是書院夫子的家眷。她不認識劉夫子，但是認識同行的趙夫子，自然能猜出來。

「小姑娘倒是嘴甜，心思也是靈巧。」劉夫子指指蛋捲。「這些就都給我包起來吧。我那小孫子喜歡這些，家裡又做不出妳這味道。」

這邊收了錢，劉夫子又問：「妳那雞蛋還畫嗎？」

何貞就搖頭。「先生可別取笑我這個小孩了。那畫得再好，也是個雞蛋不是？吃了，畫就沒了；不吃，雞蛋就臭了。都是糊弄小孩子的玩意兒，會賠錢呢。」

劉夫子大笑。「小姑娘真有趣。妳家大人呢，怎麼叫妳自己擺攤？」

何貞搖頭，收斂了幾分笑意。「我爹娘都不在了，前些日子剛出孝。如今就靠我這個小攤子養活弟弟妹妹。」

劉夫子撫著鬍鬚點頭。「小姑娘自立自強，懂得孝悌，甚好。」

「您是學裡的夫子嗎？」何貞並不沈溺在悲傷的情緒裡，而是提起了新問題。「聽您說話就是有學問的人。」

劉夫子又被她逗笑了。「這妳聽得出來？老夫確實是個教書的，不過縣學裡不收女娃娃，妳可當不成老夫的學生。」

「我當不成，不是有我兄弟嗎？說不定我兄弟們就能進了縣學呢。」何貞笑嘻嘻地說。進了縣學，那就意味著已經考中了秀才。

「妳這小丫頭，口氣可不小。」吃肉夾饃的趙夫子嚥下一口，也玩笑著說：「一家子出一個讀書人就了不得，妳還要把弟弟們都送進來？莫不是在吹牛吧？妳有幾個兄弟？」

何貞也不惱，只說：「我努力供，說不定就能成呢？就是不成，弟弟們都讀了書明了理，自然也能當個更好的人呢。」

「小姑娘說得好！」一個中年男人經過，無意中聽了最後一句，便站住腳，誇獎了她一聲。

兩位夫子都向他行禮，原來這是本縣的教諭。這個教諭很斯文，沒什麼架子，看看何貞，還買了一份煎餅果子。臨走前，他跟兩個夫子半是感慨半是玩笑地說：「若是本縣婦孺都如這個小姑娘這般見識，說不定朝廷也要表彰表彰咱們的教化之功呢。」

說她功利也好，說她市儈也好，反正何貞在這邊擺攤，除了賺錢之外，也有意無意跟縣學和書院的先生們說幾句話，結個善緣總是好的。

當然，也不是沒挨過冷眼。有的先生是不和女子說話，有的是看不起她這樣的鄉下孩子。不過這些都在何貞的容忍範圍內，也沒覺得特別受不了。

她還發現，縣學裡的先生多數都十分有親和力，少數古板些的，也是個性使然，並沒有什麼看不起人的意思。而那些比較傲氣不好說話的，基本上都是旁邊書院的先生，也是十分有趣。

她有時候會把這些見聞揀著有趣的說給弟弟們聽，也讓他們有個準備。畢竟考秀才只是個起點，以後還要進學，要和同窗相處，要考功名，更要在官場上打拚，不是只念書就足夠的。

第三十三章

端午節前，何貞特意去了鎮上一趟，給陳娘子和唐老闆送了些粽子當節禮。

陳娘子難得地出了遠門，回來也沒見憔悴，反而是容光煥發，年輕了不少。這一趟經歷也豐富，她居然跟著陳家的商隊去了一趟北邊，都到了肅州。

何貞已經知道，如今這大燕朝的西北邊境就是肅州、河套一帶，跟自己知道的歷史上差不多，所以陳娘子居然去了甘肅！

「陳姨，您可真了不起。」何貞由衷佩服。

陳娘子搖頭。「這有什麼？我跟著商隊走，底下好幾個人聽我的，我也沒吃什麼苦，只是也許我往後就要在那邊了。妳還記得我讓妳做的手套嗎？就是在那邊開鋪子要的。等我要是去了那裡，等閒不會回來，咱娘們就該見不著了。」

這還真是。這個年代，一般人一輩子去過最遠的地方也就是縣城，連府城都沒去過呢，更別說去邊境了。「可我聽人說那裡不太平呢，陳姨。」

「是啊，打從鎮國公父子祖孫殉國，北戎人就囂張得很。不過朝廷也不是吃素的，也派有將軍去鎮守，現在雙方就是各有輸贏。好在我們開的鋪子也都是在城裡，一般並不妨事。」陳娘子說：「更何況越是這樣的地方，做生意的利潤越大。」

何貞無話可說。她也覺得這話很對。

她心裡有了一絲異樣感覺。她的鄰居，穆靖之父子，可是鎮國公的子孫呢。然而穆靖之溫文爾雅，穆永寧熱情正直，可都沒什麼架子，怎麼也跟殺敵無數的國公爺、大將軍連結不到一起去啊？

應節的粽子賣得很好，雖然好幾家賣小吃的攤子都賣了粽子，不過畢竟這東西就賣那麼幾天，倒是沒有出現過互爭買賣的事情。尤其是何貞賣的是以肉粽和蛋黃粽子為主，跟別家完全不一樣，賣得好，也沒引起別人的不滿。

初五當天，劉夫子剛從何貞這裡買了幾個肉粽，還沒走遠，何三郎就過來了。

其實何貞早就知道何三郎在書院裡讀書的事，在街上見過好幾回。這對夫妻，最大的生存技能就是從何老漢手裡摳錢，就算是過年時候二房鬧騰，這錢也是一定會弄出一些的。

要說人家也是很會經營的，成親的時候就以不在村子裡蓋房子為條件，要了何家二十兩銀子，又另外要了二十兩的聘禮，合著成婚時候收到的禮錢和娘家的陪送，在縣城城南那邊買了個小院子。他們自家住正房，東西廂房都租給來縣城謀生的小商販，光房租就夠生活的，再加上每次回村裡都拿上些，日子過得真心挺不錯。

打從碼頭上那一回，何貞就知道，這位三叔是生怕別人知道自己是他的姪女，給他丟了面子。所以看見是看見了，可她從不往上貼，知趣得很。

沒想到何三郎主動找上門來了。

當然不是什麼好事。他是來叫何貞回家的，姪女在這裡擺攤，給他丟臉了。何貞怎麼可能聽他的？他便沈了臉，要教訓她。

「這小姑娘是你姪女？你作為叔父，為何不撫養她，還要讓她在街上做營生？」劉夫子今天正好過來買蛋捲，一瞧這個架勢，再想到這孩子是沒了父母的，很容易就能想清其中的是非。

「與你何干！」何三郎當然不會養何貞。其實，只要不丟他的臉，他管何貞做甚呢！

何貞一看，自己可不能看熱鬧，連忙說：「先生，多謝您維護。您莫要沾這麻煩了，我能應付。」

「先生？什麼先生？妳看看妳，果然在這市面上混的，什麼人也敢搭話，哪裡還有一分女子貞靜！快些回去，閉門思過！這個攤子莫要再擺了！」何三郎語速很快，大概是想越快料理了這事越好。

「我不擺攤子，我們五個孩子吃什麼？」何貞反問。

「妳家不是有地？叫妳兄弟去種！妳就好好說個婆家，多多要些聘禮不就是了？」何三郎一副為了何貞好的樣子。

劉夫子搖頭又搖頭，終究看不下去，說：「你這書生，可是在書院求學的嗎？怎的就連個仁愛晚輩都沒學會？你以為驅逐了這個小姑娘，你就有面子了？可是依老夫看，你這番作態，實在是令人不齒！

「對過世兄長留下的子姪，不僅不予扶持，反而只為了自己的虛榮就惡言相向，出口驅逐，實在是不仁不義不悌！如此人品，如何讀得好聖賢書？更不說對女德理解如此狹隘，可見學問做得也必然是教條至極！」劉夫子雖然一向對學生十分嚴厲，但很少說出非常難聽的話，今天還真是破例了。

他這話，就差直接說何三郎人品低劣還學習不好，肯定沒有前途了。

何三郎果然大怒。劉夫子卻是不怕他的。「你若覺得我說得不對，那就到縣學裡來找老夫理論理論！」

何三郎就慫了。

縣學裡的普通學子也是有秀才功名的，他惹不起，要是縣學裡的先生……他還打算考上了秀才就在縣學好好讀兩年書呢！

他落荒而逃，劉夫子也只是搖頭嘆氣。家家有本難念的經，他能幫襯這個小姑娘一時，卻沒法幫她一世。

何貞鄭重地道了謝。

下午收了攤，她趕著騾車經過城門口，赫然看到了何二郎和何三郎兄弟倆，只能暗道晦氣。

何貞買了騾車之後，也不知是不服還是怎麼的，何二郎也買了一架，平常替人運點貨物或者捎帶人去鎮上和縣城什麼的，在農活之外也賺些零碎錢。這些何貞也聽說了，不過她不關心。可是這會兒遇上了，她就知道，肯定不是巧合，估計這兩人在這兒等著自己呢。

何二郎是替黃里正給他的二兒子送東西的，臨走的時候，何二郎專門去接了何三郎一家子回去過節。結果陳氏說明昊熱傷風了，走不了，只叫何三郎一人回去。何三郎正憋著火氣呢，想想妻子說的，自己那個窮家，除了幫不上忙，還淨扯後腿，今天又被何貞連累丟了好大一個臉！只是他不能跟何二郎說，二哥二嫂也不是什麼好貨，說不定還會看自己的熱鬧。

何二郎看到何貞，其實主要還是有些羨慕嫉妒恨。他買了騾車，家底就快要掏空了，跑了這麼長時間，也還沒賺回來多少錢。這個小丫頭可好，折騰著顯見是賺了錢了，又打井又蓋了一間房，那不是有錢是啥！他趁著空也去西大街看了，那丫頭正正經經擺攤子，看到客人那麼多，就是他想說點別的都不能。

何貞懶得搭理，喊了一聲就駕車走。各人坐各人的車，哪有那麼多話說。

何三郎就忍不住了，上了大路上就提高了聲音訓斥。「妳一個女孩子，整天這樣拋頭露面，把門風都敗壞了，將來妳弟弟們還怎麼做人！」

說話就這麼難聽，何貞寒著臉，朝那邊猛地一甩鞭子，嚇得何三郎急急躲了，卻因為在馬車上沒掌住平衡而摔了一下。然後何貞才嘲諷道：「我行得正坐得直，三叔怎麼敗壞門風的？」

「妳家的地，養活你們幾個足夠。實在不行，妳早些嫁了人，再給妳妹子找個人家，不就結了？做什麼天天這樣丟人？」何三郎強壓著火氣說。

何貞不搭理他。

何三郎又說：「你們鄉下的孩子做什麼想三想四的，妳弟弟們就別念書了，回來種田，怎麼還養不活？非得讓妳這樣？人，首先得安分！」

回答他的是何貞一記鞭子。

何三郎惱羞成怒，可是看到何貞又揚起了鞭子，就縮了回去。

圍觀了這麼半天，何二郎還有些興奮，要不說他跟李氏是兩口子呢，唯恐天下不亂。他瞧著三弟那個樣子，心裡其實也覺得爽，不過還是沈著臉，端出個長輩的架勢來，說：「妳三叔也是一片好意。如今妳的名聲已經不大好了，不著家，還厲害，將來就是妳孀子努力，只怕妳也說不到好婆家了。」

「我發了誓的，弟妹不成家，我不出門子。」何貞冷淡道。

何二郎還想再說，可是何貞冷冷朝他看過來，鞭子交到左手，右手抄起了切肉的刀來，說：「我不怕名聲不好，反正我會動刀子，這本來也是事實。我正好還想有仇的報仇呢。」

父母之仇不共戴天，何二郎一瞬間就想到了。

接下來就安靜了。所以說呢，有時候對付沒臉沒皮的人，就要用武力。當然，這可能也跟何貞從心裡就沒把他們當作家人有關係。

一路到了家門口，何貞下了騾車，去推院子大門的功夫，何三郎終於忍不住了，也從何二郎的騾車上跳下來，要去打何貞。

本來他念著自己是讀書人的體面，是不屑跟何貞較勁的，可是這一天過得實在是太丟臉，這個小丫頭居然這麼難纏，最後還敢拿鞭子甩他，這還得了！

何二郎看見了，可也沒動手去拉。那個小丫頭也不是個善茬，到底怎麼樣還不一定呢，他就看熱鬧好了。

何貞沒防備，就推院子門，準備把騾車趕進倒座裡。她一推開門，院子裡的明義和穆永寧就不約而同地抬眼看過來，顧不上看她的表情，就都被何三郎扭曲的表情和凶殘的動作給吸引了。

明義驚叫了一聲「大姊」，連忙跑過來，可怎麼能快得過穆永寧呢？他兩步就搶到倒座那邊，飛身而上，一腳就把何三郎給踹翻了。於是何三郎揚起的手臂擦過何貞後腦處的頭髮絲，沒有打中她，反而自己倒在地上起不來了。

明義扶著何貞，連聲問：「大姊，妳沒事吧？疼不疼？」

兩個人緊張的表情和動作讓何貞很驚訝，不過隨即就知道發生了什麼，她就扶著明義的胳膊，說：「沒事，沒傷到。他都沒碰到我呢。」

穆永寧也知道自己衝動了些，生怕這些人嘴裡說出些不乾不淨的，就搶先道：「小爺還從來沒見過打女人還得靠偷襲的男人，真沒用！心又壞，還沒能耐，算什麼男人！」

明義馬上道：「我姊還小呢！」不能算女人。

穆永寧隱隱地抽了抽嘴角，馬上接過話。「喔對，背後偷襲，打一個小孩！什麼東西！」

何三郎在地上哼哼唧唧的，爬不起來，滿臉的狠戾都被疼痛驅散，彷彿一條掙扎的蟲子。

雖然是關心則亂，衝動行事，但穆永寧不是個狠毒的性子，使出來的力量也有克制，肯定是沒有真的傷到何三郎，不過是讓他不能再靠近何貞罷了。

何二郎瞧完了全場，這才去扶起弟弟，還端著架子說：「明義啊，看著你姊休息吧，一天了都怪累的。晚上過來吃飯，你看你三叔也回來了，大過節的。」

可是完全沒人理會他，連個正眼都沒有。

穆永寧看他們走了，這才過去把騾子牽到倒座裡，車也跟著轉過去，又抱了一大捧乾草去餵了騾子，然後轉身進屋，關切地盯著何貞的臉，嘴裡卻問明義。「明義，你姊沒事吧？」

明義搖頭，倒了杯水給何貞，看著她慢慢喝了，才說：「沒事。」

何貞是覺得自己剛才真的是太大意了，沒想到何三郎真會打她，一時也是有點懵。不過畢竟沒有真的打到，就笑了笑，說：「我一點事都沒有，你們都別擔心。」

明義想了想，就說：「大姊，妳在家歇著，我去那邊一趟。咱們今晚就不去吃飯了。」

「你……」何貞有些不放心。

明義說：「大姊放心，我是馬上就要考秀才的人了，還能說不過他們？再說我是爺爺的孫子，沒事的。」今天這事不當面說清楚，那兩個叔叔都是不老實的，誰知道會被歪說成什麼樣？他們雖然不怕，可也不想為這些人煩心。尤其是，姊姊為著自己兄弟的名聲，一直是護在他們前頭的，他早就想要替姊姊做點什麼了。

「明睿他們倆呢？」何貞回來了，沒看見雙胞胎，就先問。

明義笑了笑。「他倆去五嬸家玩了，還帶著小恩呢。正好，我說完話就把他們接回來。」這會兒明義也顧不上穆永寧對姊姊的心思了，反正有他大哥哥守在家裡，他很放心呢。

等明義走了，穆永寧還是忍不住，湊上前來，認真端詳著何貞的臉色。「妳怎麼遇上他們了？之前有沒有吃虧？」

何貞笑著說：「沒有的。今天確實是有些晦氣，被他們給逮到了，不過我是誰啊，好幾年前都不會吃虧，現在我這麼大了，更不會了。就是這最後一下，是我大意了，不過這不是有你們嘛！」

穆永寧想想還是覺得火大。「妳那叔叔不是有瘋病吧？還讀書人呢，跟個潑婦一樣。還有妳二叔，也不是好東西，就在一邊看熱鬧。」

「我三叔不是瘋病，他是覺得我在他們書院門口擺攤子，丟了他的面子。」何貞冷笑。「他總覺得我們這一大家子拖累了他，可是有本事別從他看不起的人手裡摳銀子用啊！」

穆永寧真不知道說什麼好了，只覺得這人真是太讓人膈應了。

何貞說：「剛才的事，我知道你是怕我吃虧，不過你不知道，之前在路上，我也是衝他甩了鞭子的，真要說起來，我也有不對的地方。你放心，我不會吃虧的，你可千萬別跟他們動手，沒得沾上麻煩。」

「可是我就是心、心裡不忿，你們都分家出來了，他們幹什麼還找你們麻煩，跟蒼蠅似的。」穆永寧想說他就是心疼了，可是話到嘴邊又說不出口了。

何貞怎麼可能不生氣呢？「你也說了，他們就跟蒼蠅似的，蒼蠅算什麼？能有什麼大能耐？我們自家把日子過好了，他們敢怎麼樣？如果明輝他們身上有了功名，這些人還敢冒頭嗎？就算明輝他們考不出來，我家要是攢足了錢，成了財主，他們也不敢惹。你看，你踹了人，他們誰敢吭聲了？

「所以，不是我好欺負，而是在有絕對的力量之前，說什麼都是白搭。就算是嘴皮上占了上風，也沒什麼意義。沒有這次，也有下次，麻煩還是不會少。可是只要你站得比他們都高了，他們就再也不敢在你面前蹦躂了。」何貞說。

「可是，我還是覺得妳太難了。」穆永寧看著她，滿目憐惜。

何貞搖頭。「現在艱難些不怕，我還小呢。人嘛，先苦後甜總比先甜後苦好，你說是不是？」

「是，妳說得很是。」穆永寧還能說什麼呢？

第三十四章

明義去了何家院子。這還是他第一次單獨過來，以前都是跟在哥哥姊姊身後，很少出頭，就是何老漢他們也往往忽略了他，只當他是個有些小聰明但是天天躲在家裡不見人的孩子。

八歲的男孩子說大不大說小不小，推開院子門走進來，直直進了堂屋。果然，何三郎正在嫌棄何老漢，說他沒有本事，連孫女都管不住，又說大房的孩子都沒教養沒規矩。

明義進了門，先叫了祖父，然後才說：「爺爺，今天我三叔從背後打我大姊的頭，他跟您說了嗎？二叔就在一邊看著呢，我可沒撒謊。」

何老漢一愣，二郎三郎可誰都沒說呀。要說長輩打孩子，在鄉下也是尋常，可是從背後突襲，這就是不安好心，要是打壞了孩子，性質都不一樣了。

何二郎連忙說：「那是你看岔了。你三叔一個大人，怎麼會打姪女？」

「哦，我看岔了，那穆家大哥也看岔了？」明義哼一聲。

「不是也沒打中嘛，你三叔還受了傷呢。」何二郎說。

明義就道：「沒打中，那是因為穆大哥出手了，不然還不知道怎麼樣呢？我大姊不計較，可是我還是要問問三叔，身為長輩，對晚輩不慈；身為兄弟，不能善待兄長遺孤，是為不悌；身為兒子，對爺爺如此嫌棄，是為不孝。如此這樣，也能考功名？」

何老漢聽不懂，可也知道，這是孫子在說三郎品行不好。至於何三郎呢，那簡直就惱羞成怒了，這些話跟劉夫子說得如出一轍。

他又想打人了，可是這次是在何老漢跟前，何二郎連忙拉住了他。

何老漢不高興。他當然知道自己的小兒子德行不好，可是這是他家的讀書人，是門面。再說了，一個當姪子的，這樣數落叔叔，那也是不把他這個大家長看在眼裡了。於是他就喝斥道：「你一個一天學堂都沒上的小子，懂個什麼！那是你叔叔！」

明義就說：「是，我懂得少。不過爺爺，您可能不知道，我姊在縣城裡擺攤，認識了不少縣學的夫子，連縣裡的教諭大人都誇過我姊姊的。如今我三叔這樣，要是他們都知道了，影響的肯定不是我們。」他聽過何貞說起擺攤子的趣事，不妨拉大旗作虎皮。

教諭大人都誇過何貞，你一個沒考上秀才的童生去打罵她？你是覺得你比教諭都本事了？萬一人家心裡存了氣，回頭在三郎的成績上做文章，那可就毀了！

這下子，屋裡的幾個人都慌神了。

「那可怎麼辦？讓你大姊去說說？」何老漢問。

明義心裡冷笑。對付這樣的親人，像大姊那樣只是遠離，或者拿刀子嚇唬嚇唬，實在還是太君子太坦蕩了。算了，大哥不用說，大姊也是個磊落的，那這些腌臢的人還是自己來吧。他這麼小的人，就要開始琢磨這些伎倆了，也算是能者多勞啦！

「我姊就是個鄉下小丫頭，哪有那麼大的臉？」他說完，又說：「我大姊前天就送了粽子給爺爺奶奶吃過了，估計今天三叔也不稀罕，就不送了。爺爺，我先走了，我家慧兒還在五叔家裡呢。」

來前陳氏還真說過，讓何三郎多從何貞那裡拿些粽子回去。這小丫頭做的材料足，東西也好吃。可是搞成這樣，還怎麼開口要粽子？更要命的是，自己的前程都受到了威脅！

除了頭疼，何三郎覺得自己被穆永寧踢過的地方也隱隱作痛。

對於穆家，他老婆是說，既然落魄了，就沒什麼必要去巴結了。可他還是覺得女人見識短，破船還有三斤釘呢，最少人家也是個財主，能打好關係的話還是不要太冷淡了。

可是那穆家的少爺也向著何貞他們。

他也聽二哥二嫂說過，他們兩家鄰居，據說一直有走動。尤其是穆家今年除了孝，那跟何貞他們更是常來常往的。那個大少爺也到了歲數了，萬一將來把何貞弄去當個妾什麼的，這也是一個關係啊！

穆家一直關著門守孝，這次除了孝，倒是把村裡有頭有臉的人家都請去吃了飯，可也沒自家什麼事。這說明什麼，人家看不起你！何三郎想著就鬱悶，好不容易能搭上個線，還是何貞那個丫頭。自家怎麼就沒有別的丫頭了呢？

何二郎是看不慣何貞得意的，可是如今何三郎就跟鬥敗了的雞似的，他看著也痛快。至少這一回，老三沒有臉從老頭子這裡摳錢了！

明義接了弟弟妹妹回家，瞧著兩個小傢伙玩得歡歡喜喜的，也沒露出什麼來，含笑問了他們幾句。一路走到了家裡，發現穆永寧早就走了，他也越發心情舒暢——讓何家院子裡那些人不開心的感覺，真的挺開心的！

穆永寧陪著何貞坐了一會兒，看她確實好好的，就告辭了。不是他不想多待，實在是大過節的，家裡老娘耳提面命讓他早回家。

「今天這事，我得跟大哥說。」明義跟到廚房，看何貞已經燉上了大骨頭，就幫著洗菜。「叔叔們這樣，往後真是不能當他們是長輩了。」

何貞點頭，還是囑咐了一句。「往後要更小心，別在外頭表現出什麼來，你們都要考學呢。」

沒想到聽了這件事，明輝第一句話是：「姊，要不妳別擺攤了吧！」

不等何貞說什麼，明輝又接著說：「妳風裡來雨裡去的，那麼辛苦，還被這麼說，實在太冤枉了！不如就在家裡，我看咱也有些積蓄了，等我們考完這一次，我就出去找活幹，總能養活你們的。」

何貞就笑起來。她就說，她養大的弟弟，不會那麼沒良心。「我才不覺得冤枉呢，又不跟他們說理，冤枉啥？我就要多多掙錢，他們現在是眼紅，將來高攀不起了，就連眼紅他們也不敢！」

他們這裡事情過去了，回到家的穆永寧自然被爹娘給逮住了，也就說了今天的事。穆靖之不以為意。這點事都扛不住的話，那也太脆弱了些，據他了解，何貞肯定不會被打擊到。反而是穆太太問兒子。「你要是真想要娶何姑娘，那就要跟這樣的人家做親家了，你不嫌頭疼？」

「這有什麼好頭疼的？都是些欺軟怕硬自私自利的慫貨，收拾一頓就好了。不好，就收拾兩頓！」穆永寧對何貞是小心溫柔，對別人可沒那麼好的脾氣。

穆太太掩嘴直笑。

何貞不管別人怎麼想，照樣去擺攤，見了劉夫子也一樣笑臉相迎，完全沒受打擊的樣子。

有時候，何貞也會去自家地裡看看，瞧著花生長勢良好，她也格外期待今年秋天的收成。於是在八月裡，他們姊弟又一次成為眾人議論的焦點。

還是兩件事。

第一件是地裡的花生收穫了。說一千道一萬，地裡的出產才是鄉下人的根本，何貞放著好好的糧食不種，偏偏種下了這種沒人聽說過的東西，大家都等著看熱鬧呢。可是她居然收穫了！雖然說產量沒有高得逆天，可也是幾百斤出產，就算當糧食吃也餓不死了。有些腦子靈活的人就去問里正，莫非這個真的是外頭已經有人在種的好東西？

黃里正不知道。說實在的，他當時默許老婆把那一小袋子花生給何貞，其實也是覺得家裡留著這個花生沒什麼用。誰知道這孩子心還真大，居然真的種出來了。他能說啥？只能是誇誇何貞唄。要是讓他打包票，讓大家種這東西，他可也不敢。

第二件事就是明輝和明義居然都報了名去參加縣試了。明輝就罷了，是上過學堂的，明義居然也要去考！這個時代也沒什麼義務教育，大家都是在私塾裡讀書的，或者就是自學，拿著戶籍文書報名就是了，一開始最基礎的童生試也不需要保人什麼的。可問題是明義真的能行？

明義吸引了太多的目光，所以明明穆靖之父子都報了名，村裡也有好幾個孩子報名的，卻都沒人關注了。

就連何二郎都帶著老婆找上門來，勸何貞不要為了虛榮就胡亂砸錢。「那秀才是那麼好考的嗎？妳三叔這都考了多少年了？明義一個八歲的孩子，還沒上過學，這不是胡鬧嗎？妳有那銀子，再蓋兩間屋不好嗎？再說了，這麼大的事，你們怎麼都不跟我們說一聲？」

何貞姊弟當然不理會他們，該幹麼就幹麼。

何二郎鎩羽而歸。對他來說，這家裡出了個大事，那是必須管一管的，不過利益衝突倒是沒有。不像何三郎，一聽說那幾個毛孩子也要考縣試了，那可真是火冒三丈。陳氏就乾脆在回來過中秋的時候跟村裡的婦人們說：「那縣試府試要是那麼好考，那還不是個人都是童生了？也不看看自己是不是那個檯面上的人！」

對於這些，何貞很淡定。因為端午節的事，中秋節何貞是不上門了，明輝帶著明義回老院子待了一會兒，連水都不喝就走了。反正現在也有藉口，要學習呢，沒時間。

何貞一邊勸著兩個弟弟，千萬不要緊張，平常心對待就好，一邊緊鑼密鼓地做考試的準備。

本來縣試應該是春天二月裡舉行的，考過的人參加四月的府試，接下來是三年兩次的院試，由朝廷派來的學政大人組織。可是上一次的府試跟院試出了岔子，罷免了好多官員，本縣的縣老爺也是那個時候換的人，於是算是特殊情況，今年的縣試就在八月舉行了。這樣九月裡出了成績，十月可以去府城考府試，來年二、三月，新派來的學政來了再考院試，時間準備得充足一些，也保證萬無一失。

八月十七縣試開考，一共五場考試，考完一場，隔兩天後揭曉成績，再考下一場。第一場過了的可以不參加下面的考試，直接認為通過縣試。於是，幾天後，首先傳出的結果就是，穆靖之不再考了。

穆靖之私底下跟妻子說出自己的打算。「我需要功名，但不需要從一開始就引人注目。越平庸越好，最好是會試之前都沒有人注意到我才好。幾個小的都還是要踏踏實實考下去的，就是長長經驗也好。」

何貞的猜測也是差不多的。想來明輝明義也都心中有數，踏踏實實考過一場再考下一場。

縣試不過夜，就在縣學裡闢出個考場來，早上進來考，下午出去。按說他們有叔叔家在縣城，臨時住一下，到考試的時候也能少走些路。可是何三郎鬧成那樣，大家是連考慮都沒考慮了。穆永寧說每天早上坐自家的馬車進縣城，既快又舒服，何貞也沒矯情，就讓兩個弟弟跟著。她自己也暫停了生意，專心在家做好吃的，給考生提供充足的營養。

雙胞胎也格外乖巧，雖然在村子裡玩，有的時候會有人說三道四，也有小孩欺負他們，可他們並不說出來影響兩個哥哥。說到這兒，何貞發現，兩個孩子的性格真的差別很大。何慧會悄悄跟她說，誰家的孩子罵她了，而明睿就不提，可是一轉眼，那個罵人的孩子不是被小恩追得褲子都要掉了，就是不知怎麼走著路就摔個跟頭。

因為沒有父母的緣故，何貞很擔心他們的人格、性格上有缺陷，不過現在看著還好，都知道保護自己。倒是穆永寧說：「他們雖沒有父母，可是有妳，有明輝明義，比一般的孩子還幸福呢，妳就放心吧。」

說這話的時候，他們正在整理剛收回來的花生。曬得差不多了，他們就湊在一起剝殼，順便聊天。

第五場考試已經結束了，何貞也不問他們考得怎麼樣。反正第一場沒淘汰的，後面又考不過的可能幾乎沒有。沒看人家穆靖之壓根兒就沒去考後面的麼，就是一直覺得成績不夠好的明輝都很有信心，她就讓他們好好放鬆，畢竟一個月後還要考府試。

今年的八分地花生收穫很好。最後能得三百三十多斤花生米，這些再做種子的話，能種十畝地的樣子。

何五叔跟何貞說好了，要買六十斤花生米種子。他在山前開了兩畝荒地，準備種上花生。除了何貞自己的兩畝地，她還剩下了一些花生，卻被穆靖之給預定了，他要從自家的地裡開出兩畝，專門種花生。

何貞現在手裡有一百兩銀子了，所以不是特別在意地裡的糧食，大不了就直接拿錢交賦稅，再買麵粉吃，反正她更看重的是花生的傳播。如果大家都能接受了這個東西，賣花生米種子也是一份收入，將來她打算建油坊，賣花生油才是重點。

手裡還有一百多斤花生，何貞也不急著用，一部分留著當備用的種子，一部分做成了各種各樣的吃食。主要是自家吃，也沒少往穆家和四叔五叔那裡送。總要大家都認可這個東西的口味，將來她才好推廣。

她現在最關注的是何五叔的沙地。山腳的荒地之所以沒人去種，主要是由於土質不肥沃，都是沙地，但如果花生能種好，那大家就會有動力去開荒，增加一分收入了。要是這麼想，她還是造福鄉里了呢！

九月初，縣試的最終成績公布，穆靖之父子、明輝、明義還有三奶奶家的何文都考過了。這自然是個好消息，可是還有更好的消息呢，明義的最終成績最高，是這一次的縣案首。

這意味著什麼呢？明義不用再去參加考試，也已經是妥妥的秀才了！八歲的小秀才，還是縣案首，那是他們開元縣本朝還沒有過的事呢！

何家村轟動了。

這些年，因為鎮國公的資助，何家村大部分的年輕人和少年人都多少能識幾個字，也有人考過童生，秀才也有一個，甚至黃里正家的大兒子還是同進士。可是那都是讀了好多年書的人哪！現在何家的這個小秀才才八歲！

這下子，村裡的嬸子大娘們都跟他們家好了起來，十幾歲的小姑娘也都來找何貞一起做針線了。

何貞就跟弟弟們說：「什麼叫『富在深山有遠親』？明義的秀才妥妥的了，咱家就成了好人家了？原來那些人，有幾個沒說過咱們晦氣？咱們慧兒現在是秀才的妹子了，成了有福之人，早先不是還說她妨人？我不是讓你們記仇，而是要你們記住，千萬別被一時的熱鬧沖昏了頭腦！」

他們家是一切如故。而穆家就跟沒這回事似的，當然也沒人上門恭賀什麼的，畢竟才只考了縣試，並不能代表什麼。何貞知道他們還打算去考一次府試跟院試，也是支持的。反正能多一些考試經驗，也可以順便去府城長長見識，她又不是出不起路費。

何貞已經感受到弟弟的功名帶來的好處了。她的攤子上多了不少慕名而來的食客，裡頭既有學子也有先生，就來看看八歲小秀才的姊姊到底是靠什麼供出了這麼個小神童的。

來的人有的純粹是好奇，有的隨意買了點吃的，然後發現味道居然不錯，也就發展成了老客戶。反正大多數都是好的，就算有那麼些個心思不怎麼樣的人，也因為明義的秀才功名而不敢造次。

何貞沒覺得自己有什麼了不起的，還是按部就班地擺攤，就是對衙役們也一如既往的客氣，時不時送些好吃的。那些人的態度就更熱切了，彷彿何貞就是他們的閨女似的，時時維護著。

劉夫子再來攤子上的時候，看她一切如舊，就先在心裡點了頭，然後才笑道：「妳弟弟什麼時候來縣學報到啊？老夫怎麼還沒見著呢？」

「他還沒考完呢，這些日子在家溫書。」何貞一邊攤餅一邊說：「他們讀書的事情，我也不大懂得，只是他說要去考一下，多多積累經驗什麼的，我聽著也有理。」

劉夫子撫著鬍鬚點頭。「說得也是，好好考，若是中個小三元，那可就不得了了。」

「借您老吉言。」何貞很高興。就算是她想要低調，可是別人誇獎她的弟弟，她還是高興得很。

與此同時，她也沒忽視了明輝。畢竟被弟弟的光環完全壓過去，不可能沒有壓力，但是她發現，考完縣試的明輝居然比從前更放鬆了，不是破罐子破摔的那種放鬆，而是好像又有自信了。

她問了問，明輝說：「我先前總是心裡沒數，這次考下來，我就知道自己哪裡學得好哪裡不足了。再說看看我的名次，也不是很差了，那就心裡更有底一些。我覺得，就算考不了秀才，怎麼也能考個童生吧，那不也跟三叔一樣？」

弟弟們都在她看不見的地方長大、成熟著，不需要她小心翼翼地呵護了，何貞覺得很欣慰，然後又有了更強的動力。弟弟們都越來越優秀了，她也要加油才行啊！

其實鄉下也好、市井中也好，對於案首的概念並不十分感冒，但你要說誰家有個秀才，那還是了不得的身分。所以現在，別說唐修他們這種生意合作夥伴對她越發熱情，就是黃里正，對何貞也不是一開始的態度了。

一開始，他是因為種種私心，也是看著他們都是孤兒，給了許多照顧，但那也有些施恩的心態。現在就不同了，他可是真心尊重這幾個孩子。別看歲數小，那有功名在身的，就是老爺了，在村裡就是說得上話的人。

第三十五章

十月的府試要去沂州府的府城進行，何貞不打算跟著去。她不覺得自己有多麼了不起，一定能在府城裡事事周全，因此在穆靖之說帶著幾個小的一起出發的時候，她馬上道了謝。

到了臨近出發的日子，何貞往穆太太那裡送了二十兩銀子。穆太太嗔怪了她幾句，知道她不為難，也就收下了，只叫她放心。

出了堂屋，何貞就碰上了穆永寧。這些天穆永寧是真的在閉門發憤用功，好久都沒出門，這會兒聽說何貞來了，才連忙跑過來的。

何貞是大大方方地打招呼。「穆大哥。」

「妳、妳沒什麼要跟我說的？」穆永寧糾結了一下，問道。

何貞愣了愣，連忙笑道：「祝你一路平安，金榜題名！」

穆永寧想聽的當然不是這個，可是也說不出別的話，就點頭。「我肯定努力！」

送走了趕考的弟弟們，何貞真是天天惦記著。也不知道她後來一人給了十兩銀子的零花夠不夠，又不知道客棧裡的被褥乾不乾淨，飯菜好不好吃。實在心裡煩亂了就坐下來做針線，也沒耐心繡花，就給明輝明義做衣裳。單衣做了，又做棉襖，做夾衣。好在她一直沒戳到自己的手，大概也是個好兆頭吧。

到了十月下旬，穆靖之帶著孩子們回來了，還帶來了好消息——他們全都中了，也就是說，大家都是童生了。明義不負眾望，拿到了府試的頭名，真的離「小三元」一步之遙了。

此外，還有一個消息，那就是朝廷特別點了學政，各個州府的院試都提到了今年的十一月，所以他們在家準備一段時間，就又要返回府城了。

他們都要去考。明輝這次的成績沒有縣試的時候好，不過也在中等水平，有一定機會能考中，更不要說水平高於他的幾個人了。

接下來的日子就又在備考中度過了。何貞現在手上不太缺銀子，專門去縣城的鋪子裡淘換了兩塊皮子，給兩個弟弟做了棉襖，就為了在考場上保暖用。穆永寧很羨慕，可是也只能羨慕，畢竟他倆沒啥關係，要是何貞給他送了衣裳，那才是品行不端呢！

臘月裡衙門封印之前，最後的考試結果公布了。何家村這次實現了科舉大豐收，穆靖之父子、明輝明義兄弟，還有何文，全部榮升新科秀才！

當然，名次還是各有不同的。比如明義就是「小三元」，當之無愧的第一名，縣學裡給發銀子發糧食的廩生。而何文的成績就吊車尾，堪堪得中。最險的是明輝，考了最後一名，不過終究還是中了，正是皆大歡喜。

縣太爺是個務實的，看了這個成績，除了給明義嘉獎了十兩銀子之外，也格外表彰了黃里正，連他兒子黃縣丞也是大大的有面子。這個教化之功，可是很大的功績。

黃里正可不就是臉上有光，在這十里八鄉的更有威望了。他原本就有個考上了進士的兒子，而自己當里正，結果一個村一次就出了五個秀才！雖然說村子的基礎教育有老鎮國公、現在的穆家贊助，穆家父子和明義其實也不屬於他們村子裡學出來的，可結果是好的，這何家村就是一次有了五個秀才，還有一個「小三元」！

全村人都覺得臉上有光，就連嫁娶都受到積極影響。要說不高興的人家，也不是沒有，比如何三郎兩口子，那簡直要七竅生煙了。

不管家裡怎麼鬧，出了門，何老漢也是秀才的爺爺，還是一下子有兩秀才孫子呢，村子裡沒人不恭維奉承。他覺得自己也能當上老太爺了，自然是高興得很，破天荒的到何貞的院子裡去看了看幾個孩子。

對此，何貞幾個表示平常心。爺爺來了，他們好吃好喝好招待，至於別的什麼事情，他們就是考了個學而已，沒啥能耐的。

何老漢剛坐下，何二郎就找了來，一個勁兒地打聽這考試的事，話裡話外的意思，是不是因為今年的考試是臨時調整的，所以格外簡單。何貞煩了，就說：「二叔這話也就在我家說說，按您說的，今年格外簡單，那三叔怎麼沒中呢？」

何老漢就瞪了兒子一眼。「不願吃就回去！」

「二叔，你當真要吃我家的飯？」何貞根本就不接何老漢的話。她沒跟弟弟們說父親的那件事，卻不代表她還會在家裡讓何二郎好吃好喝。

明義有些詫異地看了何貞一眼。

何二郎只好起身出去。

何老漢臉上的喜色就淡了。「妳兄弟都是有身分的人了，妳怎麼還是這樣不規矩？」

何貞關上門，回身說：「爺爺，我就是這樣的脾氣，我兄弟再有能耐，我也還是這樣。您也說了，往後我兄弟都是有身分的人了，該收斂的其實不是我們，不然對誰都沒有好處，畢竟我們是兩個戶籍。」

何老漢板著臉，沈默了好久，到底沒有再說什麼。

今年的年夜飯格外豐盛，何貞手裡有銀子，弟弟們又都有了功名，自然是要好好慶祝的。滿滿當當的一大桌子，幾個大的吃得過癮，兩個小的也吃得滿嘴流油。

有人送了些小的炮仗來，吃了飯，何貞就讓明輝明義帶著兩個福娃娃一樣的弟妹去院子裡放炮仗，她則把麵盆跟早就調好的餃子餡搬到屋裡。

看了一會兒放炮仗，又輪流洗了澡，穿戴裝飾一新的姊弟幾個坐在堂屋裡包著餃子說話。明睿看了一會兒就打起了呵欠，慧兒倒是饒有興致地幫著按了一會兒麵團，最後都被明義送到炕上去睡了。

屋裡暖意融融，兩個男孩子雖說包得不如何貞包得美觀，可也像模像樣，餃子都很結實。

聊著天，何貞就說起了家裡的打算。「忙了一年了，咱們也對對帳交交底。家裡現在錢真的不少，除了一兩多的零用錢，我也攢了一百三十兩了。明年我再接著做，想必你們在縣學裡的開銷是不成問題的。我聽說明年秋裡有鄉試，你們打算去考嗎？」

明義搖頭。「穆先生說了，他去考，但是我們幾個都要再等一等，還是不太夠火候。他說他是不在乎名次，只要考上就行。我們最好還是考得名次靠前一些，這樣將來再考也有好處。」其實穆先生的原意是這次直接去考，穆永寧和明輝估計是考不上的。而明義，他希望能多磨練一下，奔著解元去，將來也好衝擊一下大三元。

明輝卻糾結了一會兒，才說：「大姊，我、我不想考了。」

何貞愣了愣，隨即就笑了。「行，我原來就說過，不勉強你。如今你有了秀才功名，不用服徭役，見官不用跪，以後想做什麼我也不攔你。」

「不是，大姊，我、我想去從軍。」明輝說完，就低下了頭，不敢看何貞。

何貞手裡的擀麵杖掉在了案板上，砸出響亮的聲音。明義也放下了手裡的麵團，直直看著明輝。他就覺得大哥有心事，果然！

「為什麼？在家裡找個營生不好嗎？」何貞的聲音有些乾澀。這時代去從軍，那就是把腦袋別在腰帶上，一將功成萬骨枯，那是說著玩的嗎？

明輝看著何貞的臉色，小心地說：「我都打聽過了，我這樣的人若是從軍，不會從小兵做起，還是比較安全的。姊，妳別那麼害怕。」

「我不那麼害怕？你知道我害怕你還生這種念頭？」何貞的聲音又拔高了。「你若真不想我害怕，就給我放棄這個念頭！我那麼努力供你們讀書，不就是想讓你有個身分，將來不用被抽丁，不用被抽稅，能安安穩穩過一輩子！你現在跟我說你要去從軍?!我不允許！你要是還覺得我是你姊，你還聽我的話，你就給我把這個想法爛在肚子裡！」何貞又氣又慌，低下頭擀餃子皮，可是擀麵杖也不聽使喚，轉著轉著就歪了。

「大姊，」明義按住她的手。「要不妳讓我大哥說說，他到底是怎麼想的。妳看妳這樣，咱們心裡都不好受呢。」

「好，我就聽聽，這好好的日子不過，你這好大哥到底要幹啥！」何貞還是第一次被弟弟氣得手一直在發抖。

「其實，很早以前我就想過從軍的事了。我練武，是因為我想練，我喜歡那個，可也是因為我想過了。每隔幾年朝廷就要抽丁，咱家分出來了，肯定要被抽的。那我練好了功夫，在戰場上活下來的可能就大。」明輝在弟弟的示意下，穩了穩心神，仔細從頭說起。

何貞深吸口氣說：「我能賺銀子，咱們花銀子免這個人頭不就行了嗎？如今你們都是秀才老爺了，管他怎麼抽丁也輪不到你們頭上了呀！再說你才多大，人家也不能要吧？」

明輝說：「是，先前我就是想著抽丁的事。後來大姊妳賺了銀子，我也知道妳會這麼做，可是妳風裡來雨裡去地擺攤子，在外頭辛苦也好、受了委屈也好，我們都不知道。就說在家裡的，妳剁肉餡累得手都抬不起來，妳知道我多看不下去嗎？我就想著，總得找個營生，不能這麼下去。

「後來妳勸我，穆大哥說過我，夫子也指點我，我覺得不管怎麼說，我得讀出個名堂來，就算是個童生呢，也能支撐門戶。沒想到我能考上這個秀才，確實是不用再擔心徭役和稅賦了。可我自己知道，這就是爹娘保佑，我可沒能耐再往上考了。正好，在府城考試的時候，我見了朝廷貼出來的告示，說是來年開始徵收兵丁，要和北戎人開戰了，我覺得這是個機會。這次抽丁徵兵，是十二歲到四十歲，我的歲數已經夠了。」

何貞打斷他。「這是機會？玩命的機會？」

明輝拉起何貞的手。「姊，我知道妳疼我，可我也捨不得死啊。我問過穆大哥和穆叔，他們都說我的功夫在戰場自保是沒問題的。」

「沒問題?!」何貞尖聲反駁。「別說你一個普通人，穆大哥的祖父和伯父不也死在了戰場上？還有他的堂哥，難不成人家的功夫沒有你好？」她用力甩著明輝的手。

明輝緊緊握著她的手，還笑了起來。「姊，我說的是一般的情況，妳說的是特殊的情況。其實在家待著，難道就沒事了？萬一生了病呢？又或者像咱爹那樣，遇上意外呢？所以只要一般來說問題不大，就很可以了。」

何貞繃著臉，不說話。

明義始終沈默。

明輝大概是已經把話說開了，就一口氣說個痛快，也沒什麼藏著掖著的。「咱倆過完年，虛歲說就十四了，我要不就在家種地，跟妳一起撫養兩個小的，再供著明義讀書，過上幾年討個老婆，也就這麼樣了。可我也有點不甘心，我也想闖闖。我問了人，據說我這樣有功名的人到了軍營裡，是能做個小官的，至少也會是什長，並不是普通的士兵，餉銀也不會太少。將來若是立個功什麼的，也能當個軍官呢。還有，妳真的不要不放心我，我不是一個人去，穆大哥也要去從軍的，我們一起也有個照應。」

「你說什麼？」何貞皺眉。「他也去？他可是家裡獨子！」

「穆先生已經答應了的。」明輝說：「我就跟著他一起，他的武功好，這妳該放心了吧？再說我們新兵，不一定要上戰場的，總要先操練一陣子。說實話，我也有些熱血，我的詩書念得不好，可我最喜歡一句詩，『男兒何不帶吳鉤，收取關山五十州』，我想建功立業是真，想保家衛國也是真。」

何貞心裡清楚，明輝平常沒有那麼多話，如今這麼說，那就是前前後後全都想好了，也拿定好主意了。

理智上說，他的決定並不算錯。無論從求取功名的角度來說，還是從家國大義來說，都值得稱許。可是，不是有那麼句話說嘛，人人都敬仰英雄，可有幾個人看到英雄家人的眼淚？

原本歡歡喜喜的年夜餃子，一家人也吃得沒滋沒味的，就是雙胞胎的童言童語，也沒讓何貞真正開懷起來。

大燕朝靖和十九年的第一天，何貞是睜著眼看到天亮的。

從子時到卯時，她回想著這些年的點點滴滴，有跟父母在一起時候的溫馨，有父母離世時的淒苦，也有這幾年明輝悶頭幹活的情景。最後想起了更小的時候，家裡只有他們倆的情形。她是個嬰兒身子大人心，可明輝是個真小孩，又加上性子比較老實，那可是沒少被她「欺負」。只是何貞卻不許任何人動明輝一根指頭，就是爹也不行。別看前幾年明義喜歡黏著她，可是更小的時候，明輝才是時時刻刻都要黏著她的。

一轉眼，明輝要去從軍了。

今年，她還清了債有了錢，弟弟們考上了秀才，她以為日子會越來越和美，可是，明輝要離開她了。

她當然知道，樹大分枝，弟弟們大了，要去奔前程，要娶妻生子，妹妹會嫁人，他們不可能永遠這樣在一起。可是沒想到，這一天來得這樣早。

她的雙胞胎弟弟明輝，那個小時候黏著她，長大了就一直默默出力幹活只為了幫她一把的男孩子，要去戰場上搏命了。

從明輝開口說出這件事的時候起，何貞就知道，自己攔不住他。

天色漸漸亮起來，村子裡此起彼伏的炮竹聲，熱熱鬧鬧地開啟了新的一年。何貞用力搓了搓臉，點起油燈，給弟弟妹妹包了紅包，就去廚房做早飯。過年時候的飯最好做，熱熱剩菜，煮一鍋餃子，一家人吃得都很舒服。

明輝大概晚上也沒睡好，跟三歲的弟弟妹妹一起接了長姊遞過來的紅包，卻很有些戰戰兢兢的，時不時偷瞄何貞一下。

何貞也繃不住了，拍了他一巴掌。「這會兒怎麼慫了？趕緊的，咱們出門拜年去。有什麼話回來再說。」

他們輩分矮、年紀小，現在除了孝，自然要往村裡各家長輩那裡去拜年。反正這就是風俗，大年初一，就是家家戶戶人來人往的，拜個年說個話，熱鬧。

姊弟幾個穿戴整齊，何貞兩個丫髻上綁了明輝從府城買回來的珠花，比平時擺攤子的時候多了幾分精緻文靜，也有了幾分大姑娘的樣子。他們給各家長輩拜年，可是主人家卻都很有些受寵若驚的樣子。秀才老爺來給我們拜年了！

一家這樣，他們覺得有些誇張，除了三爺爺家有個何文所以比較淡定之外，家家都這樣。就連黃里正都破天荒地讓幾個孩子到正堂裡，和村裡的幾個大輩分的老人家坐在一起，還上了茶水，不再把他們當孩子對待。幾個孩子終於開始意識到，功名真的改變了他們的階級。

走到何家院子的時候，何貞沒進去，叫弟妹們進去磕頭拜年，她站在外頭想事情。她現在最在意的，還是開春之後明輝要從軍的事情。

不捨得也沒用，她得提前準備起來，不能改變的事情，那就儘量讓它完善一些。

可是，碰到了影響明輝決定的那個人，何貞還是沒個好臉色。

同宗同族的人家拜完了年，他們就去了穆家，給先生拜年。穆先生穆太太不用說，原本就對他們十分和善，過年的時候又多了幾分喜氣。穆太太還拉著何貞的手，連連誇獎。「這孩子可是長成大姑娘了，越來越好看，瞧著就叫人喜歡得不行。」

最後見到了穆永寧。

這一照面，穆永寧就覺得脖子後邊冒涼氣。

第三十六章

穆永寧看著自己的老爹在考校明義的功課，就拉著明輝跟何貞說話。「那什麼……那個事，妳知道了啊？」

何貞瞪著他。「怎麼，本來是打算瞞著我是吧，想先斬後奏？」

「那怎麼能呢，這不時間還早嘛，沒想到這麼早就給妳找不痛快不是？」穆永寧讓她瞪著，那是一丁點底氣都沒了。

何貞更沒有好臉色了。「你知道這是讓我不痛快的事啊？那你為什麼慫恿明輝？」

「姊！」明輝伸手去拉何貞的袖子，被何貞甩開。

穆永寧盡可能地做出個笑臉，可惜還是很苦。「不能說慫恿吧？在府城的時候，是我們倆一塊兒看見告示的，應該說是不約而同有了那個想法。我知道妳擔心明輝，只是我跟妳保證，我是一定會照看他的，他在我在──」

「行了你！」何貞連忙打斷他。「大過年的說什麼呢？知道我們會擔心，你說你們這是圖什麼呢？明明都已經有了功名的。」何貞為了明輝牽腸掛肚，整晚睡不著覺，可是想到穆永寧也要去，心裡就更加不是滋味了。

「我是我祖父的孫子，穆家人是保衛國土的，天生就是軍人。如今北戎國南下，這裡頭還有我祖父、伯父和大堂哥的血仇呢，我是不可能待在家裡當個地主家的少爺的。」穆永寧正色說：「我爹也是戰場上下來的，他理解我，也支持我。當然我也知道，妳和我娘跟我爹不一樣，可妳得相信我跟明輝的本事啊！」

「能得你們呢！」何貞當然知道這件事已成定局，可是心裡難過得厲害，都不想跟他們好好說話，就轉過身去。

穆永寧也顧不得明輝還在一邊站著了，就像哈巴狗似的圍著何貞轉了個圈，繞到她面前，半彎著腰跟她平視。「我跟妳發誓，一定會護住明輝，如果我做不到，就叫我萬——」

何貞抬手捂住了他的嘴，等他閉嘴了才放下手，瞪著他。「不會說話就別說，大年初一你不會說點好聽的嗎？再說了，我家明輝功夫又不差，怎麼就不能保護好自己了？難道還賴上你不成？」

穆永寧看著她著急的樣子，心裡如有溫泉流過，脫口道：「我真是不會說好聽的，可我不想叫妳流淚。」

何貞皺眉。這話聽著，怎麼就那麼彆扭呢？

「姊，先生那邊功課說完了，咱們回去吧。」明輝拉了何貞的衣袖，分開了相對站著的兩個人。

何貞腳步頗有些急切地走了。

二月裡，徵召兵丁入伍的文書就下到了各個縣衙。很快，里正也在村子裡通知了，所有家中有十二歲以上、四十歲以下男丁的家庭，每家要出一個人服兵役。因為是跟北戎人交戰需要的，這次的徵兵也就有相當的強制性，不去的人家要交二十兩銀子的人頭費。

何貞早就知道了這件事，當然十分淡定，不過專門去了何五叔家裡一趟，送了銀子過去。「嬸子，我也不知道妳家如今的狀況，只是我私心裡想把五叔留下呢，能不能叫五叔別走了，幫我照看那些花生？」

五嬸的眼淚又掉了下來。「好孩子，嬸子也不瞞妳，我剛才還跟妳叔商議，找妳借銀子呢。妳叔說妳也不容易，只是我想著，那真是要命的差事，厚著臉皮我也豁出去了。沒想到，妳這孩子這樣想著我們，嬸子真不知道說什麼好了。」

可不是要命的差事麼，偏偏自家的弟弟還要主動投軍。何貞心裡鬱悶，也沒法說，只道：「嬸子不要這麼說，您跟五叔對我們好，我心裡也都記得呢。況且我這也是為了我自己，我還想種花生呢，還得託付給我五叔。」

「這是沒有二話的！」何五叔說：「多的話我也不說了，我只會種地，就保證把地種好！這銀子自然是我借的，只要我手裡有了，就一定還妳！」

何貞想了想，說：「五叔，您也知道我挺在意這花生米的，所以今年的出息我想都留著。今年我家也用不著交賦稅了，等秋天兩畝地收了，我給您一兩銀子並兩百文錢，糧食我就不給您了，您看可行嗎？」

何五叔點頭應了。

這件事談妥了，何貞心事重重地回了家。過了年，她就託了陳娘子和唐修，分別尋找適合的兵器護具，也該有些眉目了。

這天早上，何貞出門去擺攤，騾車上還搭了兩個坐順風車的。

「明義都才只去了縣學一次呢，你們這不打算讀書的去做甚？」何貞冷著臉，看明輝主動去趕車，就自己坐到了後面。

「我們不讀書，可我們畢竟是秀才，縣學是可以進去的。」穆永寧坐在她對面，看著她的臉說話。「縣學裡教六藝，有幾匹馬，也有個跑馬的場地。我交了銀子就能租借，好歹得讓明輝把騎馬學會了。」

「這會兒你倒是好心了。」何貞語氣還是不好，便訓明輝。「我沒給你銀子還是怎麼的？讓你的好大哥掏銀子？」

明輝哪裡敢出聲，只是認真盯著前方，假裝趕路沒聽見。

穆永寧賠著笑臉說：「誰掏銀子還不都一樣？反正也沒幾個錢，趕明天我把明義也叫過來，把他也教會。對了，妳學不學？我教妳好嗎？」

何貞瞪他。「我用你教？我兄弟會了，自然會教我。你們走了之後，我有的是時間練呢！」

穆永寧摸摸鼻子，不敢再多話，只坐在那裡盯著何貞看。

何貞轉去街上擺攤了，穆永寧才對坐在馬上緊張地找平衡的明輝說：「你姊好凶啊！原先真沒看出來。」

「我姊擔心我。」明輝說。

「不過你別說啊，你姊凶起來真好看！」穆永寧說著就得意起來。

陳娘子那邊先給何貞送來了兩樣東西，是陳娘子用了自己東家的管道專門找來的棉鎧甲。厚實的棉布內襯了精鐵薄片，看上去是一件夾衣，其實內有乾坤，還是一件鎧甲。價格不低，十兩銀子一件，何貞卻知道，這是陳娘子格外費了心思的，因為用的鐵片品質非常高，衣服並不十分沈。她痛快付了錢，卻不問這是哪裡來的。

陳娘子知道她識趣，也沒瞞著她。「過了清明我也就要走了，總算走前還能給妳幫個忙。這東西咱們這裡稀罕，在北邊卻常見。往後有事找我，只管往店裡送個信就是，早晚我能收到。」

天下沒有不散的筵席，說散，就都散了。

唐修那邊沒有這樣的管道，只是介紹了縣城裡手藝最好的打鐵師傅給何貞。何貞訂製了兩把極其鋒利輕便的短刀，如今也得了，雖然貴，可是她一點也不心疼這個錢。

再加上她自己買了皮子做的護膝、護腕，何貞打了兩個小包袱，都交給了明輝。「你跟穆大哥一人一套。興許他家有好的，不稀罕這個，不過是咱們的一番心意，你得空給送過去。然後沒事就在家練功吧，功夫練得好些，我也能放心些。」

給穆永寧的就是那麼些東西，可是明輝這裡，何貞還要趕製些衣服鞋襪，每天也是忙得點燈熬油的。

穆永寧收到明輝給的小包袱，打開一看就滿心歡喜。作為鎮國公府的小公子，這些東西對他來說自然是很粗糙的，可是如今他家也沒有這些東西了，這一套倒是比自己想的還要周全。

興沖沖地拿去跟爹娘一陣顯擺，得到了一盆冷水。「我看啊，小姑娘是看在你能照應她兄弟的分上呢。」

「我知道啊，可是您要是不說出來多好。」穆永寧怨念地看著穆太太。女人就是麻煩，何貞天天不搭理自己，家裡的老娘也是，除了諷刺就是諷刺。明明就擔心得不行，偏要彆彆扭扭的。

明輝和穆永寧報名投軍的事在村裡又引發了巨大爭議，就連黃里正都問了好幾遍。「你們是不用服役的，連人頭錢都不用交，你們可想清楚了？」

何老漢這一戶交了銀子，不過他說手上不夠，讓兩個兒子也分擔些，畢竟就是給他們免兵役的。兩家都出了些銀錢，自然不快，再聽說明輝主動從軍，更加憋氣。要是不分家，明輝去了，他們也不用掏銀子多好？李氏煽了風，陳氏就上門來罵街。罵不痛快，就朝著何貞揮起了巴掌。

如果還能讓她打著，何貞也白長一歲了。她俐落地躲開，再回頭，就看見陳氏坐在地上，摔得不輕的樣子。

穆永寧和明義一起騎著馬練習回來。剛回來就看到了這一幕，穆永寧抄起一粒石子打在了陳氏膝蓋，才讓她站不起來了。

「我爹是明義的先生，我是明義的師兄，實在見不得你們屢屢欺上門來的行徑，只好說句公道話。」穆永寧也不下馬，居高臨下地寒著臉說話，就明顯帶著上位者的氣度。「他們姊弟不與你們計較，你們就該知趣才是。如此欺凌弱小，妳可知道，若是告到衙門，妳丈夫的童生也沒了？別忘了我這兩個師弟見了縣尊大人也是不用下跪的！如今明輝師弟與我一起從軍，我們就是同袍，你們若是再如此囂張，我穆家絕不袖手旁觀！」

這是第一次，穆永寧直接當眾說出穆家會保護何貞幾個。這個時代，天地君親師，先生是非常重要的，要不說「一日為師，終身為父」呢。因為兩家都低調，就算大家有所猜測，也沒人得到準確的訊息。現在大家可知道了，果然兩家有這麼一層關係！有了功名，還跟原來的大官、現在的財主有關係，白家現在也有錢，何貞他們真的是欺負不得啊！

明義個子小小的，穿的也是尋常衣服，可是坐在馬上俯視眾人，就是很有氣勢的。他等穆永寧說完話，才說：「我們姊弟自從爹娘走了，受村裡叔伯們照顧良多，我們都銘記在心，只要有能力，是必然要回報的。只是，朝廷的體面法度也不是擺設，即使是長輩，若是欺辱我們，那我也必然要請縣尊大人做主！」

「三郎媳婦，妳快回家去吧！」里正家的黃太太也趕了過來。村裡的大事小情，沒有里正不知道的。聽說這邊鬧騰起來了，他先在家裡罵了一句「蠢貨」，又叫自己的老妻過去說道說道。

里正太太來了，陳氏也沒爬起來，倒不是她連里正家的面子也不給，而是穆永寧那顆石子用了暗勁，她疼得厲害。

可是這在里正太太和圍觀的婦人們看來，那就是連里正太太也不放在眼裡了。里正太太也不耐煩了，就皺著眉頭訓斥。「你們也別覺得那是幾個孩子，都是你們的晚輩，想說什麼就說什麼。要是沒分家自然是這樣，可惜啊，你們作天作地的把人家分出去了，妳當朝廷的戶籍本子是鬧著玩的？妳上別人家裡堵著門鬧事試試？」

她又環視一周，道：「你們也別覺得這個熱鬧好看。秀才老爺是好欺負的嗎？一般衙門裡的人，見了秀才公都要行禮的！明義是朝廷給發俸祿的廩生，就說明輝去從軍這事，那是人家孩子有大志向！我家二郎說了，這在縣老爺那裡都掛了號的，大老爺都說了，要格外照顧他的家人！你們敢有不恭敬，等著縣衙裡吃板子呢！三郎媳婦，妳也別旁人說點什麼就出來耍潑，早晚把妳相公的童生給耍沒了，妳就舒服了？」

陳氏弄了個灰頭土臉，一瘸一拐地走了。至於她回去之後有沒有跟李氏打架，那就是老何家關起門來的事了。

何貞跟明義謝過了里正太太才回家去，穆永寧自然是跟了進來。

明輝不在家，因為明天要走了，他帶著雙胞胎弟妹，搭了何四叔的車去了何氏的家。這也是雙胞胎長到這麼大，第一次去姑姑家裡走親戚，早就說好了要下午才回來的。

何貞的情緒完全不受影響，反而是第一次看見明義騎馬，很驕傲。那麼帥的小孩，那是我弟弟！她歸置好了東西，洗過手，就進了堂屋。迎上兩人嚴肅的神色，就笑起來。「你們這是幹啥？不會真生氣吧？你想想他們這一次次的，得著什麼好了？二叔家就是一天不生是非就難受，可是我有辦法制住他們。至於三叔，估計這次該消停了。」何貞道：「那話怎麼說得來著？餘生很貴，不能浪費，跟他們計較什麼？這次就是例子，咱們沒去找里正，里正太太不就出來了？說句張狂的話，等你們有出息了，他們只能給你們跪著的時候，他們還能噁心到咱們嗎？

「這事可就不要再說了，再說那就是給他們臉了。」何貞看他倆還是臉色不好，就轉移了話題。「穆大哥，你的東西都準備得怎麼樣了？」

「正要來謝謝妳呢。」終於能跟何貞說上話了，穆永寧挺開心。「妳給的東西都挺實用，比我爹娘準備的強多了。」

何貞就去廚房拿了一個小包袱出來，遞給他。「這裡頭是我剛做的肉脯和肉醬，你帶著路上吃。反正現在天還不是很熱，應該能吃個幾日。肉醬的罈子開了就趕緊吃，我給明輝也帶了一罈，等路上你們就一罈一罈地吃，省得吃不完壞掉。罈子是粗瓷的，不值什麼，你們吃完扔了就是，別帶著累贅。」

穆永寧微微低了頭看她，目光溫軟。

明義見了，就咳嗽一聲。

穆永寧不敢說別的，只是道了謝。何貞又說：「我知道，在家裡肯定也聽了不少，可是我還是想說，你們到了外頭，什麼都是虛的，保全自己才是最重要的。別忘了，還有那麼多人等你們回來呢！」

「明義，你能不能讓我跟你姊單獨說幾句話？」終究是不甘心，穆永寧心一橫，膽氣也壯了些。

明義側著頭看他，居然答應了，轉身就推門去了院子裡。

屋裡就剩下他們兩人了。何貞忽然有些緊張。

對於穆永寧的心思，她就是再遲鈍，現在也察覺一二了。只是她的心思一直放在明輝的事情上，完全顧不上想這些，也就暫時忽略了。可是現在，穆永寧是打算要挑明了？

「何貞，妳剛才說的話，是不是說妳也會等著我？」穆永寧想了又想，最後問道。

何貞嘆口氣。「穆大哥，你想說什麼？」

「妳腦子那麼好用，還會不明白我要說什麼？」穆永寧的臉有些紅。「我知道妳歲數小，也不敢說什麼別的，我就是、就是想說，如果妳要找人家，能不能先考慮考慮我？」

「穆大哥，你說什麼呢！這種話是你我能說的嗎？」何貞板著臉。「你當我是什麼人了？」

「不不不，我沒別的意思，我就是……唉，是我說錯話了，我、我叫我娘來跟妳說？」穆永寧額角都有汗了。

還覺得這兩年穆永寧長大了呢，這一下又成這樣了。何貞笑出來。「你娘能跟我說什麼？你可別胡說八道了。踏踏實實做你的事吧，反正明睿不成家、慧兒不嫁人，我是不會考慮那些的。」

穆永寧仔仔細細把這話在心裡過了一遍，總覺得她說的就是她會等著自己的意思，頓時神清氣爽、神采飛揚。他想去拉何貞的手，可是手裡還抱著包袱呢，有心把包袱放下，又太刻意了，萬一何貞惱了怎麼辦呢？他馬上又好糾結。

何貞瞧著他這副糾結的樣子，覺得有些好笑。她一直把穆永寧當作一個非常好的朋友，可能是自己心理年齡比他大很多的原因，也可能是先入為主的第一印象就覺得自己跟他是兩個世界的人，從來就沒想過他們之間會不會產生超過友情的情誼。現在穆永寧邁出了第一步，她倒也不是刻意排斥。

「你別說別的了，我還沒想過。」

穆永寧有點失望，可是想想也覺得正常，如果何貞一臉嬌羞地跟他說「我也喜歡你」，那才是驚悚呢！他最後也只是說了一句「我會給妳捎信的」，就在明義回來之前離開了。

明義也沒去哪裡，就在院子裡站著，仰頭看天，不知道在想些什麼。穆永寧推了門出來，他扭頭看過去，就見穆永寧一臉嚴肅地跟他說：「好好聽你姊的話，有事就去找我爹，跑腿出力的事就去叫長安。」

「知道了。」明義難得地沒說別的。

第三十七章

晚上明輝回來，讓雙胞胎自己在屋裡玩，他叫了明義和何貞說話。「姊、明義，我覺得咱們往後跟大姑家來往要注意些。大姑的婆婆好像想讓許武跟咱慧兒訂娃娃親呢。」

大姑何氏有兩個兒子，小兒子許武正好比雙胞胎大三歲，要是娶何慧的話，年紀倒是正相當的。何氏的婆婆也不是有多少壞心思，只是知道何貞一個小丫頭會賺銀子，如今明義兩個又中了秀才，有這樣的哥哥姊姊，何慧可不就是好媳婦人選了嘛？

「她跟你挑明了？」何貞皺眉。表哥表妹這麼近的親緣，她肯定不會同意的，而且這位老太太也是挺功利的，她不大喜歡。「咱大姑怎麼說？」

明輝搖頭。「也沒。她老說讓許武帶著慧兒玩，又說他倆是什麼青梅竹馬，還問大姑，要是把姪女領回家她高不高興，我看她就是這個意思了。不過大姑好像沒這麼想過，她一問，大姑都沒接上話。」

對於明輝能注意到這些，何貞還是滿意的。雖然說這個社會裡，男人一般不過問這些七大姑八大姨的事，可是對於這些算計、心機什麼的敏感一些，並不是壞事，總比傻乎乎的任憑別人謀算強多了。

她就點頭說：「我知道了，你不用擔心，她這個小算計不管用的。我跟明義肯定能守好這個家。你就記住，只要你安好，我們就都好。」

無論有多麼不捨，多麼擔心，三月的春風吹紅了何貞家門前的香椿的時候，明輝和穆永寧安安靜靜地離開了何家村，踏上了他們金戈鐵馬的人生路。

接下來的日子，要說還盯著何貞，不如說有幾家的叔伯開始盯著何貞的花生米了——這東西要是何老五在沙地上都種成了，那大家以後的日子還愁什麼？

就是李氏，也顧不得再挑撥是非了，因為陳氏回了何家院子就把李氏給打了一頓。經常下地勞作的李氏比陳氏有力氣，本來是有一拚之力的，可是陳氏因為憋了一股氣，回家直接把人給按到了灶臺上，李氏被燙了一下，暫時失去了還擊能力，就被陳氏一頓暴揍。何二郎想護著老婆，可又不好直接跟弟媳婦動手，就乾脆把何三郎給打了一頓。

這一次的戰鬥，妯娌兩個都留下了永久的損傷。陳氏的膝蓋受傷，看了郎中也沒治好，每逢陰天下雨就疼得厲害。其實這是穆永寧的傑作，可她不知道啊。李氏的燙傷並不嚴重，起了一些水泡而已，嚴重的是，她被陳氏按在灶臺上打，不知道是傷到了腦子還是耳朵，反正一個耳朵聽不見了。

陳氏透過娘家爹娘的分析和伯父的態度，已經推測出何二郎是當不上里正了，就是沒用的泥腿子，除了丟臉，還惹是生非。李氏在明義幾個中了秀才之後就知道，何三郎壓根兒就沒有考功名的本事，只會從老頭子手裡摳錢——他摳得多了，自家將來得到的就少了，原本各懷心機的妯娌倆徹底成了仇人。

何老漢仰天長嘆，卻無能為力。

何貞更不會在意這些了，就是聽五嬸說了後來的事情，她也沒什麼特別的感覺。這些人把自己搞成這個樣子，不需要再打落水狗。

「眼前我最著緊的是花生的事，如果今年種成了，得了花生米，再種下去，估摸就能得到幾十畝地的量了。我家現在有兩個秀才，我打聽了，朝廷有規定，一個秀才能免二十畝地的田稅，這樣我就打算買那些沒人要的沙地來種花生。雖說不是良田，到底也算是我兄弟們的根基。」何貞跟何五嬸說。

何五叔是極贊成的。「正是這話。這無論到了什麼時候，田地都是最要緊的，現下就是河灘和南山那邊有荒地，倒是不急。」

何貞對像他們這樣踏實本分過日子的長輩一直都是很尊敬的。這事確認好了，她就又恢復了去縣學外頭擺攤的生活。也只有忙碌起來，她才能暫時忘記對明輝的牽掛。

明義畢竟歲數小，第一次去縣學聽講是跟著穆靖之一起的。

穆靖之是明義的先生，現在師徒彷彿變成了同窗，卻也沒有人議論。因為穆靖之說了，他只是明義的啟蒙先生，將來考到了會試，自然有朝中大臣當他的座師。若是殿試得中，那還是天子門生呢，並沒有不能再拜別人為師的規矩。更何況，很多人家的啟蒙先生也都是些沒有功名的書生，或者屢試不第的童生，他們這樣的，反而還是一段佳話。

現在大家都知道何貞有兩個秀才弟弟，原本就風氣不錯的小吃街上，大家就更照顧何貞了。像何三郎那樣看不起何貞的人不是沒有，可是大多數人還是很佩服她的，小小的一個女孩子養活了弟弟妹妹不說，還供他們讀書，讓他們有機會考上功名，這可是很難得的。

有好幾位縣學裡的夫子都來問了。「何姑娘，妳兄弟們什麼時候來縣學學習？怎麼就來騎了幾天馬，就見不到人了呢？」

何貞手裡不耽誤幹活，嘴上說：「快了，家裡有些事情要料理。我大弟投軍走了，等家裡安頓下來，我二弟就會來縣學讀書了。」

也有人聽說了明輝投軍的事情，不管心裡怎麼想，嘴上還是說：「妳這位兄弟投筆從戎，將來必然是能馬上封侯的！」

何貞搖頭。「他一心想要報效朝廷，我也不能攔著。別說什麼封侯了，他平平安安的就好了。」

穆靖之帶著明義一起去縣學，跟縣學裡的先生探討了一番課業以後，他也就不打算來上課了，只是借閱一些歷年秋試和會試的題目回去做。他的學問是請大儒教導過的，知識上沒什麼問題，閱歷也足夠，也就是需要一些考試策略之類的，適應一下就好。

但是明義不一樣，他畢竟歲數還小，讀過的書也不夠多，所以一開始穆靖之就跟他和何貞說過了，今年的秋試就不去參加了。再踏踏實實讀三年書，下一次再去考，兩個人都沒有異議。明義是真的覺得自己的學問不夠，這次的「小三元」，運氣的成分很大，而且先生也是有意藏拙了，反正他是不相信自己會比先生考得好的。

至於何貞，就是穆靖之不說，她都要提這件事的。

暫時不考這件事明義同意，可是說到天天到縣學裡讀書，明義就不樂意了。「大姊，我在家讀書，隔幾天過來請教下先生就好了。」

「穆先生秋天要考鄉試，你不能頻繁地打擾他。縣學裡的先生學問也好，你難道覺得他們教不了你？」何貞不答應，而且語氣都嚴厲起來。

明義忙道：「不是的，我不是這個意思。我是覺得讀書主要還是必須自己勤奮，再說家裡還有慧兒他們呢。」

「他們是大孩子了，不能老是拖著你。」何貞搖頭。「當初他倆太小，硬生生地拖了你兩年，我一邊無能為力，一邊生怕耽誤了你，好在你入了穆先生的眼。如今他們大了，不論是在家自己玩也好，還是跟著我擺攤也好，都不太妨事。我讓你去縣學，更重要的一件事是，你要學著跟先生和同窗相處。如何與他們來往，如何結交朋友，如何避開小人，這些東西只怕書本上也沒教，都要自己摸索著來。」何貞繼續說：「我知道，你也不甘於這麼一個秀才，必然是要往外考的。將來你要科舉，要做官，官場上雲波詭譎，勾心鬥角，可不是光會讀書就能應對得來的。」

明義擰眉考慮了一陣之後，終於點頭。「我明白了，大姊，那我還是在縣學裡住一陣子吧。反正我有朝廷給的廩米和月銀，吃住都不需要家裡操心的。」

何貞同意。

這就相當於去當寄宿生，對明義應該算是一種很好的鍛鍊。在縣學裡要自己照顧好自己，而且吃住都跟別的學子在一起，自然能見識和經歷很多事情，對他很有好處。畢竟他算是個比較特殊的學生，縣學裡的大部分先生會照拂他一點，不會讓他真的吃虧。而且他今年秋天不參加鄉試，就不會威脅到別人，也就不大可能被暗算什麼的，是安全的。

在能保證安全的前提下鍛鍊一下，何貞認為這樣是最好的選擇。當然，她也說：「你先在縣學裡上半年看看，過了中秋，你要是覺得沒有必要，咱們就回家來念書。」

在正式入住縣學之前，何貞還臨時給明義上了一課。

不算是一件特別大的事，只是唐修那裡不再收何貞的肉脯了。

之前她跟唐修簽的是一年的契約，到年前臘月裡就到期了，之後唐修跟何貞說口頭先續著，何貞也同意了。正好被明輝參軍的事打了個措手不及，之後何貞就一直忙活這事，正月和二月的兩批貨都是匆匆忙忙放下就走，一直到現在才跟唐修正式談這個契約。

唐修笑臉迎人，頗帶著幾分不好意思。「是這樣的，何姑娘、何秀才，這個肉脯如今被人仿得很多，我這裡賣不動了。正好咱們契約也到期了，不如咱們就這樣吧。何姑娘，要是妳這兒有了別的新鮮東西，咱們再合作啊。」

明義就看著何貞。

何貞點頭，十分理解。「我明白唐老闆的意思了。這也是沒辦法的事，原本也就是我嘴饞琢磨出來的法子，既然大家都學會了，也不是壞事。這次就是咱們最後一次交貨。等我回去再琢磨琢磨，有了別的東西再來請您掌掌眼，我還想著借唐老闆的光賺銀子呢。」

唐修看她沒生氣也沒哭鬧，也鬆了口氣。雖說在商言商，他又沒有違約，可到底旁邊還站著個秀才老爺呢。

往縣學去的路上，明義問：「大姊，妳真的不生氣？」

何貞搖頭。「不生氣，只是有點可惜，一個月一兩多銀子呢。」

「他這樣做，我覺得不對。」明義說。

何貞問：「哪裡不對了？他跟我簽了一年的契約，現在一年期滿了，他不想要我的貨了，他哪裡不對？」

明義皺眉，這樣一想，其實人家也沒有不對。

「你覺得不舒服，是因為你跟我一樣，都發現了事實。他應該是琢磨出了做法，然後找上了別人給他加工，或者乾脆就是他自己或者他老婆動手做，所以不需要我的貨了。」何貞分析給他聽。「他這樣做，也不過是想省些本錢罷了，不算是太壞。那肉脯，多吃幾次應該就能琢磨明白做法，最多就是調味的不同罷了。不是他，也會是別人。」

在何貞熟悉的時代，有完整的法律體系，還有那麼多山寨貨呢，更別說智慧財產權根本就不受保護的這個時代了。她接著說：「唐老闆買我們的貨，是因為我們的貨能讓他賺錢。如今不買，也是為了多賺一些罷了。在商言商，他做得一點都沒錯。契約期滿，他沒有義務再繼續跟我訂貨，所以這不叫背棄，而是人家的理智選擇。」又說：「做生意的事你有興趣就多了解，沒興趣也無妨。但是做人做事，一定要記得，沒有人有照拂你或順從你的義務。」

明義點頭。「我明白了，大姊，我往後會多想一想的。」

這孩子雖然只有九歲，可是心思細膩，也愛琢磨，住在縣學裡應該出不了岔子。何貞不擔心別的，只是囑咐他。「你先在縣學的飯堂吃幾天，覺得不好就出來找我，白天我也都會在街上的。」

學校的大食堂，肯定是味道一般的，否則何貞他們這條街上的人還能有什麼生意做？她知道明義不是那種嬌氣的孩子，飯菜也一定是能將就著吃的。可是體驗過也就行了，真要是不好，還是要自己這邊給他加些營養，畢竟他還是長身體的時候。

天氣漸漸暖和起來，何貞就帶著雙胞胎去擺攤。兩個孩子三、四歲了，能跑能跳，而且因為從小牛奶雞蛋地餵養著，雖然才剛開始吃葷的，也養得很好，個子不矮，小人兒也很機靈。何貞囑咐他們不能離開攤子，兩個孩子就聽話地在旁邊看著。

有時候，縣學裡的學生和夫子們過來，瞧見攤子上一個小姑娘帶著兩個福娃娃，都忍不住樂，一邊逗兩個孩子說話，一邊多買點吃的，無形中還增加了何貞攤子的人氣。也是沾了書院和縣學的斯文氣的光了，多數人的教養都很好，也不擔心有拐子，雖說日曬雨淋有些辛苦，可兩個小娃娃都很懂事，從來不鬧騰。

何貞有時候也會問：「你們覺不覺得煩啊？」

「沒有的事。」明睿老氣橫秋地學著夫子們的口氣說話。「這裡甚好。」

何貞忍俊不禁，再看慧兒。小姑娘抱著姊姊的胳膊，靠在姊姊身上，小聲說：「大哥和二哥都說讓我們不要添亂，我們都是乖孩子，聽話的。其實我覺得很累，可是大姊還要做餅，還要賣東西，大姊更累。」

兩個孩子雖然沒有父母教養，卻都是好孩子。

穆太太隔三差五地就叫羅嫂子把兩個孩子接到家裡去，一待就是一天。何貞覺得過意不去，就往穆家送了不少米麵瓜菜和雞魚一類的東西，反倒是被穆太太板著臉說了一通。「妳這個孩子，怎麼這樣不實在？咱們兩家原本就是鄰居，又有明義的關係，如今寧哥兒和妳家明輝也是同袍，這就是通家之好了。我叫兩個孩子來陪我，還要妳出飯錢是怎回事？」

何貞心想，這不是飯錢的事，這擺明是您幫我帶孩子呢，哪能不識好人心？可穆太太又說了。「我就一個兒子，還離家了。你們先生每天忙著讀書，我閒得難受，好不容易有兩個小孩子陪伴我，妳這是不樂意了？」

何貞還能說什麼呢？除了心裡感激，好像也沒什麼可以做的了。

她的攤子前再也沒見過何三郎的身影，也不知道這人是不是不在書院讀書了。何貞一開始沒想起，還是別人看見明義下了課會過來給姊姊幫忙想起來的。

這位頭頂著「小三元」光環的小秀才，下了課就到姊姊攤子上來幫忙招呼客人、照顧弟弟妹妹，每天下午協助收了攤才回縣學的宿舍休息，完全不覺得會掉價什麼的，跟之前那位大老爺派頭十足、一來就要斷了姪女生計的童生叔叔一比，那可真是一個天上一個地下。

最近生意比較穩定，雖說少了肉脯的收益，何貞也沒急著折騰新東西。明輝走了，她的心裡一直不踏實，總提不起精神來做別的，也可能現在溫飽不愁，手中有了些積蓄，整個人就有些懈怠。

五月底，暑氣上來的時候，何貞收到了明輝託人帶回來的第一封家書，這顆心才算是落到了實處。

明輝在信裡說，他們這批人確實是朝廷為了應對北戎人才徵召的，現在他們在蘭州衛下屬的固遠鎮駐紮著。這裡距離真正交火的地方還有一些距離，暫時算是後方。這是上頭要求的，讓新兵先訓練三個月再出戰，增加戰鬥力，減少人員的傷亡，所以他現在性命無憂，只是每天訓練有些辛苦而已。

他和穆永寧因為有秀才功名，入營的時候就是什長，現在因為功夫好，訓練表現好，已經雙雙升任小隊長了。現在看來一切都好，叫何貞他們萬萬不要掛心。

要說完全不擔心，那是絕對不可能的，不過這個消息已經算是很不錯了。何貞把信給了明義，然後跟他商量。「我手頭已經攢了些銀子，你說咱們是買地還是蓋房子呢？」

明義在縣學住了兩、三個月，看著又沈穩了不少，個子也長高了些，已經是個半大少年的樣子。他先把信看了一遍，知道大哥目前安然無恙，也鬆了口氣，這才說：「要我說，買地最好，咱家的房子也還夠住呢。不過蓋起來也好，院子也能重新規整規整。買地的話，我記得地也不是那麼好買的吧，有人家賣地嗎？」

何貞想了想，就道：「那這樣吧，等秋收後，你回家去了，咱們先把屋子蓋齊。要是秋天五叔那兩畝沙地的花生米長得好，咱就把南山那一片無主的沙地全買下來種花生，反正咱們能免四十畝地的賦稅。」

明義在縣學裡跟同窗相處得倒還不錯，當然有些算計、口舌是非之類的他也經歷了，跟幾位教不同課業的夫子談過之後，他們也同意他回家自學。畢竟何家的情況非常特殊，如果明義一心躲在縣學裡，讓自己的姊姊操持生計、撫養弟妹，這些夫子們反而會覺得寒心。所以最後定下來的就是八月的考試結束後，明義就回家去，以後只需隔一段時間過來請教一些問題或者借閱書籍就好。

明義不比明輝，雖然在田裡跑過，卻對種地的事不大精通，所以也不知道何貞抱以巨大希望的花生到底能不能成功。但是大姊的決定，他並不質疑。「那大姊，要不要帶個信給咱姑父？先約下他們，也好買磚瓦什麼的。」

何貞就笑。「你可是見過一回蓋房子，這就什麼都明白了。你不用操心這些，我回頭去一趟咱姑家。我自己去，不帶兩個小的了。」

許家老太太的想法成不了，何貞並不怕，只不過是天太熱了，她不想叫弟弟妹妹大熱天的出去遭罪罷了。

家裡已經有了三間正房，還有廚房和一個小庫房，帶著一口水井。接下來，何貞是打算把東西廂房都蓋起來。這個院子大，東西廂各蓋上三間，屋簷修得寬一些，地上用石板遊廊跟堂屋連上，再把院子裡用石頭鋪一條去堂屋的路，省得一到下雨的時候踩得到處是泥。

對了，後院也要修整一下，貼著廚房修一間浴室。就算弄不出淋浴的設備，好歹可以修一個淋浴的屋子，下水部分修通，哪怕提兩桶熱水過來慢慢澆著洗呢，也省得還得把浴盆端來端去的。正好一面牆是廚房，屋子裡也暖和。另外，貼著西牆她打算搭一排棚子，裡面多養幾頭羊，再隔出一塊來，抓兩隻小雞養著。

解決了最基本的生存困難之後，何貞初步規劃了一下，還是得從農家出產上下功夫，要麼做種植養殖，要麼做農產品加工。

擺攤子雖然來錢挺快，可畢竟不是長久之計。她再大一些，在市井間拋頭露面就不大方便了，現在同情她的夫子們只怕到時候也會說她不守婦道。畢竟世情如此，她也不想當什麼「煎餅西施」或者「肉夾饃西施」。

事實上，她最想開的還是油坊。不過現在花生種植還沒有形成規模，她也沒有財力買地修作坊，更沒有足夠的勞動力，所以暫時還只能想一想而已。

想著想著，時光就到了中秋。缺了明輝，姊弟幾個的節過得有些沒滋味，小小的何慧靠著明義說：「二哥，我想大哥了。」

第三十八章

明輝在家的時候話不多，卻能幹活，對弟妹也是百依百順的。如今他離家幾個月，何貞和明義掛念他，就連忘性很大的小孩子也一直念念不忘。

明義就摟過妹妹的小肩膀，說：「咱們的大哥特別厲害，軍營裡那麼多人啊，他的功夫最好，壞人都打不過他。」

「大哥是英雄！」何慧聽人說過英雄故事，雖然不是很明白英雄到底是什麼，但是肯定很厲害就對了。

明義笑著摸摸她的小臉，點頭說：「對，大哥是英雄，慧兒一定不能忘了大哥哦。」

何慧用力點頭。

「妹妹笨，肯定會忘的，我才不會忘！」明睿撇撇小嘴，先貶低了一下雙胞胎妹妹，然後重重點頭，表示自己不會忘記大哥。

何貞站起來，推門去了廚房。

明義看著她的背影，抿了抿唇，又低下頭哄著兩個小的吃飯。

「他們倆吃飽了？」何貞聽見明義進來，忙轉身抹了抹眼睛。

「吃飽了，又要吃甜瓜，我叫他們先玩一會兒再吃。」明義走到姊姊面前，拉著她的手，仰臉看著她。「大姊，妳別難過了，大哥不會有危險的。」

「上回他說要訓練三個月，這會兒可是已經滿了三個月了。我擔心，他們要被派到戰場上了。」何貞壓低了聲音嘆氣。「你大哥在家殺過雞殺過魚，可到了戰場上，那都是人啊……我聽人說，北戎人都人高馬大的，又凶殘，你大哥才是個孩子呢。」

明義搖頭。「大姊，妳也是個孩子呢。我覺得妳也是過於擔心了，大哥的身手很好，而且他身形矮小些，戰場上更好躲藏呢。我們得相信大哥，畢竟他現在也是個小隊長，身邊有十幾個人呢。」

何貞深吸口氣，把切好的瓜果遞給明義。「我知道。這不是過節麼，都說『每逢佳節倍思親』，也就這一會兒心裡有些難過。我沒事，你大哥厲害著呢，我有信心，說不定三年五載的，他就回來了呢。」

明義看著兩個小的吃甜瓜的時候，何貞進了堂屋，神色平靜，看不出哭過的樣子了。明義抬頭看她，何貞笑了笑，也拿起一塊甜瓜，慢慢吃了，才看著兩個小的說：「你們倆都快要四歲了，你們二哥在你們這麼大的時候都認識好幾十個字了，往後你們也學起來，好不好？」

何慧點點頭，大眼睛眨了眨，甜甜地說：「好。」

明睿撇撇嘴，不說話。

何貞無奈，跟明義說：「看見沒？這是知道讀書要下功夫，所以不樂意呢。」

明義也失笑。他從小就懂事用功，沒有過這種調皮的經歷，看著明睿這樣，覺得格外有趣。不過在自己手裡，這小娃娃有什麼招數都不會管用的。別忘了，他的先生是誰啊，穆永寧那樣的皮猴子不也被摁得牢牢的？

「行了，別來這一套，」何貞笑著戳戳明睿的小臉蛋。「就先跟著你們二哥學著認字，又不是要你讀書，你怕什麼？難道你怕自己比慧兒學得慢？哦喲，那樣的話，確實好丟臉的。」

明睿把臉扭到一邊，傲嬌道：「才不會，慧兒才笨。」

何慧也不生氣，她拉著明義的手，小聲說：「二哥，慧兒好好學，慧兒最聽話了。」

兩個小孩子的性格差別越來越大，可是一樣可愛，童真童趣總算沖淡了對遠方征人的牽掛和擔憂。

千里之外的肅州，一支由新兵為主的運糧軍總算躲過了幾次戰火，把最近的一批糧草送到了肅州衛。

這些士兵還沒有時間好好鬆一口氣，就被告知，他們要留下來，補入肅州衛守軍。

穆永寧正幫明輝檢查衣服上的破口。幸好何貞給他們倆準備了棉鎧甲，他倆雖然都被伏擊的北戎人砍了幾刀，可都沒有傷到。聽了這個消息，穆永寧說：「這樣也好，咱們想殺敵立功，就不能老是窩在城裡。」

「這個消息要是傳回家裡，我姊不知道又要多操心了。」明輝嘆口氣。「穆大哥，你真的不害怕嗎？我、我從來都沒有殺過人。」

穆永寧拍拍他的肩膀。「說不害怕是假的，我也是第一次殺人。不過你得這麼想，殺了他們，咱們家裡的人就安全了。」

明輝之前也曾砍過了敵軍的，但他不知道有沒有把人砍死，反正血從那人胸前湧出的時候，他整個人都是木的。敵人的血和自己人的血，一樣都是紅的，也都是熱的。

大概還是家學淵源，穆永寧殺了第一個人的時候，只是愣怔了一下，很快就恢復過來，還能去幫明輝幹掉身後的敵人。只是等敵人撤退了之後，他的臉色也很不好罷了。等經歷了幾次廝殺後，穆永寧已經調整過來了，可是明輝還是不行，這些天一直有些鬱鬱。

「你還小，覺得難受是必然的。」穆永寧也沒什麼好辦法。「真的難過了，就想想你姊、你弟弟、你妹妹。為了他們，你也得好好活著。咱們不說立功了，殺了那些蠻子，咱們才能活下來，你說是不是？」

明輝點點頭。

秋收之後，何貞家就破土動工了。這次何貞因為手上有銀子，也就沒什麼太大的壓力。明義已經回家來了，她就把這事全權交給了他。反正也是在家瞅著，並不需要他動手。

說起來，現在的境況比起上次蓋屋的時候已經好了許多。明義是秀才，鄉下人對讀書人有種天然的敬畏，原本就淳樸的漢子們更是小心又小心的，再加上雙胞胎如今大了不少，在家裡跑來跑去也行，去村裡四叔、五叔或者三奶奶家玩也行，更別說還有穆太太照應，何貞可以完全不用操心家裡的事情，專心出去賺錢。

三爺爺和黃里正都挺重視，怕有什麼事情他們小孩子不好應付，隔三差五的就過來瞧瞧。何文的爹爹則是早就說好了，來幫著做新房子的門窗木工，更是天天在他們院子裡。

雖然沒人明著議論，可是這次，何家老院子那邊沒人過來，也是十分難看的了。其實還真不是像外人猜測的那樣，何老漢他們那邊主動斷了跟孩子們的來往，而是何老漢覺得沒臉，之前老二老三兩家子的混戰，終究還是撕破了他一心想維護的面子。

事到如今，何貞擺明態度，不願再跟他們來往。而村裡的人又都看著，明輝明義逢年過節還回來，誰家都說不出孩子們的不是。他又能怎麼樣呢？糾結到快完工了，才叫何二郎陪著過去露了一面。

可沒想到，就是露的這一面，何二郎也沒消停。他逮到明義就問：「你家給你五叔的那個花生，到底是怎麼回事？有好莊稼種子，怎麼不跟你爺爺說？」

之前的秋收，何貞地裡的花生豐收，這事並不稀奇，引起村裡人廣泛關注的是何五叔的那兩畝沙地，居然也豐收了。一畝地收了將近六百斤！就算是去了殼，只能淨剩四百多斤，那也是糧食，種不出莊稼的沙地裡能產出糧食來！

可是並沒有幾個人找上門來打聽，因為他家現在是秀才的家了，不是能隨便打擾的。何貞並沒打算藏著掖著，不過是想跟何五叔研究研究後再說推廣的事，接著又蓋房子，一時沒顧上，就讓何二郎成了第一個上門來問的人了。

明義大概知道姊姊要推廣花生米的事情，也沒說要保密，如果全村甚至更多的人家都種，自然也不差何老漢一家子。可是何二郎這個語氣實在是太讓人不舒服了，他就冷了臉。「因為種這花生的事，爺爺專門訓了我大哥跟我大姊，二叔忘了？」

何二郎還想說話，何貞就走過來，說：「過去的事不多說了，往後我是打算多多的種這花生的。誰家如果想要種，我可以提供種子，五文錢一斤，將來種出來我也收，還是五文錢一斤。」

有過來看熱鬧的村裡人問何貞。「大姑娘，這東西妳收了它做什麼？朝廷的賦稅也不要這個啊！」

「我要了來做吃食賣。」何貞不隱瞞，只是也沒說詳情。「不過眼前還不夠用，怎麼也得再種個幾年才能得用呢。」

「妳做啥吃食？也擱在妳攤子上賣？」何二郎見縫插針地問。

何貞就跟沒聽見一樣，跟剛才問話的人說：「您要是想種，等過些日子我家這裡俐落了，我就收拾種子，您隨時來買都行。」

里正家的黃老太太正瞧著雙胞胎跟村裡的幾個孩子玩耍，聽了一耳朵這邊的談話，就擰了眉頭說：「我說二郎啊，你這個好打聽事的毛病也改改。小貞就算是你姪女，你也不能守著一院子人打聽人家的營生吧？孩子都說了，願意種的她賣種子，你要不就買種子，要不就別打聽，成天跟個老娘們似的擺布嘴皮子幹啥？」

何老漢神色尷尬地跟明義說：「我看你們這裡也沒什麼不妥當的，那我就回去了，家裡事多。」

何二郎讓黃老太太當面教訓了一句，反駁不得，又憋屈又丟臉，只好跟著老爹灰溜溜地回去了。

「里正說，村裡耕熟了的好地暫時是沒有人家賣的，不過南山那一片都是沒主的荒地，若是買下來，可以丈量了上縣衙去填魚鱗冊，發了地契，到時候就是咱家的地了。」晚飯後，何貞這樣跟明義說。

明義不是很懂得經營產業，可是大家都有種基本的認知，那就是在條件允許的情況下，應該買房子置地，積攢家業。「那可是一座山，怎麼也有兩、三千畝呢，那要花多少銀子啊？」

何貞嘆氣。「可說呢，因為是山地，里正說價格是好地的一半，一畝地可以算四兩銀子，這樣就需要一萬多兩呢。這麼一大筆錢，咱家自然是沒有的。只是若這麼放棄了，我又實在不甘心。現在五叔那片沙地已經種出了花生，最多兩、三年，肯定有人會想要去南山那邊開荒的。」

「大姊，家裡有多少銀子，全拿出來吧，能買多少先買多少。家裡有我的廩銀，生活總是不愁的。」明義想了想。「反正咱家的花生米種子也不夠種滿南山的。明天我去問問先生，他家兩畝地上的花生米能不能賣給妳。」

穆靖之當初在自家地裡種花生的決定，其實主要是出於對這種新鮮作物的好奇，大概今年就還是會讓佃戶們依舊例做主了。畢竟以他真實的家底，這麼一、二十畝地的收成，他並不在意。

明義跟穆靖之說了一聲，何家的新屋子全部落成之後，穆江就親自趕著車，把花生送到了何家，堆進了已經烘乾的西廂房。鋪了青石磚的房子裡堆滿了糧食，就是見過金山銀山的穆江瞧著，也由衷覺得歡喜，這就是豐收的喜悅。

至於何貞交到他手上的四兩銀子，他雖沒覺得有多麼重要，可是比一般情況下兩畝地的出息多，他也已經跟穆靖之說過。

何五叔送來的花生也是沒剝殼的，畢竟現在何貞家房子多，院子寬敞，曬起來比他們家的小院子便宜，而且花生殼曬乾了也能當柴火燒。總共算下來，扣掉了之前六十斤種子，他們又留下了來年要種的種子，剩下的賣給何貞，得了三兩六錢銀子。

作為第一年開荒出來的沙地，得了這麼多銀子和明年的種子，何五叔高興得額角都有了汗。等到把何貞的那兩畝地上的花生也送了來，何貞又給了他一兩二錢銀子的時候，他的眼都有些紅了。

何五叔小心跟何貞商量，借她的銀子先不還，他想湊錢把自己開的荒地買下來。眼看著荒地種花生有了收成，他買了地才放心。

何貞當然同意了。

何貞跟明義找到里正，提出先買南山北坡的三十八畝地，把自家免稅的地塊給占齊。黃里正打前幾天何貞找他打聽這事就心裡有些數了，見他們果然來買，也沒多問，只說：「四兩一畝，這些地需要一百五十二兩銀子，再加上去縣衙上冊子的一兩，你們能拿得出現銀嗎？」

何貞就笑著說：「跟您說實話吧，這就是我家的全部家產，再多買一畝地都不夠了。」

黃里正點頭。「也罷，左右妳家以後也不用交賦稅，再攢錢也快。那個花生，想必妳也是有打算的。咱們也別耽誤，趕明兒就叫明義跟我一起去縣衙裡辦了。這地契寫誰的名字？」

何貞早就想好了，說：「里正爺爺，我家的兩畝好地在明輝名下，如今這些，十八畝寫明輝的名字，二十畝寫明義的名字，這樣可行嗎？」

里正看看姊弟倆，就笑了。「自然是可行的。放心吧丫頭，我肯定幫你們辦好。明義啊，你姊一心為了你們，你們也都要記在心裡。」

明義躬身應是。

於是九月二十那天，蓋著官府紅漆大印的地契，成了何貞十三周歲生日一份遲來的大禮——儘管這是她自己奮鬥賺來的，可她還是很激動，很滿足。

爹娘留下來的小匣子裡有了房契，有了地契。何貞抿著唇，跟弟弟，也是跟自己說：

「咱們以後還會有更多的！」

如今已是八月底，肅州衛雖然沒有下雪，可是也已經十分寒冷。至少明輝裡面套著姊姊做的皮襖，外面穿著棉鎧甲，身上還是冰涼。

當今的朝廷算得上清明，至少他們這些兵士的軍服軍餉之類的還是能夠按時發放的，當然，被苛扣了多少，就不是他們這些底層士兵能夠知道的了。明輝他們發到手的就沒有鎧甲，不過是普通的一身棉袍罷了，他往自己的衣服外頭一套，聊勝於無。

前日，一小隊北戎人繞過了城下，去侵擾一處鄉村。得到了消息，把總大人派了他們這一隊在內的二百人出戰，緊急行軍，總算趕在那夥人在村子裡大開殺戒之前護在了老百姓身前，把那夥蠻人全數留在大燕朝的土地上。

只是代價還是巨大的。對方是三、四十名騎兵，他們是五十名騎兵加一百五十名步兵，雖說全殲了入侵者，可還是犧牲了十二名燕朝士兵，更有二十多人受了重傷。這樣慘重的傷亡，即使老百姓們劫後餘生，對他們感恩戴德，他們這些人也都高興不起來。

「他們的馬好，咱們的馬不行。」一隊伍裡的一名上了些歲數的兵士嘆氣。「那些蠻子，出生就在馬上，咱們跟他們還真是沒法比。」

明輝聽著，也不多說。雖然他是個小隊長，可是畢竟是一個沒多少見識的少年，平常更願意聽有經驗的老兵們說話。他們這些新兵，現在也跟原來肅州衛的老兵混編在一起了，畢竟打仗就有犧牲，人缺得多了，就只能打散了重新編伍。說話的這人就已經在肅州待了四年多了，了解的事情就比較多。

「還好吧？明輝。」穆永寧騎馬過來。如今他那一小隊是騎兵，而明輝這一隊還是步兵，不過都歸一位把總管著，平常打仗和操練也都在一起。

明輝仰臉看著身邊馬上的穆永寧。「我沒事，穆大哥，我們隊裡沒了兩個人。」

穆永寧點頭。「打仗的時候，這也是尋常，咱們的把總跟守備大人會安排埋葬他們的。你也莫要太難過了。」

戰場的血與火，最能淬鍊一個人的心志，也最能逼迫著少年長大。最終，大家都會接受並習慣，昨晚一起吃飯的人，可能一瞬眼就再也見不到了。

明輝這一隊人裡除了犧牲了兩人，還有一名兵士傷得十分嚴重，斷了一條腿，雖然性命無憂，可這後半生就是個廢人了。他看著軍醫處理了傷口，又叫了個人過來，照顧著受傷的人，自己也在一旁守著。

暫時沒有敵襲，大家也都鬆了口氣，除了日常操練，明輝有空就去看看這個傷員。只是軍醫說了，這個叫孟柱子的怕是要被遣散回鄉了。

「何隊長！你快去看看，孟柱子尋死了！」明輝見士兵們去打的飯分量都不多，就自己去找伙夫，畢竟他好歹是個小隊長，能多少要一點肉湯什麼的，正好給傷員補一補。正端著一大碗肉湯往回走呢，就有自己小隊裡的兵士氣喘吁吁地跑過來找他。

明輝腳下生風，急匆匆往營房那裡趕，一邊小跑一邊問：「怎麼樣了？救下來了嗎？」

「救下來了！正好小伍子進來看見，就給奪下來了，不過這會兒還鬧騰著呢！」那個兵士王二牛比明輝就大一歲，也還是個小少年，一邊跑一邊把剛才的事情大致說了一遍。

孟柱子已經被人制住了，好幾個大男人看著他，手邊的利器都被收乾淨了，自然是死不成的。明輝進了軍帳，就問：「孟大哥，你這是何苦？是誰欺辱你了嗎？」

孟柱子搖頭，眼眶含淚。「沒有。都是一個隊的兄弟，誰會欺辱我？只是我往後成了廢人，哪還有什麼活頭？我在這兵營裡都七年了，家裡老爹老娘都沒了，哥哥嫂子誰能容得下我？」若是容得下，當年就不會讓他出來當兵了。

救下孟柱子的小伍子就嘆著氣說：「隊長，咱們打來就知道，若是死了，朝廷能給五兩銀子撫恤；可若是殘了，朝廷只給一兩銀子就遣散回鄉。身子殘了，就憑這一兩銀子，回鄉都回不去，更別說家裡的哥哥嫂子還把咱當累贅了。」

對於這一點，明輝一開始沒有想到，可是這麼一說，還有什麼不明白的呢？不是誰家都有自家大姊那樣的兄弟姊妹的，孟柱子這是對將來的人生絕望了，才想要輕生的。

明輝心裡悶悶地難過，也不知道說什麼才好，把肉湯端到孟柱子身邊，勸解他。「孟大哥，不管怎麼說，能活下來就是老天爺開恩。都說大難不死必有後福，你怎麼也不能自己斷了自己的福氣不是？」

論起說話來，明輝著實不太擅長，勸起人來也乾巴巴的。正好這時候穆永寧來找他，因為小伍子和王二牛都是新兵營過來的，也認識穆永寧，就沒攔著。穆永寧進了營房，就問：「這是怎麼了？」

明輝正搜腸刮肚地想詞，聽著他問，就說：「穆大哥，我們隊裡的孟大哥這不受了傷，正難過呢。」

穆永寧就湊過來看。

孟柱子躺在床上，兩眼失神地盯著前面。他雖然知道大家都是好意，可是心裡還是轉不過彎來，只想著將來的悲慘人生。陌生人過來，他也沒什麼興趣，隨意地看一眼。可是這一眼就讓他的神情發生了變化，他掙扎著坐起來，死死盯著穆永寧，臉上似喜似悲，囁嚅著嘴唇問：「穆……你姓穆？」

穆永寧和明輝對視一眼，都是一頭霧水。不過一個想尋死的人有了關注的事情，總是一件好事，他也不敢刺激孟柱子，就點點頭，說：「對啊，我姓穆。」

孟柱子點點頭，又搖搖頭，問：「你可知道穆永清小將軍？」

穆永寧也認真起來。「你認識我大哥？」

明輝見狀，就要讓營房裡的人先出去。穆永寧倒是擺擺手。「沒事，我大哥是戰死沙場的英雄，朝廷也表彰的，不是什麼罪人，沒什麼不能說的。」

這話一出，孟柱子就往床下探身，因為有些急切，腿又不靈，一下子撲倒在地上。

穆永寧連忙去扶他，又問了一遍。「你認識我大哥？」

孟柱子眼眶通紅，直接哭出來。「果然是二公子！老天爺開眼，孟柱子這輩子還能見到穆家後人！」

兵士們都看明輝，可明輝也不知道這是怎麼回事，只是搖頭，示意他們不要出聲打擾。

原來孟柱子是穆永寧堂兄穆永清手下的一名兵士。穆永清明明是鎮國公世子的獨子，卻和軍士們同吃同住，感情深厚，還曾經救過孟柱子一命。後來孟柱子這一批軍士被派來了肅州，而穆永清則在幾年前的戰事中在寧夏鎮殉國，聽了這個噩耗，孟柱子他們沒人不掉淚的。至於後來鎮國公父子馬革裹屍還被冠上了通敵、貽誤軍機的罪名，他們都是不信的，可朝廷大事哪有他們這些小兵說話的分，只能在心裡替穆家人難受了。

沒想到，孟柱子大難不死，居然還見到了穆家的小少爺！

穆永寧也掉了淚。他跟大哥長得原本就有幾分像，這兩年他長高了，又經了塞外風霜，自然更像大哥了。可是他沒有大哥那樣的本事，現在也才只是個小隊長而已。如今，大哥帶過的兵提起了大哥，他也難過得很。

他扶著孟柱子坐回床上，沈默了一會兒，才問：「孟大哥，若是叫你去趟沂州府，你可能辦到？」

孟柱子一改頹勢，連連點頭。「聽二公子吩咐！我就是爬也要爬過去！」

穆永寧搖頭。「並不是我要你做什麼，而是如今我父親就在沂州府我家祖宅，你可去投奔他。別的不說，一個安身的地方總是有的。」

「這……」孟柱子大喜之後，又是猶豫。「我如今是個廢人，去了也是拖累二爺。」

「你不是廢人，你是我大哥身邊的人，我爹要是見到你，一定極是欣慰。正好我有家信讓你帶回去，孟大哥，拜託你了。」穆永寧說。

第三十九章

何家村的穆家大宅裡最近有一件喜事——太太的奶娘劉嬤嬤和宅子的老管家穆管家要成婚了。

都是苦了半輩子的老人，老了有個伴，是好事，只是他們畢竟是下人，不好請客大辦。何貞也沒有正經地去喝喜酒，而是送了些賀禮，把雙胞胎扔過去湊熱鬧，自己還是去擺攤。

何貞收了攤子，又專門繞路去了鎮上一趟。她託陳記貨棧買了兩塊皮子，昨天夥計託人來遞了話，說東西到了，她正好去取回來。

之前買地幾乎花光了家裡所有的銀子，要不是何貞天天去擺攤，還真是差一點要賒帳了。陳娘子雖然走了，店裡的夥計卻沒換，也是跟何貞相熟的。他跟何貞說：「何姑娘，這料子妳算是撿到了。三兩銀子兩塊，這可是好狼皮，不過是顏色不好，打的時候又劃傷了兩刀。不過啊，我聽我們掌櫃的說，他弄過來就要二兩八錢呢！」

「陳大叔說好，那就肯定是好的。」何貞掏出銀子。「陳姨現在可好嗎？」

「好得很。」夥計笑嘻嘻說：「咱們前掌櫃的這會兒嫁了人，這日子正好著呢。」

這是好消息。何貞也跟著高興，一路上也是歡歡喜喜的，直到穆家叫她過去。

何貞以為只是平常往來，沒想到是軍中的人找了來。來的人有三個，一個叫謝大虎，是從前鎮國公世子的親兵，跟世子爺出征的時候，被北戎人往腿上砍了一刀，斷了一條筋，跛著腳。一個叫張強，也是鎮國公世子的親兵，剛盲了一隻眼睛。還有一個叫孟柱子，只是鎮國公世子手下的普通兵士，後來跟明輝在一起，前一陣子剛剛斷了一條腿。

孟柱子和張強是同一批離開肅州軍營的，因為穆永寧和明輝的話決定來投奔穆靖之。張強掛念戰友，順路去看看早就回鄉的謝大虎，發現他過得十分潦倒，就拉著他一起來了。

經年之後再見，穆靖之和他們都很激動，可是接下來，如何安置他們就是個問題。穆靖之不願讓他們做奴僕，一時也沒想出什麼好方案。

「穆先生，能不能容我放肆，說兩句話？」何貞觀察了一下，就問。

穆靖之點頭。「妳說。」

何貞想著自己從前的計劃，說：「我有些營生，卻是沒有人幫我做，不知道幾位先生願不願意幫忙？」

「大姑娘客氣了，有什麼吩咐您只管說就是，只要咱們能辦到的，沒有二話！」孟柱子因為明輝的關係，算是跟何貞更熟悉一些。

看到穆靖之也點頭，何貞就道：「不瞞各位，我想要開一個榨油作坊，還想開個點心作坊。另外家裡剛買了三十多畝山坡地，要開荒。不知道幾位先生願不願意做這些活計？工錢好商量。」

這些倒不是何貞一時衝動，而是她早就有的想法，之前她也想過勞力不足的問題，一直也沒什麼好辦法。不是僱傭村裡人，就是去買下人，但是哪種方式都有弊端，張謝幾個人的出現，倒是很好地暫時解決了這個問題。

這個年代的人都純樸，尤其是鎮國公父子帶過的兵，都有一份忠義。看穆靖之和穆江對他們的態度，就知道張謝兩人品性應該都過得去。而孟柱子是弟弟明輝介紹回來的，她就是信不過孟柱子，也信得過明輝呀。

穆靖之挑了挑眉。點心作坊他雖沒想到，卻也不大意外，油坊卻是讓他有些驚訝。果然這個小姑娘心中自有丘壑，自己挺有打算的。

三個人面面相覷，都有些心動，最後張強有些喪氣地說：「何姑娘，我們知道妳是好心，只是咱們又不會榨油又不會做點心，手上空有一把力氣，下地幹活的事也做不大來。」

何貞搖頭。「這些我都曉得，只要三位願意，我自然有安排。放心，我就是一個農家的孩子，不會打腫臉充胖子的。」

孟柱子咬咬牙，點頭道：「大姑娘只要有章程，不叫我們當累贅吃白飯，我願意給姑娘幹活！」

張強和謝大虎還是有幾分疑慮。冷靜下來就覺得他們這樣跑來實則是在為難穆靖之，更別說跟他們全無關係的何家人了。可是孟柱子已經應下來，他們卻也不敢再這樣走了，把孟柱子一個人扔在這裡。畢竟他的勞動力是最弱的，他們也不放心。

等兩人猶豫著答應下來之後，穆靖之才道：「你們既然留下來，往後就踏實的給何姑娘做工。別看何姑娘年紀不大，卻是個有本事的。我眼看就要秋試，一時怕也顧不上你們。先這麼辦吧，穆江在家裡，你們有事商議著來，何秀才也在村裡，你們落戶什麼的也好幫著你們辦。」

今年因為一些原因，鄉試被推遲了一個多月，十月裡在府城舉行，現在已經是九月底了，穆靖之這一、兩天就要出發。他已經說定了，只帶著長安出門，留下穆江在家裡守著，應對突發事件。這件事既然談好了，他也就顧不得這些，打點行裝去府城趕考去了。

這邊，明義跟穆江一起，帶著遠道而來的三個人去了黃里正那裡，先把三個人的戶籍落在村子裡。因為有穆家和何家作保，黃里正大概問了問幾個人的來歷之後，就答應了給幾個人上戶籍的事。畢竟增加戶口是朝廷極為鼓勵的，多一戶人就多一份賦稅，就算他們不會再去服兵役，也是一件很好的事。

孟柱子幾個人最怕的就是別人可憐他們。辦好了落戶的事情，他們就提出來，趁著還沒上凍，先找個地方，蓋起房子，幾個人住下，不能一直住在穆家。何貞聽說了就提議。「買宅子地實在太貴了，不如就在南山那邊，我家的山坡地那裡起三間屋，不用花錢，山裡有泉水淌下來，吃水也便宜。」

這確實是個好主意，穆老管家笑著道：「你們幾個有福了。」

村裡的宅子地比耕地貴，主要是由於家家的宅子都是祖上傳下來的，誰家也不會輕易賣。同樣，想要買也買不著。他們幾個手頭窘迫，肯定是買不起的，在何家的地上蓋屋，地皮錢肯定可以省了的。

另一個好處是，如果一直住在村子裡，他們只怕會因為傷殘受村人欺負，畢竟他們還是外鄉人。但是如果住到南山那邊，離村子有一段距離，自然就少很多這樣的煩惱。

張強三個人也想到了這裡，自然都同意。可是想到造房子的花費，都覺得沒臉開口。

何貞就說：「就算幾位大叔不來，我也打算要在地裡蓋間守著地的屋子的，所以這銀子是我出。不過房子也還算我家的，怎麼樣？」孟柱子等人不敢聽她叫「先生」，可她實在是沒法跟著明輝他們軍中的人稱這幾個中年人「大哥」，最後還是說定，明輝叫明輝的，他們還是按一般的叫法來稱呼。

「這是自然的。」幾個人都沒有異議，反而鬆了一口氣。至於何貞說蓋泥坯瓦房，他們就更是沒什麼意見了。

因為是在山腳處蓋看地的房子，大家合計了一下，不用找何貞姑父他們來蓋，張強和謝大虎都能幹活，再從村子裡找些壯勞力，很快就蓋好了。

房子是蓋好了，何貞的口袋裡也比臉還乾淨了。

因為新蓋的三間屋子就在山腳，不用何貞說，張強幾個人就去山上撿了柴火來燒炕烘屋子，然後很快也就搬了進去。

何貞這次蓋房子，有點算是固定資產投資的意思，所以凡是村子裡來幫忙的人，都是按天付了工錢並且管飯的。不過，這些事情她都交給了明義來料理。明義是何家的男孩子，又是秀才，他出面果然沒有人出來指手畫腳，而何貞依然去擺攤，賺錢來應付日常周轉。

她一直擔心自家如果越來越好，會招來村裡人、尤其是何姓一族的人家的羨慕嫉妒恨。即使兩個弟弟中了秀才，她也還是不敢完全放心，所以只要有機會，她就盡可能讓一些利給大家。比如現在每天還在收的雞蛋，又比如蓋房子給大家的工錢，雖然錢不多，可是大部分人家都跟著賺了些小錢，也就相安無事，還能有個面子上的熱情。

南山的三十多畝地，何貞是打算開春種花生的。今年收到庫房裡的兩千四百多斤花生米，預計種滿這三十多畝山地和她家原有的兩畝好地，是足夠了的，還能剩下很多，要是村子裡有別人來要，估計也夠供應的。本來她打算出錢僱村裡地少的人家幫著種，現在有了張謝兩人，自然可以少僱傭一些人。

何貞還沒有買下人幹活的計劃，因為她家畢竟家底薄，而且還有祖父叔父在，如果真的用上了下人，怕會招來很多非議。尤其是村裡人沒有因為她家的日子變好而跟著沾特別多光的時候，這種非議很可能會帶來極大隱患，甚至威脅他們的人身安全。

可是僱什麼人，她也沒想好。現在家裡多了三個人，何貞覺得，只要找村裡熟悉的人給推薦一、兩個人，再有五叔在一邊看著，就妥當了。

「大姊，妳是不是不打算擺攤了？」一邊吃晚飯，姊弟幾個隨意說著一天的事情，明義就問何貞。

何貞點頭。「是。我從前不是說過，想開點心作坊嘛？其實我是想開個點心鋪子，僱個夥計看著店，我在家做，這樣也省得拋頭露面的，讓你跟明輝面子上不好看。」

不等明義搖頭否認，她就接著說：「我知道你們不在意，可我也越來越大了，也確實不適合老在街面上混了。而且我還想把生意做更大一些，一個攤子可是不夠的。點心鋪子裡，我打算賣各種各樣的奶做的點心糖果，讓大家慢慢接受和喜歡上這個，以後買了山，就可以用大片的山地放羊，開起羊奶場。」說到自己的規劃，何貞眼睛亮晶晶的。「花生慢慢種起來，我就開油坊。要是奶粉、花生油能賣出去，賣遍咱們大燕朝，那就能改變所有人的餐桌。山買下來之後，坡地都能種花生，不能種的地方咱們就養雞養羊，多好！」

南山還是沒主的荒山，他們也不知道什麼時候才能買得起那麼大一座山，可是明義看著姊姊嘴角的笑，就覺得，她一定能做到。他臉上不由也帶上笑意。「那可是好大的一座金山了，大姊。」

何貞笑著搖頭。「這只是我畫的餅罷了，也不知道啥時候能實現。就算實現了，可能產出也不夠，咱家以後，用錢的地方還多著呢。」

明義側了側頭，有一點困惑。他以為這是姊姊的理想，卻沒想到，大姊打算的這一切，居然是因為缺錢！

「我原來沒想這麼多，只覺得能賺些銀子，讓你們幾個都好好的長大就好了。可是你們讀書好，我就想著，你們倆至少有一個考上秀才，咱家就不用服役，你們就安全了。然後你們就都考上了，你的成績還那麼好，我就想，一定要把你們供出來，雖說艱難，可總有幾分希望，說不定你也能上金鑾殿中狀元呢！明輝要練武，我想有銀子了就能讓他出去闖蕩也好，拜師學藝也好，總是要支持的。」何貞笑著笑著，眼角就帶了水光。

明義抿著唇，沒有打斷她。

她吸了口氣，接著說：「可是你大哥他……他非要去從軍，我曉得攔不住他，那我能做什麼呢？你是讀書的，誰知道科舉的路有多難走？等到將來你真的得了功名，就要進入官場，宦海沈浮啊，哪是那麼容易的？我想來想去，只能想法子賺銀子，讓你們都能放開手去做想做的事，而不必因為沒錢而束手束腳，甚至為錢財誘惑而走上歧途。」

這些想法，是何貞在明輝投軍之後才徹底堅定的。她一開始想的是把花生種出來，然後找陳娘子合作，讓她報給她的主家，她只要能給花生找到銷路並且分些紅利就很好了。可是後來，她就覺得，自己握在手裡的東西還是要更多一些。

「明睿和慧兒也是一樣。他們一天天大了，你教了他們識字，也該看得出來，都是極聰明的孩子，將來明睿也要讀書進學。慧兒是女孩子，這世道女子活得本就格外艱難些，我就想著，她能多學一些，多見識一些，將來也可以眼界開闊、性情堅韌，日子過得好些。你說，這要多少銀子才夠花？」何貞說完，又有些鬱悶。「咱家現在，連十兩銀子都還拿不出來呢。」

明義站起來，又拉了老老實實坐在一邊的雙胞胎，給何貞端端正正行了個大禮。雙胞胎對哥哥姊姊的對話似懂非懂的，可是非常聽明義的話，就認認真真地朝著何貞行了禮。

「這是幹啥啊？」何貞被驚到了，連忙拉著兩個孩子，塞回座位裡。「明義，你怎麼突然行上禮了？」

「大姊，妳這一番替我們打算的苦心和付出的辛苦，我們會一輩子銘記。」明義的鼻子有點紅。

何貞拍了拍他的肩膀，笑著說：「都說你是小神童呢，怎麼還說起傻話來了？自家姊弟，說什麼銘記不銘記的？你們是我最親的人，我不替你們打算，替誰打算？為了你們，我自會全力以赴。而且，這些事情，我說一說就覺得很振奮，你說我要是都做成了，是不是也很了不起？我也不光是為了你們呢，也為了我自己。不管是為了誰吧，往後咱們都長大了，可能會見識到很多人心的醜陋和惡毒，但我希望，我們家、我們五個人，手足之情永遠都不要變化，永遠都能互相支持，互相成就。」

這一番談話之後，何貞也就開始了下一階段的忙碌。

她不忙也不行，搬走了何貞給的糧食之後，孟柱子三個人恨不得一天來問一趟，他們有什麼活計可以做。管吃管住，卻沒活幹，三個人都待不住。

「三位大叔，你們得空先慢慢清一清這片地，就算是粗略地開開荒。這是三十八畝，也夠你們辛苦一陣子的了。工錢以後就算成包吃包住，一個月四百文錢，從這個月開始算，如何？」何貞跟明義帶著弟弟妹妹來到南山腳下，發現他們已經盤了鍋灶，還圍起了簡單的柵欄，就提出了下一步的任務。

這個數字，是何貞跟人打聽過之後開出來的，不高不低，應該是彼此都能接受的。正好何五叔過來整地，她就把何五叔也請過來，給彼此介紹過之後，說：「我打算開春這一片地全種上花生，這東西我五叔種過兩年了，很懂得，以後三位大叔就瞧著五叔怎麼種就是。」

孟柱子三個人自然點頭。他們把何貞當東家，那自然是東家說什麼就是什麼。

從山上回來的時候碰見李氏，她死性不改，挑唆說穆靖之不讓明義去考舉人，自己卻去了，就是不安好心，怕明義考得比他好。這話當然沒人理，輕而易舉地就把她給趕走了。可是何貞還是心裡存了事，她不確定明義會不會心裡也有些不甘。反倒是明義主動說起這事。

「姊，妳別擔心，我對先生沒有芥蒂的，我才念了幾年書？舉人不是那麼好考的。」

何貞搖頭。「不是擔心你考不上的問題。穆先生說得對，你不光要考，還要儘量考得好，所以這一次不該倉促下場。咱們沒錢沒勢也沒有家族背景，你將來要考科舉走仕途，只有名次特別靠前，出名，才能讓自己多一些倚仗。你想過嗎？」

她對鎮國公家的事情了解得不是很清楚，但是很顯然，明義的情況跟穆靖之不一樣。作為毫無背景的寒門學子，只有儘量拿到好名次，甚至因為成績好而小有名氣，才能得到更多的機會。有事情發生的時候，也才能夠保護自己，不會因為籍籍無名而被人當了炮灰。

明義沈默著想了想，點頭。「大姊，我會踏踏實實念書的，三年以後我一定好好考。」

「切記，相信穆先生，二嬸的話，你一絲一毫都不能往心裡去。穆先生是坦蕩君子，也許將來有一天，你們會因見解不同而產生分歧，但是私下裡，他永遠都是咱們家的恩人，你的恩師。」何貞神色嚴肅。有些猜忌就像種子，一旦種進人心裡，不一定什麼時候就會長出邪惡的藤蔓，把人牢牢困住，不得解脫。她不能讓明義落入這樣的陷阱。

「先生不是那樣的人，我信他，大姊放心。」明義認真說著，又補充。「穆大哥也是，對吧？」

何貞不知道他怎麼又忽然提起了穆永寧，心下也是有幾分惆悵，也不知道冬天要來了，穆永寧和明輝要吃多少苦，受多少罪。

她輕聲嘆息，說：「天冷了，如果能往軍營裡捎東西就好了。」

第四十章

在府城等待成績揭曉的穆靖之，則迎來了一位意外的訪客。

那人從袖中拿出一塊玉珮，又掏出封信來，遞到穆靖之面前，低聲說：「二爺，屬下張權，是五爺的護衛，專程來送信給您的。是城裡四爺的人告知屬下，您下榻在這家客棧的。」

這句話的訊息量就很大了。穆靖之沒急著看信，而是看著張權，若有所思地問：「四爺和五爺這是……聯手了？」

「準確地說，是五爺支持四爺。您跟五爺是好朋友，自然知道，我們爺沒那個心的。」張權抱了抱拳。「五爺說，他不方便明著來找您，只盼著您回到京城了。」

「這卻是不好說的事情。」穆靖之搖頭。「五爺還好？」

張權笑了笑。「屬下比您家那位小哥腳程快些，方才看了榜才來的，倒可以提前向舉人老爺道個喜了。五爺一切如舊，聽了這個喜訊想必也是極歡喜的。」

穆靖之微微一笑，也拱手回禮。「既如此，多謝張護衛，還請張護衛代我問五爺好。」

很快，穆靖之鄉試中舉的消息就傳了回來。穆家大宅子裡熱熱鬧鬧，黃里正和幾家老人都去了穆家，一邊道賀，一邊幫著接待來報喜送信的衙役。何貞在縣學門外擺攤，自然也第一時間知道了這個消息。她注意到，穆靖之的名次並不十分突出，是中等偏上的水平，也不知道他是故意為之，還是鄉試確實不容易。

三天後，穆靖之才回到何家村。送走了賓客，他把書信給妻子看，也說了當時見到張權的經過。穆太太夏茹是原督察院左督御史的長女，不僅滿腹詩書，而且對朝局政事也頗有了解，穆靖之視夫人如摯友，從來不瞞她。

穆太太接過信來看著，嘴裡卻道：「莫不是五皇子要支持四皇子上位？這卻不容易了。」

「能得到五皇子的支持，只怕大家都小看了這位四殿下。」穆靖之手指點著桌面。「五皇子雖說自己無心大位，終日醉心詩書，可終究是皇子，哪裡能沒有成算？就說這次，他的護衛在揭榜那日來找我，只怕就是他的示意。我若是不能中舉，他們就不會聯繫我了。從前的那些情分，也敵不過權衡利弊。」

「我曉得，你原就說過，不能真的把皇子王爺們當普通朋友。」穆太太看完信，才仰起臉來看著丈夫。「如今這般，倒也是好事，總比上面那三位真的得了勢要好。」

穆靖之似笑非笑。「咱們這位陛下，玩得一手好制衡呢。」

穆太太想到自家公爹和大伯子的慘死，少見地露出幾分恨意。「是啊，拿忠臣良將的血來鋪墊他的權位。」

穆靖之握了她的手，說：「如今大皇子掌著工部，二皇子握著吏部，三皇子和四皇子分別領著刑部和禮部，五皇子掌國子監和鴻臚寺。六部當中最重要的戶部和兵部卻是牢牢抓在陛下手上，就是三大營也只聽他一人號令。往後的爭鬥還早呢。」

「所以，當年公公他們的性命，就是替皇上把兵部和戶部從大皇子二皇子手中奪回來的工具？」穆太太憤怒的落下淚來。

「當年的事情，應該不是一家之力。具體內情，我必須回京之後再找線索。當時我們只能退讓，可是時移世易，如今我未必不能替父兄平反。」穆靖之抹去妻子的眼淚。「妳也看見了，岳父大人已經把當年那幾個彈劾父親的御史收拾了，如今三皇子在御史臺是沒人了，這不也是好事？」

「所以四皇子……」穆太太還是不放心。

穆靖之點頭。「現在我們也沒有別的選擇了不是嗎？我不可能對著害我父兄的人俯首稱臣的。好在此人雖說出身差，為人倒不算太差，所以五皇子才能跟隨他，且他的人居然滲透到地方，只怕能力也不容小覷。」

考上了舉人，穆靖之就不能算是普通的讀書人了，因為有了選官的資格，就連縣令大人也專程來拜訪了他。當然，這也是為了顯示縣令大人的禮賢下士。

穆靖之見過一次這位到任以來就頗有作為的朱大人，只是沒想到這次見面，朱大人格外熱情。跟隨的人都退出去以後，他笑著對穆靖之道：「恭喜穆舉人啊！不知來年會試，穆舉人可有章程嗎？」

這沒什麼可隱瞞的，穆靖之道：「學生打算進京去考的。」

朱大人點頭。「極好，極好。想必四爺跟五爺也是很期待在京中與穆二爺重聚的。」

穆靖之挑了挑眉。

朱大人笑得鬍子一翹一翹的。「四爺有交代，穆二爺是自己人。不過做田舍翁還是朝中重臣，全看穆二爺意願，下官自然就沒有打擾。至於小公子投筆從戎，下官也是感佩不已。往後二爺但有差遣，下官必當竭盡全力。」

等穆靖之客氣地提了要求，朱大人微微怔了怔，就笑了。「原來是他家。不必二爺交代，下官也會庇護的。不瞞您說，下官今年的考績，還要借借他們的光呢。」

何貞見縣太爺和齊河鎮的鄉老們陸續拜訪過了穆靖之，就收拾好賀禮跟弟弟妹妹一起去道賀。

明義是穆靖之的學生，他們當然不算外人，熟門熟路地進了門，直接見到了穆靖之。何貞一進門就發現穆靖之的臉色並不好，至少不是特別高興的樣子，反倒是心事重重的。

她無從知道穆靖之在擔憂什麼，只是下意識從他們親近的人裡去考慮。那麼，能讓穆靖之露出那種擔憂的表情的，是穆永寧和明輝？還是只有穆永寧？

何貞皺了眉，不敢往下想，只是盯著穆靖之看。

「何家丫頭，多謝妳給的那兩塊皮子。考場裡寒冷，那皮子頂了大用。」穆靖之看見幾個人過來了，便先笑著跟何貞說。

看著又不像是出了大事的樣子，何貞停止心中漫無邊際的揣測，笑著道賀。「恭喜先生。那可不算什麼，我們小輩也沒什麼可做的，但凡能有一點用處，就是很好的了。」

穆靖之要留下明義，跟他講講秋試的詳情，也說說讀書備考的事。這些，何貞自然是不便留在一邊聽著的，就帶了雙胞胎告辭。心裡終究是不踏實的，走到大門口的時候，她還是問長安。「你家少爺有沒有信來？」

長安搖頭。「沒有呢。不過去府城的時候也沒有聽見說北邊有大的戰事，想必一切都好的。」

何貞問不出什麼最新的消息，只好作罷，可心裡還是免不了牽掛。她擔憂明輝已經成了習慣，是從來沒有停止過的。而穆永寧呢，好像打從他走了，她就沒有怎麼想起過這個人，可是忽然想起他來，就發現這種牽掛和擔憂也是十分濃烈的。濃烈到讓她一下子意識到，這個人，在心裡很重要。

然而，這人已經在千里萬里之外了，她的牽掛，也只是無用的牽掛。想到自己要做的事情，她揉揉臉，接著準備明天擺攤要用的滷肉去了。

經過了幾個月的邊關生活磨礪，明輝長大了很多，再面對敵人的時候，已經能面不改色地動手了。又因為他功夫好，殺過的北戎兵士越來越多，整個人就多了幾分冷硬。

吃飯的時候，明輝跟穆永寧在一起。穆永寧打量他幾眼，問：「受傷了嗎？」

明輝搖頭。「手背上蹭了一下，沒事。」

「我還說我保護你呢，到了軍中，咱們都不能在一處。」穆永寧嘆氣。

明輝笑笑。「穆大哥，我能保護自己，沒事。」

穆永寧搖頭。「我跟你姊許諾過，說一定要保護你。我就許了這麼一件事，還食言了，將來沒臉見她了。」

「我姊……」明輝抿了抿嘴。「她其實嘴硬心軟，別說我沒事，就是我真的有什麼事，她也不會怨你的。」

「別胡說！」穆永寧拍他一下。「又大一歲了，說話要注意！」

明輝有些錯愕地瞧著他，好一會兒才說：「你這是說我？」

其實這麼板著臉教訓明輝口無遮攔，穆永寧也心虛得很，因為他才是經常說話不過腦子的那個。不過，他從軍以後，臉皮練得更厚了。「嗯，怎麼，我說不得你啊？」

明輝居然無言以對。「你是大哥，說得。」

「你看啊，前些日子你們已經過了十三周歲的生辰了對吧？」穆永寧摸摸下巴。「所以也就是十四了，對吧？」

「穆大哥，你想說什麼？」明輝問。「我們這生辰早就過去了呢，你不說我都忘了。」

穆永寧搓搓手，看著身邊也沒人，就扳著明輝的肩膀問：「你覺得，我當你姊夫怎麼樣？」

明輝卻低著頭笑起來。

「唉你笑什麼呀？不是，這有什麼可笑的？」穆永寧讓他笑得毛骨悚然的。都說明輝是個老實孩子，可這老實孩子猛地來了這麼一下，他心裡還真慌。

明輝卻好一會兒才停下來，說：「穆大哥，你總算捨得說出來了啊？」

穆永寧就更呆了。「你姊跟你說了？」

明輝立刻擰起眉毛。「你跟我姊說了？你怎麼能跟我姊說？你還幹了什麼？」

穆永寧退後一步，搖完頭，才覺得自己有點太慫了，就轉開臉說：「我還能幹什麼？每次你姊在家的時候，明義他們都在，最多就是說兩句話罷了。」

明輝是個少年了，原本就看得出來的事，現在自然更是明白。如今穆永寧自己繃不住，先說了出來，他並不懷疑穆永寧的誠意，卻不願意讓姊姊的聲譽沾上任何瑕疵。而且他總覺得，姊姊應該沒有跟穆永寧私定終身什麼的。

他這裡沈默，穆永寧就有點急了。「你姊是正派的姑娘，再說她還小呢，你那是什麼眼神？就是我覺得她好，還不行嗎？行吧，我承認，我就是說了一句，讓她要找人家的時候也考慮考慮我，別的真的沒有了！」

「我姊是天下最好的姑娘。」明輝盯著他。

天氣一冷下來，何貞就不叫兩個小的跟著自己去擺攤了，就讓他們待在家裡，跟著明義讀書寫字。

這一陣子地裡頭沒什麼要緊的活計，何貞也沒太操心。可是張強幾個待不住，每天撿足了柴火給他們送過來，偶爾還會在山裡打個野味什麼的，也拿過來叫何貞做給兩個小的吃。兩個小娃娃呢，因為人長得玉雪可愛，又不會嫌棄他們身有殘疾，寫完了明義給的功課，就時常跟在他們身後玩耍，讓幾個老光棍喜歡得不行。

這些事情，何貞都是樂見的。特別是看到半山的沙地被幾個人整得很俐落，很適合來年種植的樣子，她就知道，這幾個人都不是偷奸耍滑的人，做事情都是踏實的。這樣，她對接下來要做的事情也有了信心。

這天，何貞剛進了縣學那條街，縣衙管理處的一個小吏就來找她，告訴她街西頭劉記麵館不租了，問她想不想租下來。他這麼問，也是看在明義的面子和何貞時常送來的吃食分上。

雖說何貞早就決定開點心鋪子，可是本錢有限，根本買不起鋪子，這個麵館租下來很合適，她便不再猶豫，給了劉老頭六兩銀子。從十一月初一開始，她就可以在這裡開自己的小鋪子了。

第四十一章

「我城裡的那個鋪子，想叫幾位大叔幫著料理，不知道行不行？」何貞回來，專門去了山腳的小屋，來問他們三個人。

「我就不去了。我就在這給妳種那個花生。」張強首先表態。「我這個模樣，會嚇到人，在山裡幹活就好。」

何貞聽著，心裡也不是滋味，可是他說的也有道理，且看他能主動提起自己的眼睛，想來還是想開了不少了。

謝大虎想了想，問：「何姑娘，妳要做什麼生意？咱們大老粗，就算是想，怕也不會啊。」

「是這樣，我打算開個鋪子賣吃食，一邊賣點心，一邊賣些醬菜小吃。零食我可以在家做好，送到店裡去，所以只要有個人在店裡看著賣貨就行。要是賣得好，我就打算在店裡做，後院做了前面賣。」何貞也不隱瞞。

謝大虎聽著，琢磨了一下，有些不好意思地開口道：「要是這麼樣的話，我覺得叫老孟去比較適合些。他也算是活泛，坐著買賣貨，應當是行的。」

何貞一聽，就知道他是想著這個活計比種田輕鬆，孟柱子畢竟少了一條腿，其實根本就下不了田，這樣會較好一些。她原本也是這麼盤算的，就說：「年前呢，山坡地上也沒多少活計了，我想叫三位大叔都去。兩位在前頭看顧店面，一位在後頭修整修整後院，特別是廚房，正好試上兩個月，看看生意怎麼樣，過了年再看。」

這麼說，就是讓張強也去，不過是在後院做活的意思。幾個人都沒有異議，畢竟山上真的沒活，他們天天閒待著也受不了。

店面雖然盤了下來，可何貞並不想放棄擺攤，至少在店鋪完全開起來之前不能。考慮到來年種花生的時候人手不夠，何貞糾結了一陣子，最後決定明年開春，先從村裡僱些人來幹活。好在花生這東西並不需要天天盯著看，忙的那幾天找人來做就好。

她這邊剛拿定了主意，就在村裡碰見了穆靖之。這次她沒猶豫，直接問：「穆先生，您那裡可有穆大哥和我家明輝的消息嗎？」

穆靖之搖頭，微笑著問：「大虎他們幾個不是得空就跟你們講軍中的事情嗎？」

「雖是這樣，可總還是想知道更新的消息，他們有沒有受傷，有沒有冷著餓著。」何貞說著，就低了頭。

穆靖之意味深長地道：「這才剛剛開始，以後妳要習慣這種日子。慢慢妳就會知道，沒有消息就是最好的消息。」

何貞點頭，不想再說這些，就問：「先生，我聽了張大叔謝大叔他們的事情，就想問問您，如果我想再僱一些像他們這般從戰場退下來的人做活，可行嗎？」

「可行自然是可行的。這些人多數回鄉後生活都很潦倒，有個安身立命之所，他們當是求之不得。」穆靖之沈吟道：「只是，妳不怕這些人不可靠嗎？」

何貞說：「可靠不可靠的，誰都不能打包票。同樣是我不認識的人，我會更相信曾經跟著鎮國公保家衛國流過血的人。」

這個原因讓穆靖之有些意外，卻又有著說不清道不明的欣慰。於是他微笑著問了另一個問題。「這些人身體傷殘，有的因此性情也不怎麼好，如何能做好活計？」

「這並不是問題。根據每個人的情況分配恰當的活計就好了，我需要用人，他們需要有份工來做，彼此各取所需就是了，我也不是開善堂的。」何貞很有信心，人力資源的分配和管理才是她的專業領域。

「妳為什麼一直想要僱人？妳花的那些工錢，攢一攢買幾個下人不是更好？更能保住秘密。特別是妳如果有什麼方子之類的，手上握著賣身契的話更可靠。」穆靖之一副「我不信妳想不到」的神情。

何貞搖頭。「鄉下人家，買人就不必了。我想要用這些軍士，是敬重他們的忠義，反正都要用人，不如優先用他們。但若沒有這樣的機會，那我還是要僱村裡的人的，只有讓大夥都跟著多了進項，我家才會過得踏實。」

穆靖之長長出了口氣。「早先我就知道妳是個聰明的孩子，卻沒想到妳還有如此俠氣，妳是個了不起的姑娘。」

何貞擺手。「如果不是朝廷沒有做好撫恤安置，又怎麼能輪到我一個小小的村姑來做這『了不起』的事？」

「小丫頭！慎言。」穆靖之壓低了聲音說：「也就是在這裡說說罷了，可莫要隨意說這種話。」

「是。我只是擔心，萬一有一天，這樣的苦難也降臨到我家明輝身上，只好未雨綢繆罷了。」何貞扭過臉去。「即使人人都說我一個小丫頭貪心不足，我也要盡力試試。」

穆靖之沈默了片刻，才說：「妳若想僱這些兵士，可以跟大虎他們說說，聽聽他們的意見。至於別的話，日後再也不要提起了。」

當然，這些話再沒有第三個人知道。何貞在跟謝大虎三人一起收拾的時候，也確實提起了這話，結果三個人難得地意見一致。「姑娘心善，只是未必能招來多少人。畢竟從那要命的地方回來，但凡能回家鄉的還是想著要回家的，除非是老家沒什麼人了，或者在家裡待不下去。且我們哥仨跑來，說實在話，一開始也是來投奔二爺的。若不是老孟跟何小弟的交情，就是二爺牽線，我們也未必會來姑娘這裡，畢竟咱們都不認識不是？」

這樣一說，何貞就知道自己的想法還是過於簡單了。不過這也沒什麼，她只是一個沒有走出過開元縣的小姑娘，異想天開一點也很正常。

何貞沒捨得過於耽誤擺攤，就早晚有空的時候到店裡去看看。好在張強幾個人都是能幹的，打掃清潔、修理桌椅這些都做得俐落，就連灶房也收拾得整齊。令何貞驚喜的是，原來老劉他們因為也做烤餅賣，所以廚房裡除了正常的爐灶之外，還盤了一個悶爐，簡直就是現成的烤箱。

就衝著這個烤箱，她決定就在這裡加工蛋糕了。

十一月初七，託了何家大伯新打的櫃檯貨架拉過來，何貞就準備辦貨開張了。為了這事，她還特意提前在自己的攤子上貼上個小告示，告訴大家十一月初八，她的小吃攤就要挪到西頭的何記小吃鋪了。

都在一條街上，這個程度的變化並不會影響老客戶，反而因為有了三張桌子，可以讓客人坐下來吃，所以知道了消息的學子和夫子紛紛表示一定會捧場，也算是前期的廣告效果不錯。

何貞這幾天一直琢磨要在店裡賣什麼，最後定下來的是把店裡分成兩部分：一部分還是她在這裡，現做現吃，賣招牌小吃雞蛋灌餅、煎餅果子和肉夾饃這三樣，旁邊搭著茶葉蛋和切好的鹹鴨蛋和單塊的豆腐乳，主要針對在店裡吃的客人，當然也可以帶走。另外一部分就是零售的點心和小食，這一部分主要針對買回去吃的客人。點心因為要考慮到加工的難易程度，她打算暫時先賣紅豆餅、奶香蛋捲、無水蛋糕、奶香大麻花和沙琪瑪這幾種，小食類的做肉脯和芝麻糖，另外跟何四叔進一些整罐的豆腐乳來零賣。

籌備的過程中，張強幾個人難免也看到了一些食材的加工方法，特別是何貞費勁地打雞蛋的時候，孟柱子就主動提出來幫忙。別說，他力氣大，打起來快很多。何貞想了想，就跟他商量，是在前面幫忙還是在後面做蛋糕。

孟柱子連忙道：「大姑娘，其實上回我就想跟妳說了，我到底是少一條腿，做事不方便，不如就在後廚幫忙。只是我哪裡會做吃食，也不敢說什麼……」

「那孟大叔就在這裡做蛋糕吧，我教您。」何貞笑著說：「這個東西其實好做得很，只要按我說的分量去做就好，不需要會什麼廚藝。」

「姑娘，這是獨門的方子啊！」孟柱子很驚喜，卻又不敢學，他彷彿被嚇到一般，把何貞專門找人做的打蛋器放到一邊。

何貞搖頭。「孟大叔，您會拿著這個方子自己賺錢去嗎？還是把我的方子漏給別人？」

「怎麼能！那我還有臉見何兄弟嗎?!」孟柱子毫不猶豫地說。

「那就是了。」何貞說：「您也看見了，這個東西很費力氣的，我就算是想做，一天也做不了許多，所以不讓您做，我自己也不會拿這個當營生。」

疏通了孟柱子的想法，何貞就把蛋糕的做法教給了他。反正這個東西最主要就是蛋黃蛋清分離和打發，在這個沒有打蛋器的時代，這種點心應該還是能獨領風騷一陣子的。

張強和謝大虎在何貞說要教孟柱子的時候就都躲開了，雖然他們覺得自己學不會做點心，可還是很規矩地不去多聽。心裡有信義的漢子們堅持一點，主家越是信任他們，他們就越要對得起這份信任。

等到這邊孟柱子在何貞的指導下烘起了第一爐蛋糕，何貞再回頭一看，發現那兩人都不見了的時候，稍微愣了一下就明白了兩個人的顧忌，也不多說，就去了前面店裡分派了一下任務。

張強不願意在店裡見人，她不勉強，就約定了讓他負責趕車，從村裡往店裡送食材和柴火之類，然後在後院幫著打水洗刷，做一些體力活。謝大虎腿腳有些跛，但是在店裡小範圍裡走動不妨礙，就負責招呼客人、收錢遞貨等等。

幾個人都沒有異議，何貞就打算先開門營業，一邊做一邊調整。畢竟她也耗不起了，添置了必要的東西之後，現在手上一點錢都沒有。

十一月初八，何記小吃店正式開始營業。這天，大夥早早進了城，明義也跟著來了。緊張的準備工作之後，謝大虎和明義在門口放了一掛鞭炮，小吃店就正式開始營業了。

畢竟不是全新的店鋪，隨著日頭升起，很多老客人就找了過來。看到櫃檯後面紮著圍裙的何貞，大家紛紛笑著恭喜她開了店，對於另一側的櫃檯上放著的整齊乾淨的點心籃子，也有不少人願意嘗試。而對於夫子和學子們來說，在店裡看到了明義，也是十分驚喜，拉著他說話的也有不少。

熱熱鬧鬧的一天下來，店鋪打烊的時候，何貞看著空蕩蕩的櫃檯，還是十分開心。有了店鋪，能賣的東西多了不少，有了能坐下來吃東西的地方，也有些客人坐下來吃完了，又回來再買一些。

孟柱子和張強安靜地待在後院，又烤出了兩爐蛋糕，這才走出來。因為一天忙碌，大家誰都沒顧得上正經吃飯，何貞便招呼大家一起，每人吃兩塊蛋糕墊一墊。

之後何貞清點了一下一天的收入，粗略地算了下，這一天下來，淨賺九百一、二十文。對於這個成績，何貞算是很滿意的了。她從錢匣子裡取出了一百五十文，裝在桌邊的紅紙包裡，分別塞給張強等三個人。「謝謝大叔們，咱們今天雖然沒說發大財，但也賺了八、九百文呢，咱們都博個好彩頭。」

幾個人道了謝，收了起來。張強說：「大姑娘，我瞧著這天可晚多了，往後妳還是跟我們一起回去吧。妳一個女孩子，身上還帶著錢，可不是玩的。」

他這麼一說，何貞也覺得。之前她一直好好地做生意，一方面是運氣好治安好，另一方面可能也是因為她收攤早，天黑之前就到家了的緣故。現在有了店鋪，可是多營業一陣子，安全還真就成了個問題。

幾個人檢查過爐火，就關了店門回家。在路上討論了一下接下來的分工，因為回來得不早了，何貞決定，除了肉脯和芝麻糖由她在家做好之外，其他的都搬到店裡去做。每天早上讓張強把蛋、菜這些東西搬上車送到店裡，如果生意火爆了，就讓張強中間抽空再回村裡取一次。何貞在沒有人點肉夾饃之類的東西的時候，就可以到後廚去做蛋捲等等的小點心；有人來了，謝大虎在前頭叫她一聲就好。

「羊奶還是我每天在家擠好吧，你們隨時取了用就好。」明義說。

何貞笑著搖頭。「讓明睿他們擠，你看著點就是了。這是咱家吃飯的營生，他們也該學著點，你那麼大的時候也都會了。」

何貞在孟柱子能獨立烘出口感極棒的蛋糕之後，也開始教他做其他的幾款甜品。誰也沒想到，不怎麼識字、空有一身力氣的孟柱子，做起甜品來居然非常有天分，試上幾次就能做出完全符合何貞要求的東西。

得到了大夥一致稱讚的時候，孟柱子搖頭笑。「哪裡是我的本事，這些東西做法都簡單，就是個分量的事。大姑娘跟我說得那麼明白，我要還是不會，那就是傻子了。反正炒菜做飯的，我可還是不會。」

不管怎麼說，他能把甜品這一塊接過去，何貞也輕鬆了不少。在客人反映只有吃的東西沒有喝的這個問題之後，她就乾脆加上了兩款飲品，一款鹹的酸辣湯，一款甜的原味奶茶，在冬天大受歡迎。

到了十一月底的時候，生意大致上穩定下來，每天能淨賺一兩銀子左右。這麼攢著，到了臘月十五，交租金的日子，何貞剛剛好攢出了明年的房租。連上當月的稅錢，何貞痛痛快快地及時交清，又惹來了以胡小吏為首的一班衙役的誇獎。

何貞送上了小吃和紅包，團團行禮。「多謝各位大叔大哥的照拂！」雖說閻王好見小鬼難纏，可是畢竟他們也是人，平常相處的時候多賠笑臉，該給的好處給了，有縣太爺鎮著，自家也不是白丁，現在可真是你好我好大家都好。

臘月二十一，縣學和書院都放了年假，何貞這邊也就正式收攤關店，回家過年了。

幫工的三位大叔，何貞每人給了五百文，在當月的工錢上又一人加了一百文，算是過節的錢。「多少是我的一份心意。還得麻煩張大叔，二十六的時候跟我一起去趕個年集。」

張強自然是無有不從。

他們三個人說了，今年過年，就三個人在山腳的房子裡團年，不上他們家或者穆家了。畢竟過年，有外人在，大家都覺得不大合適，他們老哥三個在一塊兒，有吃有住，還手裡都有了一兩多銀子，往後有奔頭，這年過著也舒心。

何貞跟穆靖之都挺理解，也不勉強。

二十六的那一天，等張強趕著騾車回村裡的時候，何貞又指揮他把一袋子麵粉和二十斤豬肉、五斤高粱酒送到他們的小屋裡。張強不好意思再收，何貞就道：「這些卻不是我給你們的，就當是明輝給你們的吧！他叫你們來這裡，你們背井離鄉地來了，怎麼能不過個富足的年呢？」

張強抹著完好的那眼，最後什麼也沒說，默默把東西扛了回去。

何貞年底的時候主要忙著鋪子裡的事情，置辦年貨和送年禮這些事情都是明義帶著兩個小的去辦的，也都是處處周全，讓她十分欣慰。

明義卻說：「這算什麼，大姊剛開始支撐起這個家的時候，不也只有我這麼大嗎？那時候可比現在艱難多了。我一不擔心銀子，二來還有個身分，人人都敬著我，我若是還做不好，也不用去考學了。」

四嬸那裡，因為要商量一下來年豆腐乳進貨的事，何貞就自己去了。說起家裡僱人的事情，四嬸便介紹了兩個，一個是薛郎中的姪孫薛城，另一個是何家另外一支的一個三伯，都是品性端正的。

何貞領情。

第四十二章

何四嬸提的人選，就像她自己說的，人品都是有保證的，而且其實有明義在，普通村子裡的人也不會太敢耍什麼花樣。這點上，何貞並不十分擔心。重要的是，兩戶人家非常合適。何貞姊弟幾個受過薛郎中的照拂，如今僱了他的姪孫，也算是一種回報。而三伯那一家是姓何的，雖然不算熟悉，可畢竟是同宗同族，這就很好了。

回去跟明義一說，明義也是贊成的。

四嬸的動作很快，下晌的時候，薛郎中的老婆就跟薛城祖孫一起上門來了。

何貞不大認識那對祖孫，不過打眼一看，心裡就覺得可靠。老太太看來很蒼老，受了很多苦的樣子，不過衣裳乾淨，髮髻也挽得板板正正的，神態有幾分嚴肅，但並不刻薄。那個叫薛城的少年確實跟自己同齡的樣子，身上的衣服雖然有補丁，但也乾淨整齊，進了院子就半低著頭，並不到處亂看。

薛老太太跟何貞相熟，寒暄了幾句，才指著坐在小板凳上的少年跟何貞說：「這是我姪孫薛城，過了年就十三了。妳四嬸今天跟我說了這件事，我跟他奶奶都喜得不行，這不就坐不住了。」

那位薛五奶奶就看著何貞，露出個笑來。「大姑娘，多謝妳給這孩子一個出路。這真是個好孩子，就是叫我老婆子拖累了。」

何貞原本就是要用薛城，現在看過本人和家人，沒覺得有什麼不妥，話說得也痛快。「薛奶奶、五奶奶，我那是個小本生意，鋪子是租來的，薛兄弟要是去了，也就是個跑腿幫工的夥計，管吃管住，一個月二百文錢，怎麼樣呢？」

薛老太太剛要笑著答應，那個叫薛城的少年卻抬起頭來，看著何貞問：「何大姑娘，我能不能帶著我奶奶一起去上工？工錢再少些也沒關係。」

薛五奶奶立刻就變了臉色，低聲呵斥。「你別不知道好歹！」

「奶奶！」薛城還想說什麼，就被她打斷了。

「大姑娘，這孩子沒出去做過工，不懂得規矩，您不要往心裡去。」薛五奶奶轉臉對何貞說：「他就是不放心我。」

薛老太太輕輕嘆了口氣。

何貞低頭想了想，也理解薛城的想法。她考慮了一下，微微收了笑容，說：「薛兄弟是孝順的人，是好事。只是你也要知道，我是開鋪子做生意，我得賺銀子才行。這樣吧，你如果願意，就帶著五奶奶一起，工錢不變，不過你跟另外兩位大叔的三頓飯就靠五奶奶做了。」

她打算把張強調出來，孟柱子負責做所有的甜品糕點，肉夾饃雞蛋灌餅這一攤教給謝大虎來做，賣貨招呼客人這塊就交給薛城。這樣她自己也好從這個小吃鋪子裡解放出來，有更多的時間盯著花生的事情，也準備更多的糕點花樣。早就說好了，年後孟謝兩人就住在店裡，若是讓薛家祖孫也住進去，後院還有間空房，也住得開。薛五奶奶給這幾個人做飯，做好後勤，倒是省了不少事情。

而且薛五奶奶是個老太太，就算店裡都是男人，也不會有什麼閒話出來。

這麼一想，薛城這個要求其實挺好。但不能讓他覺得自己可以予取予求，如果他覺得自己奶奶做了白工就不高興的話，何貞也不會遷就，順著這個思路再另外僱人就好了。

薛城一開始都白了臉，覺得鐵定是不成了，可聽到後面一句，就好像整個人都活過來一樣，連連點頭。「我奶奶做的飯很好的，絕對誤不了事！多謝東家！」

何貞笑起來。「你還挺會順桿爬的。那就這麼說定了，過了年正月十八開工，十七那天你早些來，對了，得空你可以去南山那邊，我家新蓋的房子那兒，去認識認識謝大叔，往後你就聽他的。」

薛城立刻點頭。

這邊事情談好了，薛老太太和薛五奶奶就要告辭。薛老太太拉著何貞的手，連連道謝。「好孩子，妳只管放心，我這個妯娌最是個本分懂理的，薛城也是個老實的孩子。妳看著哪裡不對的儘管說，咱們是知道好歹的人家。」

三伯一家子來拜訪的時候，明義是在家的。因為要種花生，他們也不知道怎麼吃怎麼用，就約定了收銀子當工錢。三伯一個人是壯勞力，再加上兩個兒子，就種十五畝地，到秋收的時候何貞給他們六兩銀子。三伯猶猶豫豫的，不過總算是說了出來，是想要預支一點。何貞沒說話，明義就輕咳了一聲，說：「大姊，不然就先支一兩銀子吧，先把年過了再說。」

秀才弟弟說了話，何貞自然要給面子，就去取了一兩銀子過來，得了三伯連連道謝。

「對不同的人，要用不同的態度和方法，大姊，我明白了。」薛城來的時候明義不在家，過後何貞把當時的情形都告訴了他，等三伯一家子走了，明義琢磨了一會兒，對何貞笑著說。

隔天，何四叔一早到了何貞家，給她介紹了一個做活的人，叫田大榮，是東田家莊的，就是那年賣給何貞魷魚的那個老實人。

田大榮一家子也有兒子有閨女，還有個老娘，最後定下來也種十五畝地，到秋收的時候何貞給六兩銀子。因為東田家莊離得有些遠，就說定了，田大榮帶著兒子們，暫時住何貞的土坯房，反正要開春才幹活，那時候，孟柱子跟謝大虎也就回縣城去了，正好能騰出房子來。

這麼一分派，張強就種八畝地，同時負責往縣城鋪子裡運貨，工錢跟孟柱子他們一樣，一個月五百文。

熱熱鬧鬧地過完了年，何貞跟明義說：「今年咱家肯定會有大變化，我一定要多多攢錢出來。」該做的投資、該理順的人員都初步安排妥當，接下來，就要慢慢開始收穫了。

對了，這次過年，他們都沒有回何家院子。明義送了一份過年的禮過去，無論從哪個方面說，他們都沒什麼可指摘的地方。反正以真心換真心，若是沒有真心，那也就只剩下形式了。

何貞跟謝大虎說了自己的安排，就把做雞蛋灌餅和煎餅果子的方法教給他。至於肉夾饃，其實重點在燉肉的滷湯上，這個謝大虎說了，他也不學，就叫何貞在家煮好了，張強送過去就是。

在店裡看了幾天，一切都有條不紊的，何貞也就放了心。薛城確實不錯，勤快，也有眼力，謝大虎不止一次地誇他；又加上他也上過村中的學堂，認得字，能記帳，更是意外之喜。薛五奶奶果然是個索利人，把後院收拾得乾乾淨淨的，一天三頓飯精打細算，沒說因為東家給了菜蔬糧食就浪費什麼的，閒下來了還幫著謝大虎幾個人縫縫補補的，很得幾個人敬重。

正月二十八這天，何貞跟謝大虎一起去交了這個月的稅。謝大虎就對何貞說：「大姑娘，這店裡的事，不是老謝吹牛，看著都有了章程，妳也就不用天天來了。左右一天一兩多銀子的淨賺，妳心裡也有數不是？再說還有薛城記帳呢。隔天我就叫老張把銀子給妳帶回去就是。本來叫我們來是來種地的，這現在，地那頭還得妳盯著吧。」

何貞也不勉強。她招了薛城祖孫過來，本來就是要把自己從鋪子裡解脫出來的。她正式地行了一禮。「那就辛苦謝大叔了，一般的事您就看著決定就是。」

何貞回來，在村子口遇上了穆太太。也是出了正月，天氣暖和了，她跟劉嬤嬤一起出來散散步。

「這孩子，如今越發成了個大忙人了。」穆太太挽著她的胳膊，笑著跟劉嬤嬤說：「幸好沒耽誤長個子，身量高了不少。過了年就十四了吧？」說著話，又把臉轉向何貞。

何貞就點頭。

「妳縣城的鋪子開得還好吧？我聽長安說，妳把軍中來的那幾個人給安排到妳鋪子裡去了，可是真的？」穆太太饒有興趣地問。

何貞笑著說：「是真的。原本是忙不過來，叫了幾個大叔過去幫忙，後來他們都做得熟了，我往後就不怎麼常過去了。」

等何貞走遠了，穆太太才皺著眉嘆氣。「這小丫頭也長大了。嬤嬤，妳說寧兒要是不走，多好的事？」

「太太，妳可別這麼想。何大姑娘自然是好的，她自己也知道避嫌呢。這不也說了，往後就少往城裡去了嘛，人就在咱隔壁住著，咱們就替少爺看護著她就是了唄。」劉嬤嬤勸解著。「說不定少爺就立了功呢，等升了官、回來探親了，不就正好辦喜事？」

「在軍中升官，還不都是拿命拚出來的？唉。」穆太太愁容不減。

這話還真叫穆太太說中了，穆永寧和明輝雙雙立了功，可也確實在閻王殿上走了一圈。

年關之際，草原上一片肅殺。

北戎三皇子又集結了五萬騎兵，突襲了肅州下轄的甘肅鎮。他們大約是提前探查過，大同榆林到寧夏一帶，大燕朝囤有重兵，肅州算是這條防線的末端，相對來說薄弱一些，且救援不及。

雖說人數有些虛報，但是實際有戰鬥力的北戎騎兵總也有三、四萬人。肅州全境的守軍是五萬人，但多數都是守城的步兵，只是借著堅固的城防工事來抗敵，為數不多的騎兵也疲於對抗城外偷襲的北戎兵，戰況十分激烈。

在這場戰鬥中，很多人失去了生命，比如許多埋骨邊疆的兵士。有人差一點失去生命，比如被明輝冒死救回的甘肅鎮守備，和殺了三十多個敵軍並替守備大人擋了一刀而命懸一線的明輝。更有人因為漂亮的絕地反擊戰而一戰成名，展露出傑出的軍事指揮能力，比如誘敵深入又兵行險招擊殺了北戎三皇子妻弟的穆永寧。

這場仗打得很艱苦，但並沒有太持久。北戎人打著速戰速決的主意，卻遭遇了肅州守軍的頑強抵抗，而毗鄰的蘭州衛守軍反應也不慢，在肅州軍阻住了北戎人的腳步之後，迅速出擊，截斷了北戎軍的後路。雖然沒能殲滅了敵人，可是北戎人不但沒討到便宜，還損兵折將，狼狽敗退，也算是很好的戰績了。

戰事平息了，自然是要撫恤、整編並且論功行賞的。甘肅鎮守備對於那個危急時刻擋在自己身前的少年十分賞識，讓手下查了查，發現這孩子居然還有個秀才功名，又對他高看一眼，當即就拍板，升他做了一名哨官。

而穆永寧的情況就稍微有一點複雜了。因為他那一仗打得太漂亮，肅州軍上層沒人不議論他的。軍中這種有能力的少年一向都是受中上層將領偏愛的，升官是必須的，可是查過了他的履歷之後，幾個老將軍都沈默了——這樣堪稱軍事天才的少年，原來是老鎮國公的孫子、當年軍中最詭詐的軍師穆靖之的獨子。天生的軍人也好、家學淵源也罷，他們只能說一句。「到底是穆家人！」

軍人之間比較簡單，誰有能耐就服氣誰，可是鎮國公父子當年的那段公案一直是個禁忌，在是否提拔穆永寧、給他到底一個什麼職銜的問題上，大家都很猶豫。最後一層層報上去，還是甘肅總兵拍板。「朝廷都能讓他拿秀才功名，你們怕個甚？誰不服，讓他也照著那孩子那樣打個勝仗來！小小的一個下級將官，值得這樣縮頭縮腳的？」

就這樣，二十多天之後，穆永寧才被提升做了副把總。而這個時候，明輝一身的傷都快要養好了。

至於兩個人的家書送到家裡的時候，穆靖之都已經在收拾行李準備進京去趕考了。明義過來送行，順便拿回了家書，他自己也不看，回了家就把信遞到何貞面前。

「先生那裡我看是早有準備了，都收拾得很妥當。」明義說：「正好有人送來了家書，我就急忙帶回來了。」

何貞最近在盯著春耕的事情，在家的時候比較多，正好第一時間就得到了消息。她也沒接。「你先念念，正好也讓弟弟妹妹聽聽。慧兒，來聽，你們大哥來信了呢。」

明輝的信寫得並不長，對戰鬥的情形也是一筆帶過，只說自己殺敵不少，還救了上官，因此升到了哨官。重點還是問家裡怎麼樣，大姊的生意如何，明義的學業如何，雙胞胎有沒有長高等等……最後才提了一句，穆永寧立了大功，已經是副把總了，讓家裡放心。

何貞的眼眶有點熱，一低頭看見兩個小的眼睛亮亮地在點頭，又覺得有點好笑。「你們倆這麼高興啊？」

「大哥是大英雄！」何慧的聲音脆脆的，圓圓的大眼睛裡滿是孺慕。

「對，大哥是大英雄。」何貞微笑，跟明義對視一眼，從彼此的眼中都看到了驕傲和心疼。小娃娃們不懂戰爭的殘酷，可他們懂。兩個孩子出去玩了，何貞才拿過明輝的信，一個字一個字地慢慢看，看著看著，眼淚就落下來。

「大姊。」明義站在她身邊。「大哥不說，就是不想叫我們牽掛他。現在他多少也算是個有品級的軍官了，想必日子要好過很多。」

「我知道。」何貞嘆氣。「你大哥在搏命，咱們除了擔心，什麼也做不了。」

「大哥選的路，只能他自己走。」明義說著，又指指大門的方向。「明睿該送到學堂去讀書了，慧兒也該多加些功課。大姊，妳別總是把我們所有人都當小孩子，只把妳自己當大人。」

何貞看著他，有一點茫然。

明義搖頭。「大姊，咱們家沒有爹娘庇護，所以咱們每個人都不能做小孩子，而不是只有妳一個人。」

何貞想了一夜，第二天跟明義說：「我準備份禮，下晌你跟我一起帶著明睿去見見陳夫子，往後明睿就去上學堂。」

父母剛去世的時候，她一個人實在照顧不來這麼多孩子，才把小小年紀就很懂事的明義給耗在家裡，沒讓他上學堂。可現在日子過好了，她也沒想起來讓明睿去讀書，其實就是有點溺愛了，下意識想讓他多玩一陣子。明義已經感受到了，她面對弟弟妹妹的時候，會下意識地想保護甚至嬌慣他們，這顯然不對。

幸好，她身邊還有一個明義，一個理智早慧的孩子，不對，一個少年。

之前後院壘起了羊圈和雞棚，可是年前何貞一直忙著鋪子的事情，現在也才剛剛理順，又趕上了春播，所以除了兩頭羊，她也就一直沒有養什麼。想來想去，她實在是顧不上這麼許多，乾脆就放棄了養雞鴨的想法，而是叫張大叔幫忙，又買了幾個大缸，跟之前家裡的一起都挪到了棚子裡，擴大了醃鹹鴨蛋的規模。

因為何貞長期收購雞蛋鴨蛋，而且從不拖欠錢款，村裡大部分人家的婦女和孩子隔三差五都會來賣一回。現在村裡已經沒什麼人去趕集賣雞蛋了，攢一攢就送到何貞這裡，又省事又不少得錢。村裡靠著河灘住的那兩戶人家，今年甚至多抓了幾隻鴨子，就為了攢鴨蛋賣給何貞。

這事情主要都是婦人孩子們在做，所以就是黃里正太太出來說的話。「妳們這些老娘們，沒事哪怕回家撿個雞蛋呢，送到何家大姑娘那裡也換文錢，別天天這家長那家短的碎嘴。」一段時間以來，村子裡的氣氛也確實是好了很多。

這些都是好事。雖然何貞不是很在意這些，可是大家都在變好，總比大家都不好、只有他們一家越來越好要強。

春耕開始了，這次何貞在南山腳買了地並且要全種上花生的事早就在村裡傳開了，旁邊又挨著何五叔開的兩畝地，不少村裡的叔伯大哥都過來看。

大家都是種地的老手，仔細看了就知道這東西種起來不難，而五叔上一年豐收的例子就擺在那裡，所以大家也都很動心。就有人估算了一下，別的不說，要是村東頭那一邊沒人耕的坡地和自家用不著的菜園地要是也種上花生，那不就多收入不少？

有好地的人家沒人琢磨用自己家耕熟了的好地種花生，但不是人人家裡都有好地。不少人家的地本來就不肥，一畝地種旁的糧食一季也就打個三百斤不到，這花生在沙地裡都能一畝地出五百多斤，在自家地裡還不是能更好？

因為何貞畢竟是個小姑娘，多數的老爺們也不好意思直接跟她說話，就都去問何五叔。反正何五叔給何貞種了好幾年的地了，對花生也是很了解。

「大姪女說了，這個花生春天種的話，秋天收得多，地好的一畝能收八、九百斤。夏天要是割完了麥子，緊著就種上，秋天也能收一批，就是少點，也得有六、七百斤呢。我這沙地是什麼樣的，你們也都知道，這不我一畝都收了快六百斤，不是我說，這還叫不適合？你們都看了一年了，不放心就割了麥子試試唄，反正種豆子也就收幾百斤。大姪女說了，她原來應的，種子五文錢一斤，還是這個價。等收了賣給她，也是這個價，都給現錢，這還不叫好？」

第四十三章

何五叔這頭還跟大家一邊幹活一邊說呢，何貞的地裡，田家父子、何三伯和張強他們已經默默的種起來了。大家一算計，把麥子棄了是不敢，不過要是接著麥收種一季，入冬前也收了，不耽誤種冬小麥，這就划得來。何貞給現錢，從收雞蛋的時候就有了信譽，這麼一算，能收二百斤，就是一兩銀子呢！所以陸續也有不少人家到何貞這裡，三、五十斤地買了花生米做種子。

何貞之前在縣城最大的木匠作坊那裡定了一整套榨油的工具，說的是五月底交貨，現在就得起作坊了。這個倒是不麻煩，明義早就跟黃里正說好了，他家東側的那塊空地跟自家院子差不多大小，可以買下來當作坊。

這就是買了穆家宅子的另一個好處了。一方面老鎮國公當初就是住在村外的，另一方面穆家大宅子在村頭杵著，一般人家都不會往這邊來，空地也就不少。

黃里正有心賣個好給明義，那塊空地就叫他拿了五十兩銀子。村裡的宅子地賣錢，那都是要上交官府的，再少了衙門那邊說不過去。這事是明義自己去辦的，拿了官府蓋了大印的地契回來，姊弟倆就商量著蓋油坊的事。

要蓋作坊，算不上什麼正經的宅子，就不用去找許家人。何貞跟明義就去了三爺爺家，找何大伯商議這事。何大伯做木匠活，連帶著對這些起石頭蓋房子的事也懂得不少，又加上在村裡頭、特別是何家門裡頗有威望，組織個工程什麼的也方便。何大伯應承得也十分痛快，這活計簡單，秋收之前就可以完工，正好讓村裡的青壯年賺個快錢。

連工帶料總共三十多兩銀子，高高的院牆和寬敞的作坊就建起來了。考慮到做工的人方便，何貞也要求在院子裡蓋間廚房、挖了水井，一切就緒，只要招了做工的人，花生一收成，油坊就可以開張了。

現在村裡最熱鬧的話題就是何貞家要招人幹活的事了。之前何貞的地也好、店鋪也好，用不了幾個人，還是各自有些緣故的。對於大多數村裡人來說，雖然看著也羨慕，可真要讓他們幹，他們也未必願意撇家捨業地來做。這回卻不一樣了，就在村裡做，天天都能回家，還是一份長遠的差事，凡是聽了消息的，就沒有不動心的。

但是何貞也沒有搞得多麼大的陣仗，很快就定好了人選。一共四個人，一個是三奶奶家的大孫子，也就是何大伯的姪子，何文的堂兄何志；一個是六爺爺那一支的一位堂叔，還有兩個是屠戶黃大叔家的二兒子和陳夫子的一個姪子，也就是三嬸陳氏的親兄弟。

這幾個人的情形，何貞也都找四嬸五嬸了解過，都是老實本分的。有的是想多掙錢娶媳婦，有的是家裡孩子多，反正也是各有各的難處。這些何貞不在意，大家一起幹好活就行——她甚至不在意榨油的工序洩漏出去，反正這也算不上什麼特殊秘密，畢竟不是誰家都有財力砸上一、二百兩銀子修作坊的。剛好這幾個人分別是村裡幾個大姓，村裡人也說不出偏不偏向的怪話。

談好了工錢，因為家家都忙著秋收，油坊就定在九月初六開張。

中秋節前後，何貞格外忙碌，做了大量的月餅出來，既在店裡賣，也留著送人。鋪子裡的幾個人每人發了一百文錢的過節費，又分了不少月餅。山上種地的三家人也分了些，大家都挺開心的。看著馬上就能收穫的花生，人人都感受到了豐收的喜悅。

這期間，穆靖之金榜題名，回到了村裡祭祖，並且準備接了穆太太他們去外地赴任。明義作為穆靖之的弟子，自然是一直侍奉在先生身邊，聆聽教誨了。

穆靖之在會試中不再保存實力，果然以會元的成績殺進了殿試。朝中權貴其實都跟這位鎮國公府的二爺不是很熟，概因他少年時期一直待在戰場上，後來受傷回到京中，就一直深居簡出；偶爾交往的，也都是些書生儒生之類的。只是再不熟，也都打過照面的，再加上他又沒改名字，所以一進入金鑾殿就引起了廣大的關注。

五皇子更是毫不避諱地露出個笑臉，甚至專門跟御座上的父皇提醒。「父皇，他就是穆靖之。」

皇帝陛下不大記得穆靖之的相貌了，可是他跟父兄都有幾分相似，就是五皇子不提醒，他也認出了御座之下垂手站著的故人。

到了這個時候，沒人會去質疑之前的成績——說五皇子念著舊情放水？他是在禮部，可負責組織科考的可不是他，人家禮部尚書盯著呢！再說了，他如果真的放水了，還敢這樣高調？

穆家有沒有通敵，這事人人心裡有一本帳，可是鎮國公書房和軍營中都被搜出了和北戎人來往的書信，這事就說不清楚，有個「莫須有」的意思。他們吃了敗仗，就算不是裡通外國，一個貽誤軍機的罪名也不算特別冤枉。三位成年的皇子都朝裡頭伸了手，為的就是兵權，可是鎮國公的兵權，不是只有皇子們才想要，最想要的是皇帝陛下本人呢！

鎮國公父子自殺了，最有出息的下一代也戰死了。祖孫三代都沒了，只剩下一個舊傷纏身沒法上戰場的穆靖之，和他年紀尚小的兒子，皇帝心中有愧，又怕天下人不服，匆匆定了個抄家奪爵的處置，卻終究給穆家留下了一線生機。

本來以為穆靖之早就廢了，可是武將當不成，這人又走了科舉從文的路，還一口氣走到了殿試，站在了皇帝陛下面前。

罷了，你敢來考，我就敢用你。皇帝揉揉額角，乾脆完全交給天意——不去想誰是誰，就按文章排名。等到糊名的紙撕掉，露出最上面的人名的時候，他長長出了口氣，反而有了一種「果然如此」的輕鬆感。

到了授官的時候，也不知道皇帝陛下怎麼想的，居然當殿問新科狀元。「穆狀元，你可有什麼想法？」

穆靖之眼中飛劃過一抹驚訝，只是他半低著頭，沒讓人發現。這是一個他考慮過許久的問題，他躬身作禮。「啟稟陛下，學生但憑朝廷安排。」

皇帝高深莫測地看了他一會兒，道：「既如此，酈愛卿，地方上可有什麼缺嗎？」

吏部尚書酈大人猶豫了一下，道：「啟稟陛下，新科進士一般授官七品，目前有陝西布政司下涼州府固遠縣縣令剛上了丁憂的摺子。」

「既如此，穆愛卿，你就去固遠上任吧。」皇帝笑微微的。「朕知道你有經世之才，定能造福一方百姓。」

「臣謝陛下隆恩。」穆靖之當殿謝恩，從此就是固遠縣縣令了。

對於皇帝的想法，穆靖之並沒有多做猜測。他甚至沒有在京城多停留，就啟程回鄉了。儘管祭祖後要趕在九月底前去赴任，時間雖然也算得上寬裕。

「以後為師就不能再教你什麼了，你在家中用心讀書就是。」穆靖之囑咐明義。「雖說我很看好你下一科鄉試，但是科舉向來是很難保證的，『小三元』止步於秀才的也不是沒有，你切不可大意懈怠。文章學問多去向縣學的先生討教，庶務世情多跟你姊姊商量，不能讀死書。」

明義當然受教，只是也難掩擔憂。「先生，一般狀元都會授從六品的翰林院修撰之類的官職，您卻只得了個七品的縣令，還是陝西那種地方，是不是朝中有人為難您？」

「若真的有人存心為難，我又怎麼能得中狀元呢？」穆靖之笑笑。「不要擔心，不妨事，陝西也是好地方，離你兄長他們還近呢。」

穆太太這次也要跟著走。她拉著何貞的手，忍不住落淚。「好孩子，咱們處了這幾年，我心裡就覺得妳、你們都是我的孩子一樣。這一走，就不知道什麼時候還能再見了。」

「穆嬸，穆大人往後一定是官途順暢的，說不定過幾年你們就進京城了，我們明義進京趕考的時候咱們就能見了。」何貞笑著勸慰她，可是一邊說著，心裡也難過起來。「說不定不用那麼久呢……」

穆太太抹了抹眼角，從手上擼下一只翡翠鐲子，轉手就戴在了何貞的手上。「妳別推辭，咱們相處一回，我也沒給過妳什麼像樣的東西，本來我……就給妳留個念想吧。」

何貞心裡有一股很奇怪的感覺，好像她忘掉了一件很重要的事情。可是她不知道這種感覺究竟是因為什麼，一時間也想不起究竟忘記了什麼，很快就被離別的傷感給蓋過了。

穆家宅子安靜下來，只剩下穆老管家和劉嬤嬤夫妻。何貞很傷感了幾天，就連雙胞胎也沒精打采的。後來還是明義首先開始檢查兩個孩子的功課，又提醒何貞，該準備銀子收花生了，這才讓大家慢慢回歸正常生活。

這次秋收之後，何貞自己家的四十畝地就收了一萬五千六百多斤花生，再加上五叔賣給她的七百斤，足夠支撐油坊啟動和一段時間的運轉了。她付過了工錢，手上也就剩下二十兩銀子，油坊也確實得開起來了。

花生種下來，地裡就不忙了，何貞主動請何五叔也來作坊裡幹活，他自然是喜出望外地應了。

陳記貨棧這邊，何貞是早就聯繫好了的。新來的掌櫃對何貞一直很客氣，說到花生油，他雖然沒聽過，可是並不一口拒絕，說只要油真的像何貞說得那麼好，價錢什麼的都好商量。

於是，在萬事俱備之後，九月初六，何記油坊正式開工了。

打油這個活計，其實真的不算什麼秘密。別說何貞原來看過關於古法榨油的影片了，木匠鋪子連圖紙都不需要，就能打出整套設備，自然是因為這個並不複雜。簡單的磨合過後，何貞就見到了第一缸花生油。

用不著下鍋，油出來的時候就已經是滿作坊油香了。這下子，原本還半信半疑的幾個人都踏實了。這樣香氣濃郁、顏色清亮的花生油，肯定好賣！再一算這出油率，大家就都心裡有數了，紛紛打算回去就跟親戚鄰居說道說道，花生種起來！

何貞算了一下，差不多兩斤半花生出一斤油。現在因為不大熟練，一天能出五十斤油；等磨合得再熟練些，估計一天能加工七、八十斤油。花生加上人工等各種費用，一斤花生油的成本大概不會超過十五文。現在大家吃的菜油要二十到二十五文一斤，花生油的質量更好，賣三十文一斤都是可以的。不過她如果批發給貨棧的話，價格會低一些，但還是有賺頭。

帶著剛出爐的花生油，何貞專門跑了一趟陳記貨棧。掌櫃的見她真的打出了油，也十分重視，連忙過來看了；又跟她一起去了唐老闆的客棧，借了廚房炒了點菜，果然香氣濃郁，菜格外好吃，當下就拍板要貨。唐老闆一看，也表示要進，當然，他要的量不多。

再回來談價格的時候，大家就心裡有譜了。何貞也不瞞他們。「這個油我會在我的鋪子裡零賣，三十文一斤，當然，給你們肯定便宜的。」

最後立下的契約是唐老闆的貨二十二文一斤。唐老闆的客棧也就提供早餐宵夜，用油少些，要貨不是很多，只要了二十斤，約定了價格之後只說以後也按這個價格走。他這裡拿到了貨沒幾天，唐修就上門了，要了五十斤，何貞給的價格是二十文一斤。

對於這些來往，明義現在就沒有特別的情緒了。在商言商，沒什麼不對的，姊姊說得對，大家都是為了賺錢。

陳記貨棧那邊，何貞談到的就是十九文一斤。這個價格低些，不過他們一直都有生意來往，且陳家的生意遍布整個大燕朝，據說今年新掌家的陳家大少爺正在競爭皇商，所以跟他們做生意還是走量的，量上去了，總數也不會少的。

第一批貨陳掌櫃的要了五百斤，說是一部分送到京裡給大少爺他們那邊當樣品，另一部分就在運河沿岸的陳記貨棧鋪開賣。何貞他們的作坊裡每天忙得熱火朝天，堂兄何志除了幫著炒花生，就是趕著騾車送貨。張強要往縣城鋪子裡送貨，都得瞅著何志的時間了。

何貞看著，就決定再買輛騾車，還是託了四叔幫忙。

何貞去給四叔送銀子的時候，四叔也沒推讓。「知道妳有銀子，就給妳定下來了。何志說是姪子，其實比我小不了幾歲，做事妥當，妳只管放心就是。」

「那當然了。」何貞做出一副得意的樣子半開玩笑。「咱家的人都是好的！」

除了做批發，她自己也在做推廣花生油的努力。她的鋪子裡也有零售，謝大虎那裡做雞蛋灌餅的時候用的也是花生油了，爐子一熱起來，那可是香氣濃烈，引人注意。雖然價格稍微有一點高，但還是賣了幾斤。

「何記花生油」慢慢賣開了，打油剩下的花生餅也被五嬸給買走了——這東西餵豬特別好。何貞也沒多收錢，十文八文的就讓她拿走，她卻過意不去，堅決按買豆餅的價格給。薛郎中家也買過兩塊花生餅，薛老太太還說：「這個東西可真好，我摳了一點嘗了，其實人吃也好吃，餵豬啊我都覺得有些糟踐呢。」

下腳料給賣了百八十文錢，何貞也挺滿意。

今年何貞手上的花生米有一萬六千多斤，預計年前都能加工出來，那也是六千五百多斤花生油，要說完全不愁銷路，那也是不可能的。而且到了十月底，村裡人家種的花生也要收穫了，她要收購，這個壓力也不小。

好在唐修那裡生意不錯，他在本地也有不少大戶人家的關係，很快就又來要貨。這次就多了，要了五百斤，也是當面結算，十兩銀子入手，油坊的存貨也減了不少。

十月底的時候，陳掌櫃的特地跑了一趟何家，進門就說：「何大姑娘，妳手裡有多少花生油？我家少爺來信了，說要多多地進貨呢！上一批貨賣得特別好，我們貨棧裡都沒分幾瓶，都讓大戶人家和大酒樓給分了。」

何貞說：「現在能有三千多斤，還在趕著加工。」

「唉喲喂，那恐怕不夠分的。行吧，有多少算多少，先拉走，趕著裝船呢。」陳掌櫃的認得何志。「叫這個小哥多跑兩趟，我也找個夥計過來幫忙。大姑娘，咱們少爺對妳做的東西可是信服得很，要不是妳做的那個蛋捲什麼的擱不住，保不齊少爺還要更多東西呢！」陳掌櫃看何貞有些不信，就笑。「那年妳剛開始擺攤子的時候，咱們少爺來過齊河鎮，在陳秀那兒吃了妳做的零嘴，還讓身邊的小廝去買過呢。」

何貞想了很久，才想起最開始的時候好像是有那麼一回事，不過她並不知道那位少爺就是大富商陳家的新任當家。「陳大少爺生意做得這麼大，自己開個油坊還不簡單？」

陳掌櫃的就笑。「咱們少爺跑的是商路，做的是貨棧的生意，生產這些他顧不過來，這不正好跟大姑娘一起發財？」

「託您的福哩。」何貞明白了。這陳家做的是零售跟物流行業，或者說集通路、批發、零售於一體，但是不生產，而之前跟四叔他們家做豆腐乳生意，估計也是這個模式。

忙碌了幾天，三千五百斤花生油上了船，何貞拿回了六十多兩銀子，陳掌櫃又囑咐。「大姑娘，還得給我們留貨啊！這些光京城的大戶都不夠，咱們還往南方去呢。」

有了確定的銷路，何家的油坊更是幹勁滿滿，忙得熱火朝天。臘月十八，城裡的鋪子關了，回到村裡的幾個人又跑到油坊裡來幫忙，直忙到臘月二十六才暫時停了工。

油坊的庫房和何貞自家的廂房裡都堆滿了花生米，種了夏收花生的人家只要過來賣，她都按照五文錢一斤的價格收。這一下子，村裡家家都在議論這件事，看這意思，明年種花生的人會更多了。

何貞結算工錢的時候特別痛快，另外因為要過年了，每人都又額外給了錢和東西，大家都很高興，約好了年後正月十八開工，忙碌了一個冬天的油坊才暫時安靜下來。

年底這麼一盤算，何貞也有些無奈。今年還是沒攢下多少錢。固定資產投資太多，花生油的銷路打開太晚，家裡積壓了不少存貨，這都是原因。反正忙忙碌碌了一年，最後也沒攢出多少銀子來。

「還打算今年再買塊地呢，這也買不了很多啊。」何貞搖頭嘆氣。

「大姊，能買多少就先買多少吧。今年歲考，我又考了第一，縣學裡一個月還給我三兩銀子呢，咱家生活不愁就足夠了。」明義這一陣子個子竄得挺快，就要跟何貞一樣高了。

「好，我就照著花光錢來辦。」說是這麼說，她也不可能花光家底買地。過年是大事，人情往來越來越多，家家都要走禮拜訪，又費心又花錢，卻一家都馬虎不得。

最後，何貞找黃里正買了十七畝山地，全落在明義名下，就跟自家現有的那三十八畝挨在一起。黃里正年前生了一場風寒，看著就老了很多，精神頭倒還好，就笑著問何貞。「丫頭，怎麼買的還有零有整的呢？」

「里正爺爺，我跟您說實話吧，我沒錢了。」何貞苦著臉。「實在買不起啦！」

打交道多了，又加上自家老妻挺喜歡何貞，黃里正對她也有了幾分真心，就道：「不妨事，等著妳。我瞧著啊，這座南山早晚得是妳的！這小丫頭，能耐著！」

「借里正爺爺吉言，」何貞像陳掌櫃的那樣拱了拱手，真心道謝。「真是多虧您老人家庇護。」

雖然最開始的時候，黃里正的動機不純粹，可是這麼幾年下來，他們姊弟也沾光不少。如果不是黃里正夫妻，他們肯定要多吃不少委屈和流言蜚語，至於買房買地這些，更是可能有很多周折。當年那場禍事，確實由黃里正的姪女引發，可是真正置父親於死地的也不能算是她，更不能算黃里正。何貞不會待見黃氏，可她不是記仇不記恩的人。

黃里正搖頭。「你們自己能掙，早晚有大出息，可別謝我老頭子。真要說謝啊，謝謝我把花生帶給妳就是了。」

第四十四章

秋收完，何貞就跟五叔商議了，兩畝好地裡還種冬小麥，等夏天收了麥子再種花生，這樣她家就不用買糧食吃了。她要了全部的糧食，所以直接就給了五叔一兩半銀子。

對於明年種地的安排，何貞姊弟跟現在種地的幾家人坐下來重新商議了一下，調整了方案。

現在所有人都知道種花生是賺錢的買賣了，都很有信心，也就不需要何貞出銀子僱他們種地了，而改成常見的地主家的操作方式，直接租地出去，秋天收租就好。這樣算帳好算，何貞也同意，於是就定下來，每畝地給何貞二百斤花生米，剩下的歸租戶。當然，租戶如果要賣，何貞的油坊也是按五文錢一斤的價格收，買賣隨意。

這樣看來，她實際拿到手的產出要比之前少了一些，但差別不是很大，畢竟五成左右是本地地主收租的一般情況，大家都能接受。

現在何貞有五十五畝地，賦稅當然是她自己承擔。田大榮家租十五畝，何三伯家十五畝，張強租了十畝，還有十五畝地被村裡的另外三家人租去了。這樣租地還有一個好處，那就是不用太在意租戶家的為人之類的，到了日子收租就好，省了很多心。何貞今年都不大去縣城，而是天天待在家裡了，可還是每天忙個不停，如果還老得費心琢磨這些，實在是太不值當了。

鋪子裡的生意暫時穩定，何貞也沒打算做特別大的調整，只是增加了花生糖這款零食和花生油的零售，同時給謝大虎和張強、薛城每人每個月都漲了一百文錢的薪水。他們都高高興興的，但是張強就提出來，他正經租地種地了，一年下來也有個十兩八兩的收入，店裡的這份錢，他就不拿了。

謝大虎等人不好說什麼。何貞心裡感嘆這人厚道，最後說：「那這樣吧，往後來回送貨這些活計還是張大叔來做，別誤了鋪子裡的生意，我一個月給您算二百文錢，這是您該得的，就別推辭了。」

看著大家都歡歡喜喜的，何貞心裡也舒服。雖然她沒有攢到很多錢，可是基本的攤子鋪開了，而且很顯然，除了他們家，也有好多人因為她的努力日子在變好，這是一件多麼好的事情。

還有一件更好的事情，田大榮跟張強來請何貞姊弟臘月二十九的時候去吃酒，居然是給張強辦喜事！原來田大榮家裡除了老婆孩子和老娘，還有一個因為沒生孩子被休回娘家的妹子，成天在一起幹活，田大榮覺得張強為人老實厚道，也勤快肯幹，就託了何四叔兩口子說和，把妹子許給了他。

「老田家在咱們村也沒個認識的人，可不是只能託我跟妳四哥來說和？那田氏倒是個老實人，說是不能生養，其實是前頭那家不是東西，打老婆，給打掉了……」何四嬸跟五嬸閒話。

「嫂子別說了，小貞在這兒呢。」五嬸拉拉她的衣角，示意她看前邊。

其實何貞聽見了，只好裝沒聽見，笑著說：「嬸子們猜怎麼著？我的房子都給賣出去了！」

張強得了何貞給的工錢，也不捨得花，省吃儉用地攢著，說不想娶媳婦，那是因為眼睛的事自卑。可是田氏見了他，親口說了願意，他哪能不高興？跟自己的幾個兄弟們借了幾兩銀子，連同手上的積蓄，正正經經地下聘、辦酒席。因為不想委屈了媳婦，就跟何貞商量著買下那三間土坯房。

這也是好事，何四嬸正好覺得剛才嘴快，當著小姑娘的面說起生育什麼的尷尬，連忙接了話頭過去。「這可好！可妳不是留著看地的嗎？」

「張大叔一家在這兒了，那不就是看地？」何貞想得開。「我瞧著，張大叔不光種我的地，可能還要學我五叔，自己往下開兩畝荒呢。」

「這可是好事！」四嬸笑得爽朗。「這才是過日子的樣子。房子銀子妳可別少收啊，我看那老張也不像個占人便宜的人。」

「我十五兩蓋的，就收了他十五兩。至於他借錢還是啥，我就不管啦。」何貞笑著說：「我也窮哩，可沒那麼大方。」當然了，她還是給了五百文錢的賀禮。

「這孩子，催著我家還帳呢？」五嬸笑著嗔了一句。她家現在種著何貞的二畝地，自家也有三畝地，地裡不忙的時候，丈夫還在何貞的油坊裡打工，她自己餵豬餵雞，雞蛋也賣給何貞。雖說還欠著何貞的銀子，可是早晚能還上，她也比原來樂觀多了。

何貞就笑嘻嘻地伸著手。「五嬸都說了，快給我吧，還有一百兩的利錢。」五嬸搖頭。「妳這孩子，都成大姑娘了，怎麼好的不學，淨學妳四嬸這樣潑皮？吃了飯就快回家去吧，姑娘家還留下湊啥熱鬧？」

何貞只是跟嬸子們在一起，雙胞胎可就是撒了歡地看熱鬧了。他們沒見過成親的場面，跟著何壯幾個哥哥，裡裡外外地湊熱鬧。何貞叫他們回家，兩孩子還是一臉的意猶未盡，讓她和明義樂不可支。

「明義回去給你大哥寫封信，把咱家這些事情都跟他說說，張大叔這件喜事也告訴他。」何貞抬頭看天，跟明義說：「告訴他，大家都好，他託付咱們的事情，咱們也都辦好了，讓他切記保全自己。」

明義猶豫了一下，還是問了一聲。「好，那跟穆大哥說什麼？」

「啊？他啊……」何貞沈默了一會兒，聽著遠遠傳來的喜慶的鞭炮聲，輕聲說：「就叫他多加珍重，不要受傷吧。」

靖和二十一年的春天是忙碌而充實的。運河一破冰，何貞家裡的一千九百斤花生油就上了船，油坊裡熱熱鬧鬧地幹到四月中旬，又出了六千斤的油之後，由於花生用光了，這才暫時歇下來。

這下子，不用何貞等人宣傳，村裡的人家多數都動心種花生了。也有人問，要是外村的親戚什麼的種了花生，送過來行不行，得到何貞明確的答覆，說只要花生米好就都收，大家更是熱情高漲。

就連何老漢也指揮著何二郎去種夏花生了。

這個夏天，何貞就有點閒下來了。她終於得了空，做出了牛軋糖來，因為手上也就剩下了幾斤花生，所以只是隨便賣賣，更多的是推廣花生這種作物。現在，她琢磨的是養羊這件事。

明睿被送進了學堂，何慧上午跟著明義學認字，下午跟著何貞學做針線，而何貞自己就算是油坊和鋪子的總調度。看著不再擺攤了，其實也忙碌得很，實在也沒時間養羊擠奶。反覆考量之後，何貞還是放棄了這個一開始想的事業，而是讓明義去跟黃三接觸了一下，問能不能直接從他那裡買羊奶。

黃老三原本就是羊倌，家裡養的羊主要是賣肉的，可是明義找上門來一問，他的心思就活了。何家現在有五十多畝地，還開著油坊，正兒八經是個財主了。他們要跟自己買羊奶，聽著可是件好事，只是這事怎就落在他頭上了呢？

出於謹慎，他還是找黃屠戶問了問意見。黃屠戶一聽就說：「這是好事啊，何家小姑娘有成算得很，也不黑心。我琢磨著肯定是行的。你看我家二小子不敢拿刀子，殺不了豬，送到她那油坊裡，工錢從沒拖過的！」

「你說她要這麼多奶是做什麼呢？」黃老三還是有點顧慮。「這不是白讓我賺銀子？想著就覺得不大踏實啊。」

「你這就是瞎琢磨了！」黃屠戶說：「這個村裡除了你，誰有那麼多羊啊？她要用奶，可不就找你？人家要了做什麼，你可別管，不該你打聽的別打聽。真要是不放心，就找里正叔當個見證人，立個契約，不就行了？」

這兩年，何貞因為肉脯的生意，再加上動不動就開工動土，逢年過節給夥計賣豬肉發福利，簡直已經成了黃屠戶的大客戶。他心裡多少有數，何貞找他們買了東西肯定都是加工了賺錢的，比如那肉脯，還不就是瘦肉加了調味料做的？不過人得本分，該是他的他賺了，不該是他的，他也不眼紅。

黃老三聽了大哥的話，回去咬咬牙，拿銀子出來，又專門託了相熟的人淘換了兩頭出奶多的品種，最後回覆何貞，要三個月後才能開始產奶。何貞沒催促，她畢竟不懂得養殖，只是跟他說定了，每天都要三十斤奶，每斤五文錢，頭晌他準備好，讓張強來拉走。如果點心賣得好，再慢慢增加。黃老三一算，當時臉上就露出了笑來，直盼著他抓的羊趕緊開始出奶。

何貞也算了一下，她打算再加上炸鮮奶、牛奶麵包兩種成品，和核桃糕一種糕點，在配方中都用奶來做。先在鋪子裡做小範圍的調整，這樣下來盈利應該會略有增加，又不至於因為變化太大而讓大家都特別累。

這就不得不說一說薛城了，那可真是個眼裡有活的孩子，只要有空就去給孟柱子和謝大虎打下手，幫了兩個人不少的忙。何貞去看了幾次，店裡都是有條不紊的，雖然忙碌，卻一點也不亂。

這些談好，何貞就暫時歇了下來。這幾年一直忙忙碌碌，中間她也生過幾場病，體質有些虛弱，要調理。明義聽說之後也很贊成，直說讓她好好吃好好睡，夏天熱就不要出門了。兩個小的更不懂這些，最近大姊不忙，總在家做好吃的東西，他們也跟著吃得過癮，自然格外高興。

明輝的書信還是上個月到的，自然是報喜不報憂，說他一切都好，平常在城裡鎮守，比較安全。再就是對孟柱子幾個人的狀況表示高興，最後就是讓何貞和明義都保重身子，不能為了賺錢或讀書累垮了。何貞每次看到明輝那工整的字跡，都只想落淚，想弟弟想得心都揪得疼。書信寄過來，她是又不敢看，又忍不住拿起來；拿起來了，就不捨得放下。

端午節的時候，何二郎借著明義回去送節禮的時候攔下了明義，叫他教明忠明孝兩個人功課。明義也答應了，不過沒讓兩個人上門，而是自己每天到老院子這邊教兩個時辰。

「大姊，這事二叔開了口，我只能答應。」明義回來跟何貞說：「不過我估計，我那兩個哥哥堅持不了多久的。」明忠明孝兩個都比明義歲數大，對於要跟著明義這個弟弟念書都不情願。

明義是拒絕不了這樣的要求的，因為這在外人看來並不過分——是的，他也只是在意一下外人的看法而已，一開始就沒有真感情，他自然也就不可能有那種拉他們一把的責任感。「咱們這邊經常有人來，不利於安靜讀書，我就到那邊去好了。」

何貞明白。她家這裡，鋪子裡也好，油坊裡也好，經常有人過來，說些生意或者地裡的事情。明義不願意讓何二郎這一家子窺伺，她也同意，就道：「你自己斟酌就是，他們又不是沒有夫子教，學得好學得壞總不能賴在你頭上。」

想了想，她又回頭跟明睿說：「你在學裡要好好聽夫子的話，別打著回來讓你二哥補課的主意。」

明睿撇嘴。「誰喜歡補課了？」

何貞啞然失笑。這個孩子，聰明是真聰明，淘氣也是真淘氣。

這天下午，張強頂著盛夏下午的暑氣敲開了何家的門。「大姑娘，我們又有幾個兄弟投奔了過來。這……」這幾個人都是前一陣子傷殘和生病才被遣散的肅州軍士，家中無處投奔，聽說了他們的境況之後，索性找到明輝那裡的。他們千里迢迢地來到這裡，也帶了明輝的書信過來。

何貞先把幾個人讓到屋裡涼快，自己展開信來看。

明輝在信裡講到，這些人一共有八個，都是在肅州賣了多年命的。有好幾個都是當年鎮國公和世子帶過的兵，還有一個是穆靖之曾經的護衛。他認得五個，另外三個也找人打聽過，都是人品端正的，希望姊姊能想想辦法，務農也好、鋪子裡打工也好，幫忙安置了他們。最後他道，這些年他沒給家裡做什麼，卻還不停給姊姊找事做，實在是愧疚。

何貞就笑了。這個明輝，還說當上了什麼軍官呢，也不多長些心眼，她都說了來人她可以安置，還有什麼可自責的？不管怎麼說，他還有心思想這些，可見還是安全無虞的，這就比什麼都強了。

問過了幾個人，因為大家或輕或重，都有一定的殘疾，而且都不是特別活絡的人，就都打算種地。何貞想了想，覺得這樣也行，就跟他們商議了一下，在張強家附近乾脆買上一大塊地，多修些房子出來，讓他們暫住。將來誰有能力了也可以買走，這幾天就先讓他們跟著張強過去，住他家。

把山地變成宅子地，這個要跟里正報備、交錢，這些新來的人也要落戶，這些都等明義回來了一起去辦。跟明義商量了一下，何貞就拿出銀子來，把張強家和五叔的地中間的那一片圈出來，讓明義去整個買下來，留著蓋房子用。

黃里正就專門叫了人去測量一下，一共十畝多一點，就算了十畝。這些地原本是荒地，而且都在山上，也只能按村裡住宅用地四分之一的價錢計算，最後作價一百五十兩，這些住宅全部算在何貞名下。

這樣，何家村邊上的南山，現在西北側的山腳一帶基本上都是何貞的地盤了。

第四十五章

何五叔的兩畝地，說是在山上，其實還算是山腳下的平地，只是土質不算好罷了。接著往山上去，就是十畝宅子地，如果房子全都蓋起來，大概也挺成規模的，能住二、三十戶人家。再上去，就是五十多畝沙地，現在已經開墾出來，種上了花生，再有一、兩個月就要收穫了。

還有一個多月才到秋收，大家閒著也是閒著，張強就打算帶著這些人自己蓋房子，當然人工費和材料都是何貞出錢。因為要蓋的房子有些多，何貞還請了姑父一家子過來，讓他們統籌規劃。除了他們帶過來的人和張強等九個人，剩下的就請來何大伯坐鎮，叫了村裡的漢子們來幫工。

因為是要安置這些從前線上退下來的傷殘士兵，房子不用很好很寬敞，所以小院子都蓋得不很大。這一片地最後蓋了三十個小院子，都只有正房和籬笆柵欄。也不是特別好的磚房，都是普通的土坯房，但是比較結實；上面也都是瓦頂，不是草棚，在鄉下來說也算是相當不錯的了。

因為數量非常大，所以在造價上就有了討價還價的餘地，最後算下來成本三百兩銀子。當然，何貞手上沒有那麼多現銀，便分批結帳。先把所有人的人工費都結了，最後欠著一些許家的工錢料錢，約定了過年前還清。

何貞跟這些新來的人說好，房子租給他們，一年一兩銀子的房租，如果誰攢得出錢來，也可以買，她不賺這個錢，一個小院十五兩銀子拿走，給地契。這話一出，這些兵士們都很興奮，有身上藏著私房的甚至當場就要買下來。

這些人之前在軍營裡的時候，就聽說了孟柱子幾個人的事情，無依無靠的人投奔了何哨官家裡，如今過上了好日子——當然這些是明輝說的，意在鼓勵他們，就是傷殘了、家裡沒有容身之處了，也不要自暴自棄。等北戎人的刀真的落在了他們身上的時候，他們早有準備，就直接投奔而來，沒有在別的地方盤桓浪費，不少人身上還是有些存著的銀錢的。

八個人裡有三個人掏了銀子買院子。何貞說話算話，交出了地契，這幾個人就算是在何家村正式落腳了。剩下的五個人，有兩個人合租一個院子的，也有三個人合租一個院子的，攢一攢，過個一、兩年也能自己買房子了。暫時置辦不上土地，就跟何貞說了，來年租何家的地種，正好何貞還打算繼續買地，便也都答應了。

這樣，何貞看他們安置好，也就把重心轉到即將到來的秋收上。

在正式開始秋收之前，何貞去了一趟黃里正家，自然是送中秋節禮的。不過一進院子就覺得跟平常有些不大一樣，黃老太太正忙裡忙外地收拾東西，家裡並沒有殺雞宰魚的過節氣氛，而且許久不見的黃家二兒媳、也就是縣丞太太也在幫忙。何貞坐下說了幾句話，才知道他們要搬家了。黃里正年老，身子不大好了，他的二兒子黃縣丞就把他們接到縣裡去照顧，這里正自然也就不做了。

回到家，把這事跟明義一說，還沒等她說別的，明義就道：「姊，咱家還有什麼合適的東西不，妳找一點，我晚上再過去一趟。」

無論是最後再表示一下跟黃里正的感謝之意，還是在縣丞家眷那裡刷刷好感，明義聽說了，以秀才的身分再過去正式地送一送，都是很合情合理的，對方心裡也舒服。更重要的是，明義也想先知道，接下來是不是他們的好二叔接任里正一職。雖然現在看來，這個可能已經不大了，可明義還是不敢掉以輕心。何二郎這個人做事，儘管算不上陰狠奸詐，但是小道道太多，總是不上檯面。

好在黃里正果然沒有選擇何二郎。「大姊，妳猜是誰接了里正？三爺爺家咱大伯。」明義很高興地回家跟何貞說。

他說的是何文的父親，何貞他們的大堂伯，也是很相熟的長輩。這倒是一個意料之外卻又情理之中的人選，反正何貞聽了，跟明義一樣，大大鬆了口氣。何文家裡家境殷實，三爺爺夫妻倆不僅在何家門裡很有威望，在全村也是廣受敬重的長輩，何大伯夫妻都是人品端正，又有了何文這個秀才兒子，想來足以服眾。

「往後就是何里正了。」何貞笑著說。

明義點頭。「挺好的。」

何二郎自然也知道了這個結果，整個人都很萎靡，就連黃里正最後苦口婆心地勸他改改毛病的話也沒聽進去幾句。

明義又問何貞。「大姊，妳什麼時候跟縣丞家裡有交情的？」

何貞就笑。「託你們的福啊！原先，我去了縣城做生意，人生地不熟的，好歹算是同村，我哪能不去拜望拜望？他家門檻是高，可我也不求他們什麼，哪怕不讓我進門呢，我送些東西就走，他們怎麼也說不出個不好吧？時間長了，多少也有個面子情。如今你們有了功名，咱家大小也算個財主了，可不是交情就有了嘛。」

明義點頭受教。「大姊，我沒有馬上去鄉試真是做對了，要學的還有很多呢。」他想想就知道，一開始打開關係的時候，姊姊賠了多少笑臉，搭了多少東西，不過再說那些也就沒什麼意思了，還是看以後吧。

「對了，」何貞想起別的事。「說起你要學的，如今張大叔常年在村裡了，還有些新來的大哥大叔，你得空了也去跟著他們練練拳腳，別你大哥走了你就懈怠了。不指望你練成個什麼，強身健體也是很要緊的。你別忘了，穆先生就是身子不大好，考完回來都憔悴成什麼樣了，跟大病一場似的。」

明義點頭稱是。不光跟著練拳腳，他還跟那些戰場上退下來的人打聽軍營裡的事情呢。一開始，他就是想多了解一些，自己哥哥是在過著什麼樣的日子，到了後來，就是純粹想多接觸一些這方面的事務了。

何里正走馬上任的第一件大事就是村裡的秋收。當然，這也是何貞的頭等大事。她家那兩畝好地的夏花生且不太急，因為種得晚，還要等上一陣子，現在要收的是山上的那五十五畝。當然這些也不需要她親自動手，只要關注著些就好，租戶們會收好的。

正好黃老三的奶羊也開始下奶了，何貞還得抽些時間盯著含奶的點心這些。別看山上和油坊的攤子鋪得大，真正穩定賺錢的還是縣城的小鋪子，一個月怎麼也能賺三十多兩銀子。

這麼忙活著，到了九月底，花生入了庫，油坊這邊就要復工了。陳掌櫃都來了三趟，就問新的花生油什麼時候能下來，東家那邊等著呢，有多少要多少。

今年花生產量不錯，春花生算是大豐收。至於夏花生，雖然比不上春天的產量高，可是應該也不會太差。原材料有了保障，何貞趕緊給陳掌櫃送了信，今年估計油坊就不需要停工了，除了逢年過節的，可以一直生產下去。

油坊裡熱熱鬧鬧地復工，十月底，第一批的兩千四百斤花生油送上船，何貞收回了不少成本，還清了之前蓋房子欠下的尾款，手上總算又有幾十兩銀子了。

她去何里正家把十七畝地的賦稅交了，又跟何里正說了買地的事。何里正就笑。「早前黃大叔就跟我交代過了，說到年底了別忘了妳買地的事，果然妳就來了。」

「大伯，我也不想老麻煩您呢，可我沒有多少銀子，只能一次買一點。」何貞苦笑著回答。她也很頭疼，她並不貪心，就把相對比較平緩的南山外山買下來就行，一共五百畝地，二千兩銀子，她怎麼就是弄不出來這些錢呢？明明已經很努力折騰了。

買地的事沒急著辦，既然何大伯心裡有數，何貞也就沒著急。進了臘月，又拿起來一些銀子了，才叫明義去辦這事。

買地買房，上縣衙辦手續，這些事明義已經很有經驗，何里正又比從前的黃里正跟他們更親近一些，跑起這些事情來自然是十分順利的。

連上何五嬸送來還她的五兩銀子，何貞一共給了明義一百兩，買二十五畝地。把一張嶄新的地契放進床頭的木頭小匣子，何貞回頭囑咐明義。「如今咱家也有八十多畝地了，你寫信的時候也告訴你哥一聲。對了，叫兩個小的一人給大哥寫句話。」

「大姊，妳不寫嗎？」明義先應了，又問。

何貞的手頓了頓，搖頭說：「不用了。我也就是那麼幾句話，叫他保護好自己，家裡不用擔心，你都會寫的。」

好在如今明輝也是個哨官了，託了驛站帶信一般都能收到，而且畢竟是個小軍官，當炮灰的機會就小了很多，總算讓人能安心一些了。

新買的地自然是讓新來的八個人租了去，規矩和從前一樣，有張強看著，何貞省心很多。雖然因為一下子手上又沒錢了，她只好跟商鋪管理處那裡稍微拖延了一下交明年鋪子租金的日子，何貞還是拿出了十多兩銀子，除了鋪子裡照例每人五百文錢的過年紅包外，又買魚買肉打酒，鋪子裡、油坊裡幫工的人人有份，租地的佃戶們也是一家五斤肉。

這下子，凡是分到東西的，家家都很開心。平常的工錢何貞從來不拖欠，現在過年還有東西分，自然是皆大歡喜。黃屠戶也高興，何貞只要買肉就從他這裡買，他的生意也好得很。

不是沒人嘀咕，何貞能這麼大方，那肯定是自家賺了大錢了。可是如今這形勢，別說她家有地有作坊，還有秀才撐腰，就說人家跟里正這關係，誰也不那麼不開眼，有那個羨慕嫉妒恨的功夫，還不如多撿幾個雞蛋賣給何貞。

所以，何貞之前說的，自己有財有勢就不用在意別人的話，現在基本上就算是應驗了。只是身邊沒人的時候，她還是會忍不住惦記明輝，不知道他有沒有受傷，有沒有凍著餓著。偶爾也會想起穆永寧，聽說他如今比明輝的官職高一些，想來也是真刀實槍地拚出來的。也不知道，他這個鎮國公府的出身，會是他在軍中立足的助力還是阻礙呢？他是個光明磊落的性情，如果遇上了勾心鬥角的事情，能像他父親那樣事事周全嗎？

「大姊，糖是不是好了呀？」何慧稚嫩的聲音打破了她的思緒，也把她拉回熱熱鬧鬧的過年氣氛裡。

「馬上就好了。妳想吃了？」何貞把妹妹抱起來，放在凳子上。

何慧點頭。「想吃。牛軋糖最好吃了。」

何貞笑笑，回頭盯著鍋裡。

「大姊，大哥什麼時候回來？」何慧拉著她的衣角問：「我都要忘了大哥長什麼樣子了。我問三哥，他說他記得，我覺得他吹牛呢。」

何貞悄悄嘆氣，等轉過身來的時候又是滿臉笑容。「等妳會做衣裳的時候，大哥就回來了。妳要好好學，將來給大哥做衣裳，好不好？」何慧已經開始學著做針線了，何貞教了她一些，劉嬤嬤見了，就把這個差事攬過去，日日教她女紅。這孩子悟性不錯，學得也像模像樣的。

何慧點頭。「嬤嬤說我明年就能做荷包了，很快就能學會做衣裳的。」

「好，慧兒長了一歲，都是大孩子了。」何貞微笑。

她也長了一歲，過了年就十五歲，是大人了。

「過了年你就十五了，往後那幫不聽話的兵油子也不能再說你是小孩了。」同一時間，穆永寧拍著明輝的肩膀，端了一碗熱湯給他。

大概是之前的那場大仗讓北戎人吃了虧，這個冬天的形勢就好很多，雖然不時的有小規模的交鋒，可是肅州這一塊一直守得很安穩，燕朝的官兵也沒什麼特別大的損傷。過年的時候，軍營裡也殺了幾頭羊，給大夥加菜。明輝和穆永寧也算是下級軍官，比起之前來待遇好了不少，除夕夜也能坐在一起吃個飯，休息一天。

明輝長高了很多，基本跟穆永寧差不多了，鎧甲加身的時候，看不清臉上的稚嫩，確實像個青年人的樣子。他喝了口熱湯，才搖頭說：「不聽話就比劃比劃，打趴下了自然就聽話了，跟歲數沒關係。」

穆永寧就笑。「行，你練出來了。吃不了虧就好，不然我可沒臉去見你姊了。」

明輝搖頭。「我吃不吃虧跟你可沒關係。我姊是你什麼人啊，用得著你有臉去見？」

「你這就是故意氣我了啊！」穆永寧話是這麼說，可並沒有真的生氣，眉眼帶笑地瞅著爐火。「我跟你說啊，你還別不信，這就是早晚的事。」

明輝生硬地轉了話題。「之前那八個人，現在倒是都成了我家的佃戶了。」

穆永寧毫不生硬地轉回來。「那是我們家你姊有能耐。」

什麼亂七八糟的稱呼，明輝再是老實厚道，也覺得聽不下去，又換話題。「你可有穆先生的消息……不對，是穆大人？」

說到爹娘，穆永寧也是惦記的。「上個月剛收到信，我爹那個縣太爺當得還不錯。你知道我爹那個人，狡猾得很，估計一般小事也難不倒他。」

「大家都好就好。」明輝低下頭。「我扔下姊姊和弟弟就走了，說起來也是過於自私了些。」

穆永寧拍拍他的肩膀，說：「你姊不是那樣不頂事的姑娘，再說你家明義也是個厲害的，放心吧。你要是真覺得拖累了你姊，現成的有北戎人呢，多立幾個功，升個官，傳回家裡自然就能替你姊支撐門庭了。」

剛過完十五，鋪子裡開了張，何貞這邊就收到了張強傳回來的口信：年前的那批牛軋糖和花生糖得到了一致歡迎，過完年好多人都上店裡來問，存貨一下子就賣光了。

這可是好事，何貞現在不缺原料，那就趕緊開始做唄。她加班幹了幾天活，明睿不樂意了，拉著她的裙子叫她休息。「大姊，妳不能太累了。我們家又不窮。」
饒是何貞累得腰痠背疼，聽著他這話也樂了，彎腰點著他的腦袋笑。「你怎麼知道咱們家不窮？」
「我吃的穿的都比學裡的好多人都好，當然是因為咱家不窮了。」明睿一副「我又不是傻子」的表情。
「明睿說得對。」明義從外頭進來。「大姊，這些東西，不行叫個人來做吧，給工錢就是了。」
何貞認真思考了一下這個可能，第二天等張強來取了貨走，她就跟著何志送油的車去了趟鎮上。見到陳掌櫃，她也不多廢話，取了牛軋糖出來，問：「您給掌掌眼，這種糖果能好賣嗎？自家做的，稍微硬些的，不受潮的話能放半個月。」
陳掌櫃也不客氣，端詳了一下，掰了一小塊丟進嘴裡嘗了嘗，好一會兒才說：「味道極好。半個月的時間有些短了，在咱們沂州府賣一賣當是好賣的，北直隸跟京城那邊恐怕就要少要一些了。」
「這個東西您看著不大起眼，可是材料用得不少，不大便宜呢。」何貞指著櫃檯上的牛軋糖。「我是想著，這東西就賣大戶人家吧，普通人家可能不大能吃得起。」
陳掌櫃也笑了。「何姑娘放心，我老頭子雖說不大吃這些甜的，可多少也識得貨，方才一嘗就知道了。妳這一斤，怕少不了五十文吧？」

「您老可真是火眼金睛。」何貞笑著拍了一句馬屁。「不瞞您說，還真差不多，所以才來找您呢。也就是陳家家大業大，人脈也廣，才能賣得出去許多——如果您願意做這個買賣的話。我在縣裡的鋪子裡賣七十文一斤，雖說賣得挺好，可是也就那麼幾家大戶來買，其他人都是一塊一塊地賣的。」

陳掌櫃點頭。「這倒是這個理。這麼著吧，我給妳六十文一斤，妳先送五十斤來，咱們先賣賣看。可有一樣，得新鮮，我好能放得住。」

何貞大喜過望。

「何姑娘是頂頂聰明的人，不用我說了吧，我們拿到外頭可不一定賣多少錢。」陳掌櫃最後還是補充了一句。

這個意思何貞倒是理解，人家就是賣一兩銀子一斤呢，那是人家的本事，她可眼紅不來，六十文一斤的價格已經算極好的了，遠遠超過她的預期。她自然點頭稱是。

回來一算成本，如果請人來做，就要四十五文一斤，一斤還是有十五文錢的賺頭；再加上自己店裡賣的，六十斤能賺一兩銀子，也是可以的。她現在缺錢呀，一兩銀子也不嫌少。

這個活計其實也不輕鬆，但是又不一定有持久性，並不適合立刻就定下來長期請人。何貞想了想，就去找五嬸，現在還沒完全開始春耕，估計她也有空。五嬸自然是樂意的，眼睛眨都不眨的盯著何貞示範，很快就上了手。接著就叫何貞出去。「妳有事自管忙妳的，我保證做出來都是這個樣，妳放心就是。」

對五嬸，何貞當然沒什麼不放心的。這裡沒問題了就去了油坊，一圈轉下來也覺得沒啥特別要管的事情。萬事起頭難，開了頭，捋順了，也就不用累死累活地盯著了，再回到自家小院，何貞就開始琢磨另外一件事了。

她想出門，出趟遠門。

第四十六章

來到這個世界快要十五年了，她去過最遠的地方就是縣城，她不甘心。她也想走更遠的路，見更多的風景。

小的時候，她覺得生為一個農家女，有疼愛她的爹娘和可愛的弟弟，完全可以享受幾年無憂無慮的童年。後來家裡出了事情，她咬牙扛了下來，想著解決溫飽，讓幾個孩子都活下來，養活住。再後來，有了花生，她想把這個東西做起來，於是就一直忙啊忙的，忙到了現在。

明輝在書信裡提過，他如今雖然只是個下層軍官，可也有了短暫的假期，一旬有一天可以離開軍營，到城裡去逛逛。那麼，她如果去了肅州，是不是可以見到他？

一別經年，她的弟弟，是不是真的像信裡寫的那樣，安穩無虞？

還有明義幾個小的，如果可以，多走些路，多見識些風土人情，總比窩在一個地方要好。尤其是何慧，她和自己不同，是地地道道的這個時代的女孩子，也許一生都只能困在後宅裡，對外面的世界連想像都會被限制。

想來想去，還是把這個想法壓下去了。

何貞覺得，這就是靜極思動，也可以說是日子過得好了，有點瞎折騰了。她只能讓自己更專注於眼前的生活，不去想那麼多。

牛軋糖賣得很好，陳掌櫃專門來村裡一趟，告訴何貞，之前要的那一點貨很受大戶人家女眷和孩子們的喜歡。水道也算是快的，上下游幾個州府他們都在賣，保守地說，一個月怎麼也能賣到一千斤，若是逢年過節還可以更多。

這可是意外之喜。何貞一想，回頭跟五嬸商量，她就是再能幹再勤快，一個人也忙不過來，只好再叫一個人，乾脆就在她家的後院搭個簡單的作坊，就專門加工牛軋糖了。

作坊好辦，原本後院貼著西牆那邊就搭了棚子，現在只要加上磚，把平日裡養著羊的地方隔出來，把剩下的空間砌上灶臺，再搭好案板就行了。反正原料和成品都是放在前院的廂房裡，也不需要再另外蓋房子。只是原本放在這裡的那些醃鹹鴨蛋的缸沒地方放，乾脆就把棚子搭得再寬一些好了。因此何貞請問過何里正，找了村裡的幾個人來幫忙，兩天的功夫就弄好了。

幹活的人選倒是個問題。何貞在搭作坊的時候就問過了新任的里正太太，何大伯母。何貞跟這位伯母直接打交道的時候並不是很多，印象中就是待在三奶奶這個婆婆身邊，很溫婉的一個婦人。只是如今她做了里正太太，關於村裡婦女的事情，何貞肯定還是得問她，不然就是不把他們夫妻放在眼裡了。這位伯母話不是很多，卻字字都在點上，提起的是村裡黃姓那邊的一位伯母，家裡的婆婆身子不好，常年要花錢買藥，生活十分窘迫，不過為人很好，幹活也勤快。

何貞聽了，想著平常收雞蛋的時候也見過這位，印象中很乾淨的一個人，就直接定了下來。跟五嬸一起去了黃家一趟，那位伯母自然是又驚又喜，連連保證一定好好做活，叫她儘管放心。何貞看了看她家，雖然簡陋，卻也整齊乾淨，和她一開始的印象很一致。說定了這事，也沒忘了幫里正家裡刷好感。「里正家的伯母跟我說的，說黃伯母您是個索利人，我一問，她馬上就想到您了，我可再沒什麼不放心的呢。」

黃家一家子對何里正自然也是感激得很。

出了門，五嬸好一會兒才說：「原先妳五叔說妳心裡有成算又會做事，回去我要是跟他說說今天這事，他肯定又得意半天。」

何貞搖頭笑笑。

黃里正當了那麼多年的里正，兩個兒子當官的當官，衙門裡有體面的有體面，地位威望都不缺，現在換了何里正，何姓的人家自然高興。可黃家也是村裡的大姓，里正不姓黃了，多少肯定還是有些落差。今天這事雖然不大，卻也是一種態度。何貞理解里正太太的想法，要籠絡好黃姓人家，而且她也沒有被人送人情的感覺。既然黃伯母是個合適的人選，她也不介意自己的這個僱傭關係還能多上一層聯絡關係的意義，總之是雙贏、甚至是三贏的局面，這是好事。

黃伯母的表現也確實沒辜負里正太太的一番苦心，很快就把活計上手了，而且幹活乾淨俐落，作坊裡一直都整整齊齊的，為人也不錯，跟五嬸的同事關係也很融洽，就算何貞更信任五嬸一些，她也沒有任何不甘不服的意思。

牛軋糖的生意穩定下來，一個月平均都有十幾兩銀子的進帳。何貞看著，就又把花生糖、芝麻糖也放在作坊裡做，每次做好了，就讓張強直接送到鋪子裡。孟柱子那邊還是只做蛋糕麵包這些烘焙食品，相對來說工作量也小了一些，都不算累，運作狀況良好。

端午節的時候，五嬸把剩下的十幾兩銀子一齊還給了何貞。「如今除了種地，我在這邊做糖，妳五叔在油坊裡幹活，也攢下了不少錢，可是早該還妳了。」託何貞的福，她家也脫貧了。

七月裡，何貞收到了穆太太寄回來的信，就更加高興了。

她這裡還在琢磨怎麼能帶著弟弟妹妹出門一趟呢，那邊穆太太就寫了信來，要秋天接他們去固遠任上過年。

信裡說，他們在那邊一切安好，便格外掛念親人。雖然何貞覺得明義還算先生的弟子，馬馬虎虎跟親人沾點邊，他們剩下的就有些勉強了。可是想著兩家在一起好多年，也確實跟親人差不多，就沒多想。又知道現在何貞家業已經大了不少，也都有人管事，便想等到秋收結束之後，叫人回來接他們，一起過個年，正好穆靖之也能看看明義的功課，對他來年的秋試做做輔導。

這可真是瞌睡了就有人送枕頭。何貞特別高興，讓弟妹們傳著看了一遍信之後，大家都興奮起來。畢竟都是孩子，聽說能出遠門，那可沒人不激動。

既然要遠行，何貞就提前開始做準備。該帶的禮物、家裡的安排，每一樣都反覆考慮。忙忙叨叨了好多天，明義終於忍不住了，問她。「大姊，咱們以後又不是不再出門了，妳怎麼就這麼不淡定呢？」

「什麼叫不淡定？你難道不想你大哥？咱們都到了固遠那裡，離肅州還遠嗎？」何貞戳戳他。「你可別真讀書讀傻了，這都想不到。」

「那，」明義回頭看著她。「妳是不是也要見到穆大哥了？妳打算給他帶什麼？」

何貞一時茫然。

雖說得了信，可是怎麼也要等秋收結束了之後再走，時間倒也寬鬆。花生入了庫，租子收起來，該交的稅賦都交完，何貞就讓明義出面，又買了二十畝地，在南山腳下連成了一百畝的一大片。

買完地接著就租了出去，現在何貞手裡倒也有餘錢，現成能用的就有四百多兩。可是因為要出遠門，又加上明年明義要考鄉試，她還是留多了些現銀。

花生糖作坊就兩人，主要由五嬸負責，東西做好了就讓何志幫著拉走，都是一家子叔姪，也方便。油坊現在是何志和五叔負責，花生地不怎麼需要操心，大家都種了一年，也有些經驗，城裡的鋪子讓謝大虎看著，也都是信得過的。秋花生收得差不多，何貞姊弟幾個就準備出發了。

劉嬤嬤也得了消息，送了一個大包袱過來，讓何貞幫著帶給穆太太。何貞這邊呢，因為知道有人來接，也就沒拘束，全副心思準備東西，雙胞胎更是興奮得不行，每天晚上不到徹底沒勁了都不睡覺。

十月中旬的時候，何貞家終於迎來了遠道而來的客人——穆江夫妻和一小隊護衛。

自從穆靖之帶著妻子去上任，何貞他們也很久沒有見過穆江夫妻了。羅嫂子看著還好，沒怎麼變樣，穆江卻是黑瘦了許多。至於跟過來的五個護衛，看著倒不像是縣衙裡的衙役，更像是專業的鏢局鏢師一類。

「不得了，何大姑娘可真是大變了樣子了。」羅嫂子拉著何貞就不撒手了，滿臉堆笑地打量著她，眼睛裡是何貞看著都有點發怵的熱情。

除了這點過度的熱情之外，大家都很開心。何貞下廚，做了一大桌子豐盛的飯菜，兩家人邊吃邊聊，各自敘說了別後的情況。雖說主人家的事情不好多說，但是能說的也不少，比如上任途中的見聞，又比如當地的風土人情等等，何貞幾個都聽得津津有味的。

當然，也沒少問起何貞他們的情況。雖然從明義和穆靖之偶爾的通信中知道一些，可是實際見了聽了，穆江還是感慨。「這才多久啊，你們就把日子過起來了，了不起，也不容易。」

穆江夫妻在村子裡待了幾天，替主家拜訪了一下新任的里正和村裡的幾個老人，就帶著何貞姊弟四個出發了。因為提前跟何里正和自家鋪子作坊裡的人都交代過，何貞把盛著貴重物品的匣子寄存在了何四嬸那裡——畢竟她家四奶奶常年在家，又高牆大院的，比較安全，又給五嬸留了一把家門鑰匙，就放心上路了。

路上估計要坐二十天的馬車，明睿特意把小恩暫時放在五叔家裡，託付給何磊他們。羅嫂子就在馬車裡笑著說：「都說孩子都在看不見的地方長，可真是一點都沒錯的。這兩孩子我老覺得還是剛會走的小娃娃呢，一下子就這麼大了。這明睿小哥，我乍一看，彷彿跟當年的明義小哥似的。」

「可不是，他倆到臘月裡就六周歲了。您剛到村裡那年，明義可不也就是六歲？」何貞一想，還真覺得有些感慨，再瞧著掀了車窗簾子朝外看的明睿，笑著搖頭。「可是他啊皮得很，可比不得明義懂事。」

羅嫂子摟著軟糯糯的何慧，看著何貞道：「這可不是不懂事。他是個有福的孩子，日子過得好，自然就天真調皮些。我家少爺可不就是這樣？等到大了，自然就出息了。」

「說起來，穆大哥可好？你們在蘭州府，離肅州府不遠吧？你們見過穆大哥嗎？」何貞聽她提起穆永寧，也跟著問起來。

羅嫂子笑得意味深長。「我們老爺不能擅離職守，太太倒是去過一回。少爺如今可不同以往了，威武得很，也沈穩多了，何姑娘妳要是見了就知道了。」

何貞點頭，心裡卻在想，穆太太能去肅州的話，她也能去。不管是明輝還是穆永寧，到時候就都見得到了。

跟著穆江來的護衛果然不是衙門裡的差人，而是穆靖之透過他縣衙的捕頭介紹聘用的專門的護衛。這些人不僅是當地一家大鏢局的鏢師，而且可能還在江湖上很有幾分面子，總之是很厲害的樣子。

這倒不是何貞看出來的，而是第二天打尖的時候，明義告訴她的。

「你如何看出來的？」何貞問他。

明義笑笑。「我跟著他們騎馬，聽了一路他們聊天，自己琢磨出來的。之後我問了穆大叔，他說就是這樣。」

「往後我可教不了你什麼啦！」何貞一副很惋惜很遺憾的口氣，可是臉上的表情卻是又自豪又驕傲的。出門是增長見識、增加閱歷的最好方式，這不就看出來了？明義夠聰明，書本上的文化知識也學得不錯，欠缺的就是這樣的經歷，這趟門出得真是太值得了。

出門在外比不得家裡舒服，終於到了地方的時候，何貞都覺得累得很，更別說兩個小的了，都有些蔫頭耷腦了。

穆靖之在衙門裡處理公事，沒到時候不能回後宅去，是長安領著媳婦迎了何貞他們進家的。

是的，長安已經娶了妻子，在路上的時候羅嫂子就跟何貞說了。上任的路上，穆太太新買了兩個丫鬟，其中一個叫小琴的，被長安一眼看中了，就回了穆太太，娶了做媳婦，如今也在穆太太身邊伺候。雖說是長安看上的，但是顯然羅嫂子也挺喜歡這個兒媳婦，說起來的時候滿臉是笑，很滿意的樣子。

其實何貞不知道，聽兒子說了想娶小琴的時候，羅嫂子可是大大鬆了一口氣，生怕在村子裡低頭不見抬頭見的，兒子對何貞也生了心思。倒是長安自己說：「娘啊，您可別瞎琢磨了。別說有少爺在，就是少爺沒那心，我也不敢想。何大姑娘那脾氣硬著呢，咱可應對不來。」

穆太太得了信，扶著丫鬟小棋的胳膊也迎了出來，長安的媳婦小琴跟在後面。一看見四個孩子，穆太太眼眶都紅了。「這才多久沒見，你們都這麼大了？」

其實也只是還不到兩年的時間，擱在成年人身上，那根本就看不出什麼變化。可是何貞姊弟幾個都是長身體的歲數，兩年的功夫，足夠男孩女孩變成少年少女，幼兒長成懂事的小學童了。

等到何貞拉著弟弟妹妹行了禮問了好，穆太太連忙伸手，一手一個，拉著兩個小孩，又急急地招呼何貞跟明義。「到了家就好好休息休息，咱們日子還多著，好好敘敘。」

洗漱過後，幾個人回到正廳裡，何貞才看清楚，到底是縣衙，就算是比較低調簡樸，那也比村子裡的民宅寬敞不少。特別是房舍、院子特別多，當然，這可能也跟穆家人口簡單，沒有那麼多的妾室兒女什麼的有關係。

兩個小的還記得穆太太，一路上又一直跟羅嫂子在一起，這會兒也不怯陣，跟穆太太聊得還挺開心。明義就要沈默些，他已經十一周歲了，在後宅就不像弟弟妹妹那麼放得開，儘管穆太太是長輩，他也板著小臉，十分端正自持的樣子。

小琴和小棋端了點心進來，穆太太柔聲讓幾個孩子先墊一墊，這才拉著何貞的手，上上下下地仔細打量她。

何貞再一次感受到了這樣熱情的目光，終於知道怪異的感覺是怎麼來的了。羅嫂子也好、穆太太也好，看她的眼神都和五叔看著自家花生地的感覺一樣，充滿了豐收的喜悅。

「方才我聽長安他娘說，妳如今買了山，還開了作坊，可真了不起！」穆太太握著何貞的手，眼光落到她白皙光潔的臉上，嘴角揚得更高了。

何貞堅定認為，她是真的沒覺得害羞，可是臉頰還是有些發熱，估計是被人過度誇獎了有些心虛。她也沒迴避穆太太的眼神，只是搖頭笑道：「那是嬸子誇我呢，並不是多大的作為。而且也沒有買山，就是比您走的時候多買了些荒地而已。」

她卻不知道，穆太太看著她長成了大姑娘，本來就替兒子高興，聽說了她折騰的產業，也是十分驚喜，是那種「早就知道她有能力、果然她沒讓我失望」的感覺。這會兒看著何貞落落大方的樣子，就更喜歡了。可是，高興歸高興，她就有那麼一點小鬱悶了。這姑娘若是真的對兒子有心思，自己就是未來婆婆，哪裡還能這麼大方？可見是沒那個心思的。

何貞這會兒確實沒往「未來婆婆」這方面想。寒暄了幾句，她剛才叫長安幫忙拿進來的禮物也都送了進來，除了劉嬤嬤的一大包袱，還有她準備的半車。

「妳這孩子，怕不是把家都搬來了？」穆太太看了看，回頭嗔怪她。「知道你們如今日子好過了，也不至於這樣吧？」

何貞搖頭笑。「您可別這麼說，都是些不值錢的東西。」也確實不算是特別值錢的，她自己醃的鹹鴨蛋、香椿芽鹹菜，四嬸那裡拿來的豆腐乳，剝好的生花生米，帶殼的鹽炒花生，新打的兩罈花生油，她燒了好幾天火才燻出來的燻雞、臘肉和燻魚，還有她親手做的手套、圍脖。林林總總的一大堆，確實是心意滿滿。

穆太太拿手帕抹了抹眼角，含淚帶笑地說：「心意我收到了，你們先生也一定喜歡的。」

「什麼我喜歡？」穆靖之從前面衙門回來，正好邁步進屋。他知道今天弟子來了，也十分開心，連回房的腳步都比平常快些。

再行了一遍禮，穆靖之問了問何貞家裡的情況，又逗著兩個小的說了幾句話，就站起身，帶著明義去書房考問功課去了。

送走了他們，何貞才試探著問：「嬸子，我還帶了些東西給穆大哥和我家明輝的，不知道您跟先生是不是方便轉交？他倆可還在一起嗎？」

穆太太臉上的笑意更濃了。「轉交也方便，不過過去一趟也不費事的。曉得妳不放心妳兄弟，來都來了，妳自家親自交到他們手上，不是更好？」

雖然何貞來之前就想過，說不定能去趟肅州，親眼看看明輝，可是真的聽到這話，她還是陷入了巨大的驚喜。她眨眨眼，努力讓自己的表情不那麼誇張，問：「這，真的行？」

穆太太含笑點頭，心裡卻在想，不然我何苦這麼大費周章地把你們接過來？是的，接何貞他們來蘭州府過年，是穆太太的主意，為的自然是穆永寧了。

他們夫妻到任以來，跟穆永寧的聯繫雖然算不上頻繁，但絕對比在老家的時候多得多了。特別是丈夫讓穆江跟府城裡最有名的鏢局搭上關係之後，她還在護衛的保護下去過一次肅州，跟兒子團聚了幾天呢。

第四十七章

雖然穆太太說了，她早就打聽好，隨時都可以走，可何貞也不好意思真的要求第二天就出發，還是先帶著弟弟妹妹在固遠逗留幾天。一來是讓孩子們都休息一下，二來也是跟穆太太做個伴。

固遠縣城給何貞的感覺就是比不上老家開元縣富庶，雖然也是人流量很大的縣城，可是街道也好商鋪也好，都透著些粗糙，物價也低廉。來這裡遊玩消費倒是划算，本地人賺錢可能就要艱難一些。別說她怎麼會琢磨這些，倒也不是閒的，而是她在來的路上生起的一個想法——如果能把花生油的買賣做到這裡，豈不是會大大增加產能嗎？

但是，她也清楚知道，就憑她的身分和家底，不可能跑到這裡來買地種花生。所以究竟要怎麼操作，她還沒什麼頭緒。至於小吃攤子和糕點鋪子這些，她不確定本地是不是有足夠的消費能力，還需要進一步考察。

這天早飯的時候，穆太太就跟何貞說了。「知道妳許是有正經事，自管出去逛妳的。咱們縣城裡也安全著，晌午回來吃飯就是。」她自己身子有些不大舒服，就沒出門，何慧陪著她，明睿則被明義提溜著，一起去聽穆靖之教導了。

雖然不知道考察市場之類的概念，可是穆太太對何貞也算是了解，看著她出去的時候若有所思的樣子，就知道她可能琢磨什麼事情呢，也不多問，就讓小琴陪著她上街。何貞也不推辭，再三看了穆太太的樣子和羅嫂子的表情，確定她確實沒什麼大礙，叮囑妹妹聽話之後就出了門。

穆靖之主政一方的能力自然是毋庸置疑的，何貞雖然不知道這裡在穆靖之就任之後發生了多大的變化，但是看著街面上往來的人流，明顯能感覺出本地社會穩定，並沒有什麼惡霸地痞之類的，行腳的客商也不算少，簡單地說，經營環境不錯。

小琴和小棋都是穆太太在沂州府的府城買的，算起來也是何貞的同鄉。小琴比小棋大個幾歲，甚至比何貞也還大一歲，原本也是大戶人家的丫鬟，因為伺候的主子過世了被府裡發賣出來。正好穆太太急著趕路，也來不及現買了小丫鬟培訓，看她規矩好也就買了。一路走著，不知道是不是丈夫婆婆提前交代過了，反正小琴並不多打聽何貞的事情，只等著何貞問的時候才規規矩矩地答話。

走到一家貨棧外頭的時候，何貞猛地住了腳。

小琴不明所以，也往貨棧裡看了兩眼，就看見一名少婦在丈夫的攙扶之下走了出來，身後似乎還有人相送。還不等她問呢，何貞就往前一步，有些不可置信地叫了一聲。「陳姨？」

那少婦正跟丈夫輕聲說著什麼，嘴角一直掛著笑意，聽到何貞的聲音，猛地扭過臉來，也是一臉驚訝。

她身側站著的男人連忙伸臂攬住了她的後腰，嘴裡說著責備的話，臉上卻滿是溫柔。

「妳小心些，怎麼這樣一驚一乍的？」

「妳是……妳不是小貞丫頭吧？妳怎麼會在這裡？」她半靠著身邊的丈夫，卻向何貞伸出了手。

何貞又往前兩步，一把握住她的手。「陳姨，真的是您嗎？我是何貞呀，您一向可好？呀，還沒恭喜您呢！」

眼前的人，正是從前在齊河鎮幫助了何貞許多的陳娘子。何貞確實聽說她嫁了人，去了北方，卻沒想到在這裡遇見了。她看上去比以前更年輕圓潤，顯然日子過得不錯，當然，也可能和她如今身懷六甲有關係。

「唉呀，這才幾年啊，妳都長成大姑娘了。」陳娘子拉著她的手，眼眶都有些發紅，還不等說別的，身邊的人就打斷了她。

「青玉，街上風大，咱們請這位姑娘坐下來喝杯茶吧？」

何貞自然分出些注意力來看著眼前的男人。這人個子不高，中等身材，相貌雖說端正，卻也只是平凡，年紀也不算年輕，反正從外形上看要比陳娘子差不少。不過他的眼神一直跟著陳娘子，顯然對妻子是十分用心的，這樣看來陳娘子的婚後生活也一定十分幸福。她看著，就彎起了嘴角，跟著陳娘子進了對面的一家飯館。

進了雅間，小琴身後又跟進來一個小丫鬟，走到陳娘子身後站住。陳娘子的丈夫看過了房間裡的火爐，招呼小二上了熱水點心，這才放心離開。

何貞回身坐在陳娘子旁邊，看著她眼角眉梢流露出來的幸福也十分開心，笑嘻嘻地說：

「陳姨，不用問，想來您過得也極其好呢。」

陳娘子點頭。「我有如今的日子，其實說到底，還要感謝妳娘呢。」

頂著何貞詫異的目光，陳娘子慢慢講起了她自己的故事。

原來，陳娘子是江南豪商陳家的丫鬟，是伺候大少爺、也就是如今的少當家。不過她比大少爺大很多，是大少爺幼年時候照顧日常起居的大丫鬟。她雖然為人精明，卻是個規矩本分的人，從沒想過攀主子們的高枝，然而偏偏被府裡的三爺，也就是大少爺的三叔看中了。

這位三爺的出身不大好，陳娘子一句話帶過，據何貞私下猜測，大概是妾生子或者更差一些，是外室子什麼的。反正在家裡沒地位，是個小透明。他看上陳娘子，也不是隨便玩玩，而是真心喜歡她，想娶她為妻。這就艱難了，大少爺那時候還是個少年，不知怎麼就知道了，給三叔出了主意，叫他自己先去北方闖蕩，條件就是婚事自主。因著家裡人都看不上他，正好甩了他這包袱，當家的正房老太太自然是願意的。回頭陳娘子這裡到了歲數，大少爺乾脆把她支到了開元縣一個不起眼的小貨棧裡去，這才認識了何貞的母親。

「妳娘是個心善的人，她時常來賣些繡品，我們熟悉了之後，我說起自己奴婢的身分，她竟然二話不說就要幫我贖身。」陳娘子嘆氣。「那個時候她還沒出嫁，娘家貧寒，她哪裡有那麼多銀子？可巧了，大少爺頭一次出門做生意，到了齊河鎮，正好聽見我們說話，居然就允了，只說妳娘是我的遠房表妹，來給我贖了身契。後來大少爺還讓我做掌櫃，卻算是僱傭的。我在齊河鎮安家，有了良民的身分，還是妳娘嫁給妳爹以後，讓妳爹出面幫我辦的呢。」陳娘子拍著何貞的手背。「我有今天，真的是多虧了妳娘。」

何貞在心裡捋了一下這個故事，就搖頭。「我娘也不過是擔個名字罷了，陳姨，是您的主家少爺心善。」

「我家少爺可算不得心善的人，不過對我們這些伺候他的老人都很仁義。可就算是這樣，沒有妳娘願意當這個遠房親戚，當時少爺還真沒有由頭找太太要了我的身契。」陳娘子接過身後小丫頭遞過來的白水，抿了一口，才接著說話。「可沒想到，妳娘那麼早就走了，我有心照拂你們，卻也沒做多少。」

想想父母剛離世的日子，何貞嘆口氣，卻不認同。「您已經照顧我很多了，那個時候我才多大，誰家會正經跟我一個小孩子談生意？更別說後來幫著我出攤子那些了。這些年來，但凡找您幫忙的事情，您哪次不是盡心盡力？我都記得呢。」

「就知道妳得這麼說。」陳娘子笑笑，也沒非要爭出個長短。「過去的事就不說了，妳怎麼在這裡？妳弟弟妹妹呢？」

何貞簡單說了說離別後自家的情況，最後問：「我們就是來穆先生家裡做客的，過了年就回去了。您這是做什麼來的？我記得您去的是肅州啊。」

「是肅州。三爺的生意主要在肅州。」陳娘子摸著自己的肚子。「在蘭州也有商號貨棧，年底了，他來巡鋪子。因為原本也是我熟悉的，正好我這胎也穩當了，就一起過來。今天是最後一家，後天我們就要回肅州去了。」

「剛才那位是？」何貞聽到了她的稱呼，原本還不大敢問的，現在更覺得驚喜。

「是，那就是三爺。」陳娘子笑得眉眼彎彎的。「妳娘幫我贖了身，我也沒敢想別的，只要自食其力就好，在鎮上那麼些年也習慣了。沒想到三爺他真的在北邊開起了貨棧來，還去齊河鎮見了我。不怕妳個小輩笑話，他一番情義，我自然也是感動的。」

何貞頓時想起她小時候賣燻魚的那一年，陳娘子確實搜羅了好多好吃的，像是款待貴客的樣子，想來那就是她跟這位陳三爺久別重逢的時候了。「那位陳三爺對您可真的好，您這是苦盡甘來了呢。」何貞道。

「這孩子，小姑娘家家的，怎麼什麼都說。」陳娘子拍了她一下，正好拍到了她手腕上的鐲子。

何貞沒太在意，半是玩笑半是認真地說：「陳姨，我可不是一般的小姑娘，我可是家裡的老大，村裡的嬸子大娘大叔大哥們都得打交道，哪有功夫羞答答的呀？」

「也是。」陳娘子低頭，挽起她的袖子一看，也笑。「如今妳可是成了大老闆了，這樣貴重的鐲子都戴得了。」

「這個很貴重嗎？有多貴重？」何貞一直就知道穆太太當初臨別套到她手上的鐲子很貴重，也是現在不怎麼親自動手幹活了才戴起來。可是到底多貴重，她心裡也沒數，陳娘子這麼一說，她就覺得有些燙手了。

「這樣好的水頭，一點瑕疵都沒有，當個傳家寶也使得了。」陳娘子看著她，神色間頗有些意味深長。「便是一般的官宦人家，只怕下聘都拿不出這樣好的東西。」

除了鐲子這個小疑問，何貞跟陳娘子敘舊敘得很是酣暢淋漓。到了午飯時分，小琴才帶著幾分為難開口打斷了她們。「何姑娘，咱們是不是該要回去了？」

方才何貞已經說了，他們如今住在縣衙，這樣的話，陳娘子夫妻如果去探望他們就不大合適了。畢竟陳氏夫妻是商人，如果到縣衙裡去，怕會影響穆靖之的官聲。

「妳方才說，你們過幾日要去看望妳兄弟？不若咱們結伴同行。我們有商隊的護衛，地頭也熟，一起出門也便宜些。」陳娘子腦筋轉得還是很快。「我知道縣老爺家裡肯定不放心妳在外頭多待，這樣，我們這兩日一直住在城裡的陳記客棧，妳回去商議商議，若是可行咱們就一起出發，如何？」

何貞剛點頭，她就風風火火地趕人。「既然說定了，妳就快些回去吧，別讓穆夫人擔心。要是不能一起走，妳就給我遞個消息，咱們明日一起吃個飯，我都多久沒見過妳弟弟他們了。」

回縣衙的路上，何貞雖說還是神色愉悅，可右手仍然下意識地摩挲著左手的手腕。指尖光滑圓潤的觸感讓她反覆想起陳娘子飽含深意的話。當初她就覺得穆太太給她這個鐲子作為臨別贈禮有些不大合理，現在這種違和感更強烈了。再想到她們剛到固遠的那天，穆太太發覺她一直戴著這個鐲子，臉上的笑容也格外怪異，好像是放了心似的——送出去的禮物，難道不是應該不再過問的嗎？

過往的隻言片語浮上心頭，如果說從前年少時的浮光掠影不足以讓她重視，那麼後來的那些笨拙卻誠懇的言語，少年認真的表情，又怎麼可能不留在心上？何貞一直以為她能一笑而過，也確實沒有怎麼時時刻刻放在心上，可是如今一想，她對每一幕的記憶都那麼清晰，難道不是用了心？那個人，時常會分走自己對弟弟的牽掛，難道真的不足夠重要？

「這孩子怎麼心事重重的？」不知不覺走到了堂屋門口，正好穆太太一抬頭就看見了她。「遇上什麼事了，連飯都差點錯過，再不回來，我都要叫人去找妳了。」

腦子正亂著，猛地聽見穆太太的聲音，何貞不知怎麼，忽然就覺得臉有些熱。她連忙扯起個掩飾的笑。「對不起，讓您擔心了。出去遇上了原來鎮上貨棧的陳姨，一時聊得高興就忘了時辰。」

「大姊，穆嬸嬸要有小弟弟了。」何慧踢踢踏踏地過來，拽著何貞的衣袖，圓圓的大眼睛裡都是歡喜的亮光。

「唉呀，這可太好了，恭喜嬸子！」何貞連忙道喜。原來早上穆太太不舒服，並不是生病，而是懷孕了。

穆太太拉著何慧的小手，滿臉溫柔的笑。「都是託了我們慧兒的福呢。」

大概是聽說了妻子懷孕的消息，穆靖之中午也從前院的衙門回來，一家子坐在一起吃飯。何貞看得出，雖然穆靖之神色淡定，可還是掩飾不住眼底的喜悅，原本就對妻子很好的他越發小心翼翼的。

這是一件大喜事，不過現在穆太太的身體狀況可就不適合出遠門了。吃過飯，何貞跟穆太太說起陳娘子邀請他們同路的事情，穆太太想了想，也同意。「這樣吧，你們就跟著他們走。不過咱們原來準備的人手，你們也還是帶著，總要保證你們來回都萬無一失才是。」

現在雙方都有孕婦，陳三爺又是北方一帶比較大的商人——這是何貞提起之後，穆太太告訴她的，陳娘子直接上門果然是不太妥當，所以穆太太就叫小琴夫妻倆給陳娘子送了信，同意他們一起走。

何貞並沒有異議，跟明義說好了，就定下了行程。兩個小的暫時還沒有決定權，反正要出門去見大哥，他們也都很興奮，高興極了。

收拾好了要帶的東西，再加上穆太太給兒子帶的衣服鞋襪，何貞帶著幾個孩子加入了陳家隊伍。臨別的時候，何慧仰著臉跟穆太太告別。「穆嬸嬸好好休息，我們很快就回來看小弟弟了。」因為他們還要從肅州回來過年，原本就沒什麼離別氣氛，現在看著她一本正經的小模樣，更是讓人忍俊不禁。

無論陳三爺還是陳娘子，都是很有外出經驗的商人，早就做好周全的路線規劃。穆太太他們請來的鏢局護衛們也毫無異議，更因為商隊裡的管事和鏢局的人也打過交道，大家雖不算熟人，相處起來也還融洽，所以一路上除了天氣寒冷之外，倒是十分順利。

出門在外，他們又不是規矩森嚴的高門大戶，那位陳三爺和何貞倒也打過幾個照面。他當然沒有什麼別的意思，只是首先讚揚了一下她想出來的手套，也是到了這個時候，何貞才確定，當初陳娘子讓她做的手套，原來就是幫陳三爺籌集貨源呢，接著陳三爺就表現出了對花生油的興趣。透過陳家的管道，他這邊的店鋪裡也有花生油在賣，但是大少爺那頭留下了大多數，主要供應江南、北直隸和京城這些消費量大的地方，輪到他這裡，也只能供不應求了。

「之前因為種得少，我的油坊原料不夠，只能一年裡關半年。不過今年開始好多了，已經全年都在開工了。」何貞跟陳娘子說：「現在都是靠著陳家的商路在往外運，產量估計短時間裡是跟不上的。」

陳娘子問：「我跟夫君商量過，有個想法。如果北方能種這個花生的話，我準備在這邊建幾個大油坊，就地出了貨來賣，算妳兩成乾股。當然，我們只做陝西、山西、哈密一帶，不會跟本家的生意衝突，大少爺那邊應當是無事的。」

何貞不是沒想過這種合作的思路，可是因為沒有門路，也只是隨便想想罷了，現在陳氏夫妻的這個方案可操作性就高多了。不過，她之前一直掛在心上的一件事情還沒有個明確的說法。「陳姨，兩成太多了，我什麼都不做呢，可不敢要。再就是，油坊裡頭肯定是要招人幹活的，如果可能，能不能多招用些北邊軍中退下來的傷殘兵士？」

陳娘子很意外，沒想到何貞這個小姑娘居然在想這種事情，一時也不知道怎麼回答，只拍拍何貞的手背道：「這個事情說起來容易，要做的話，我還得跟夫君商議。乾股的事妳卻不能拒絕我。」

何貞搖頭。「您是疼我呢，可我也有地有作坊，曉得這一切經營起來極不容易，哪裡就能白拿您兩成乾股？而且我算過，油坊的收益其實並沒有那麼高。」

「這妳就不知道了，北地廣袤，人口又不少，還有許多胡商，咱們就是走量，也是不可小覷的。」陳娘子笑笑。「妳的話我聽明白了，這事妳先擱在心裡，回頭也跟妳兄弟他們商議商議。我們也要正經規劃，沒個幾年恐怕也是見不到銀子的，先不用著急。」

明義聽了，果然也是何貞的想法。「估計陳姨他們不好白拿了妳的主意，才要給妳銀子的。不過兩成委實有些多了，不然妳就意思意思每年收一些就是了。」

何貞搖頭。「北地偏乾，又比較冷，糧食產量不高，種植花生應當是能讓百姓多些收入的，推廣只是時間問題。陳家的財力資源更是了得，他們要做肯定能做起來，分不分我銀子，其實對他們的決策沒什麼太大影響。從一開始我也沒打算做這獨門的生意——太大了，咱們吃不下。我想的是怎麼才能借此給那些像孟大叔那樣的人尋一個謀生的活計。」

這太難了，至少不是她一個十五歲的農家少女能憑一己之力解決的問題。

明義皺眉想了一會兒，說：「咱們先去肅州問問大哥和穆大哥，看看現在是怎麼樣的情況，有多少需求，再回來問問先生。他是一方父母，肯定更懂得這些。咱們總要量力而行才是。」

「我不會異想天開的，但這是一個契機，我要努力試一試。」何貞望著灰濛濛的天空，語氣堅定。

第四十八章

據穆靖之說，因為最近的幾次戰役，明輝殺敵有功，尤其是手下的人折損得少，得了遊擊將軍的賞識，現在已經和穆永寧一樣，是副把總了。沒有戰事的時候，偶爾離開軍營一、兩日也是可以的。所以等一行人進了肅州城，陳娘子問過何貞之後，就叫了家裡的人去軍營裡報信了——當然進不了營地，不過給營中的軍官捎個口信還是無妨的。

大老遠來了，何貞他們肯定是要到陳家去拜訪的，但是並沒住進陳家。如今已經是年底，陳三爺夫妻倆現在都很忙碌，鋪子貨棧等等都要對帳盤帳，陳娘子又有孕在身，他們再住進來的話就太麻煩人了。陳娘子挽留不住，卻說什麼也不許他們去住客棧，而是讓人帶他們去了城中她名下的一處小院子借住幾天。

兩個小孩子很懂事，坐馬車累了也沒吭聲，現在暫時安頓下來，坐在炕上休息的時候，何慧就問：「大姊，大哥要是找不到咱們可怎麼辦呀？」

不等何貞回答，明睿就很傲嬌地說：「笨！大哥不會問嗎？」

明義看看天色，又瞧見宅子裡的下人送了飯過來，就把炕桌支好，拉著兩個小的起來吃飯，說：「現在天色晚了，我猜大哥明天說不定會來。你們等會兒早點睡，明天要早些起來。」如今已經快要到臘月了，白晝天短，已經是掌燈時分了。

姊弟幾個飯還沒吃幾口，就聽見前院有人聲。何貞想站起來，明義先放了筷子。「我去看看。」

何貞想著這個時間了，說不定是陳家有什麼事情，也沒懶著，下了炕往門口走去。她動作不快，剛走到門邊，門就打開了，兩個頎長英挺的年輕人出現在視野裡。

陳家的下人把口信送進軍營的時候，確實不知道何貞他們會在哪裡落腳，只說跟陳家人在一起。但是陳三爺夫妻這幾年生意做得大，在城裡隨便打聽一下就知道了。明輝兩個騎馬，腳程快，到了陳家一問，就找到這裡來了。

明義跟在兩人身後，掩上了房門。

何貞已經急走幾步，一把抱住了明輝，聲音顫抖著，含淚帶笑。「你怎麼這個時候來了？天都黑了，多讓人不放心？我們來都來了，怎麼就不能等到明天天亮了？」

明輝剛才進來的時候就已經見過了明義，正是滿懷喜悅的時候，冷不防被最想念的姊姊抱個滿懷，他除了激動歡喜，也多多少少有那麼一點侷促，猶豫了一下才抬起手臂，虛虛攬住姊姊的後背。他已經比姊姊高出一個頭來了，乍一看，倒好像是哥哥，懷裡的這個是妹妹一般。然而聽著姊姊久違的絮叨，他又眼眶發熱，熱得讓他說不出話來。

「大哥！」明睿跟何慧也不甘落後，從炕上爬下來，小鞋子都不好好穿，就跑了出來，拉著明輝的袍子，仰臉看著他。

讓兩個孩子一打岔，何貞也意識到自己有些忘形了，連忙往後退一步，抬眼來仔細打量著弟弟，嘴裡卻跟兩個小的說：「你們有沒有忘了大哥？還認不認得大哥？」

明輝蹲下身，伸長手臂，一左一右地抱住了兩個孩子，笑著看看這個，又看看那個，這才仰起頭，對何貞說：「大姊，有飯嗎？有點餓了。」

何貞急得直跺腳，一邊抹眼睛一邊往外走。「就說你不該這麼急吧？快進屋坐著，我給你們炒兩道菜去。」

之前他們已經坐下來吃飯了，陳家的下人想是得了主人的交代，準備的飯食也很不錯，就是明輝兩人直接坐下來吃，也不過是加兩雙筷子的事。可是何貞還是一頭紮進廚房，問了存放菜蔬的地方，手腳麻利地另起了火來炒菜。

何貞跟陳娘子早就有言在先，她承了借住房子的情，但是所有的吃喝開銷她還是要自己承擔的。不知道房子裡的下人是不是知道這一點，反正也沒人來攔她，還好心問要不要幫忙。她自然是不用的，只讓人自便，就抓緊時間炒菜了。

好在之前住進來的時候，她就把專門帶過來的食材放到了廚房裡，這會兒急著回去，就沒做什麼複雜的菜式，就著帶過來的豆子醬炒一個黃豆醬炒雞蛋，鹹鴨蛋黃做蟹黃豆腐，再加一個肉末燒茄子，最後拿蛋液和麵攤一大盤子雞蛋餅。

她在廚房裡忙活的時候，穆永寧就靜靜站在廚房外看著她。跟屋裡的幾個孩子一一見過，他就坐不住了。打他來了，何貞還沒正經跟他說句話呢。

何貞剛洗完茄子，轉身的時候彷彿覺得有人，就扭頭看了一眼，正撞進穆永寧專注又熱烈的注視裡。她微垂了眼，問：「你怎麼過來了？」

穆永寧笑笑，邁步就進了廚房，站在她身邊問：「好幾年不見，妳第一句話就是這個？」

幾年的邊關生活把十八歲的穆永寧徹底淬鍊成一個英武的青年，他這麼一靠近，自然帶來了幾分不容逃避的壓力。何貞心跳得飛快，轉了身去切茄子。

「何貞，妳長大了。」穆永寧半低著頭，視線落在她髮間的銀簪上。何貞因為上午去陳家拜訪了一下，所以梳了稍微正式一點的髮髻，髮間簪了兩根銀簪，有長長的髮尾垂在身前。穆永寧對髮型並沒有什麼研究，只知道這樣的何貞跟他記憶中的綁著雙丫髻的小姑娘大不相同，已經是一個真正的大姑娘了。

「嗯。」何貞輕輕應了一聲，把茄子扔進熱水裡焯。

穆永寧就不滿意了。「唉，妳就不能多說幾個字？跟明輝那麼多話，到我這兒，這麼半天了，連十個字都沒捨得賞給我！」

「誰讓你找到這兒來說話的？我這裡忙著呢！」何貞撈起茄子控水，回頭推他。「出去吧，炒起菜來油煙大。」

「我一身灰來的，哪還怕什麼油煙？」穆永寧沒挪窩，盯著身前推他的手，心裡蠢蠢欲動。

他不走，何貞也不管了，一邊倒了油滑鍋，一邊說他。「你還知道自己一身土啊？明輝不冷靜，你也不冷靜嗎？都說了我們要住些日子，你們著急成這樣做什麼？難不成還得摸著黑回去？」

「妳怎麼知道我冷靜的？」穆永寧左手捏右手，好歹克制著自己。「他著急，我比他更急呢！」

「你怎麼越活越回去了？這麼沈不住氣？」何貞隨口說他，手裡卻不耽誤。

「這什麼油？這麼香？」穆永寧急忙岔開了話題。

「你也覺得香？」何貞翻炒著肉末，趁空回頭對著穆永寧得意地笑。「這就是花生油，我種的花生，我家的油坊打出來的！」

不行了，穆永寧覺得自己已經無法控制自己了。小時候，看著何貞的笑臉他就喜歡得不行，現在看到長成大姑娘的何貞巧笑倩兮、笑靨如花的，他只好換成了右手捏左手。

還是很艱難！人不在身邊的時候，怎麼想怎麼喜歡都是虛的，如今漂漂亮亮的姑娘就在他伸手可及的地方衝著他笑，他想抱抱她、摸摸她的臉，可偏偏不行！

穆永寧不出聲了，何貞有些奇怪，忙裡偷閒地看他一眼，卻被他直勾勾的目光盯得臉熱。她畢竟不是土生土長的古代少女，這一段時間也反覆想過這個問題，心裡有了決定，自是坦然許多。臉熱心跳是有的，可並不會讓她失態。

一邊炒菜，也不管穆永寧在想什麼，何貞一邊說：「我家現在日子好過多啦，明義明年要秋試，我也供得起呢。這些日子，我們一直跟穆先生和嬸子在一起，先生天天抽空指點明義，連明睿也跟著聽。對了，你肯定還不知道，嬸子有喜了！本來她是要跟我們一起來看你的，這不就沒來麼，明年就能帶著你的弟弟或者妹妹來看你了。」

這確實是大大的驚喜，穆永寧呆滯了一下，才反應過來，不由得笑開了。「我爹可以呀！」

嘴皮子痛快了，穆永寧也回過味來了，哼哼唧唧地說：「那什麼，我就是隨便說說。我的意思是，我爹肯定不讓我娘出門了，沒、沒別的意思。」

何貞嗤笑。「行了你，快幫忙端菜。等吃了飯，我把嬸子讓我帶的東西拿給你，還有他們的書信。」

何貞做吃的，穆永寧端上桌，這個流程原來不知道演練過多少次了，換了地方也一樣熟練。何貞一說，穆永寧馬上伸手，端了盤子就往屋裡走。

他麻利地傳菜去了，沒看見身後何貞明媚的笑。

屋子裡，大大小小的三個男人和一個小姑娘正聊得熱鬧——兩個小孩你一言我一語地跟明輝聊著，明義也得等兩孩子不說話的時候才能跟明輝說上兩句。穆永寧反客為主地端菜拿筷子，忙得不亦樂乎。

明義跟大哥以目示意。這事也得好好聊聊。

何貞很快也進了房，明輝跟穆永寧因為風塵僕僕的，就沒往炕上坐，搬了兩把高凳坐在床沿，幾個人團團圍坐，先填飽肚子要緊。原本下人送來的菜是四葷兩素，做得很不錯，可是明輝兩個人就專撿何貞做的菜吃，一邊吃一邊還在說好吃。

「得了你們，好好吃飯吧，敢情在軍營裡就學了些油嘴滑舌啊。」何貞可聽不了這奉承，好像她是天下第一廚似的。

「真的好吃，實話。」穆永寧看著她的側臉。「這是家裡的飯菜，哪裡都吃不到。」

明輝也點頭。

何貞問：「你們等下要回去嗎？什麼時候還能再來？」

明輝放下筷子說：「不回去了。把總大人說，這幾日無事，給了我五天的假期。穆大哥那邊也是。」

「這可太好了！等會兒我去給你們燒水，好好洗個澡，歇上幾日。」何貞眉開眼笑，看著明輝就捨不得挪開眼。嗯，偶爾掃過穆永寧，就很快轉開了視線。

何貞已經儘量多做飯了，幾個盤子還是被掃得乾乾淨淨。何貞也不要他們動手，自己收拾了準備拿到廚房去洗。明輝卻跟過來，整個盆子端了過去，舀了水進去。

「姊，我多年沒刷過碗了，妳就讓我來吧。」看到何貞要動手，明輝低聲說。

何貞從廚房外的井臺邊提了大半桶水倒進大鍋裡，塞了柴火燒著，才轉身靠著灶臺跟明輝說話。「我讓這宅子裡的下人負責前院那些護衛的吃喝了，反正前頭也有個灶房。這幾天咱們就在這個後院，我做飯給你們吃。」

明輝沈默了好一會兒，低聲說：「姊，對不起。」

「說什麼話？」何貞的聲音有些澀，卻還是露出個笑來。「你原來也不是做生意的料，在家也幫不上我。現在家裡有明義呢，秀才老爺還能支應不起門戶？就你想得多。」

心裡的話，不用說出來，姊姊就給堵了回來。這是雙胞胎的默契，也是姊姊的聰敏。明輝自然說不過她，碗筷都刷完了，才說：「姊，我挺好的，不用擔心我。」

「你不說，我還沒想起來呢，那次傷在哪兒了？」何貞擰眉問：「有沒有落下什麼病根？」

「沒事。」明輝搖頭。「早就好了。」

「早就跟你說了，不圖你當什麼官，只要你平平安安的，你是不是忘了？」何貞的語氣並不嚴厲，卻讓明輝十分緊張。

何貞不遠千里地來看望明輝，當然不是為了教訓他。不管怎麼說，現在的他一切安好，也算是在軍中站穩了腳跟，她也只有高興的，便不再說他，而是去給他收拾正房的住處。兩個小娃娃早就沒了陌生感，聊了一晚上還不夠，非要跟大哥一起睡，她就乾脆讓明輝明義帶著兩個小的住正房。反正炕足夠大，再搬過去兩床被子就是，宅子裡都是現成的新被子，方便得很。

她自己和穆永寧就分別住了正房兩邊的耳房，兩個房間都有炕，只是都還沒燒。她收拾好了正房，把帶給明輝的衣裳鞋襪找出來，讓他等下洗了澡之後換上，這才把穆太太託她捎過來的東西拿給穆永寧，自己也跟過來，點了房裡的油燈，又把炕燒上。

「這炕燒起來也快，等會兒屋裡就暖和了，你先去堂屋坐會兒。」何貞直起身子，回頭跟穆永寧說：「孃子惦記你，穆先生肯定也是一樣的，那信都那麼厚呢。」

穆永寧把大包袱放在炕上，就站在她身後。她彎下腰點火的時候，身形的輪廓一覽無遺，在昏黃的燈下格外有種別樣的美。他靜靜看著，心跳得飛快，明明剛才也喝了很多水，這會兒還是覺得嗓子裡乾澀得很。

何貞說完話，也沒聽到回答，抬眼一看，這人正愣愣看著自己，便嗔怪他。「發什麼呆呀？快出去吧。」

「啊？哦，好。」穆永寧同手同腳的出去了。

也許是換了新地方有些不習慣，也許是見到明輝他們過於興奮，反正何貞睡得並不踏實，天還沒亮就醒了。房裡不冷，可她也不想再睡，畢竟只有幾天的相聚時光，她根本捨不得浪費。

穿戴整齊之後，何貞就推開門，借著漫天的星光輕聲走進廚房，捅開了火爐，一邊燒了熱水，留著洗漱和給明輝兩個洗衣裳，同時開始準備早飯。

挽起了袖子洗漱過，何貞就開始擀麵。明輝他們飯量大，早餐就要多做。昨晚兩個人來得突然，雞啊肉啊的她都還沒準備好，沒法做什麼硬菜，就乾脆做炸醬麵。她帶過來的豆瓣醬雖然離記憶中的老北京炸醬麵的味道有一段距離，不過也挺香的。

剛和好麵，就有人走過來。「妳怎麼起這麼早？」穆永寧看到廚房有人，原本以為是宅子裡的下人，結果一抬頭卻發現是何貞，脫口問了一句。

「你不也起來了？」何貞這邊亮，穆永寧站在廚房外的空地裡，燈火照不到，她也看不清他的神情，一邊收拾菜碼一邊招呼他。「外頭冷，快進來提熱水出去用。」

穆永寧便低著頭進來提水洗衣服。

何貞沒看到他的臉，只是聽見了一點動靜，就說：「你怎麼還勤快起來了？一大早的洗什麼衣服？放著吧，正好明輝我也讓他換衣服呢，等會兒我給你一起洗了，你們軍營裡頭恐怕都不講究。」

穆永寧就是再磨練得勤快了，也不至於天都沒亮就起來洗衣裳，還不是因為她！昨晚何貞沒睡好，他就更沒睡好了，一整晚躺在炕上翻來覆去地琢磨她，天沒亮就躺不住了。

何貞也忙著呢，好一會兒不見他搭話，才朝外探身看了看。這人洗漱完了，臉上滴著水，正粗手大腳地洗衣服，便叫他進廚房裡洗，暖和些。

穆永寧很聽話，端著盆子進了廚房，蹲在角落裡接著洗。

因為麵要現煮才好吃，何貞就先炸了醬。她做了肉丁炸醬和雞蛋醬兩種滷，都用大碗盛了放在灶臺上，又拿佐料醃好了一盆雞塊，泡好了木耳香菇，這才坐在小板凳上，靠著爐子邊烤火。

穆永寧洗完衣服，送回房裡，搭在炕沿邊晾上，立刻回到廚房。

這會兒何貞才抬頭好好打量他，就笑了。「快坐，還有一個小板凳呢。這身衣服肯定是嬸子的手藝，繡工真是好。」

換下了粗棉布的軍服，穆永寧穿的是家裡送來的細棉布夾衣，外頭罩著青色棉袍，袖口前襟處的雲紋花樣襯出了他的矜貴之氣。所以從前粗布短打跟著佃戶下田幹活的畫風真的不適合他，還是這個樣子更好。

穆永寧身高腿長，坐在小板凳上有些憋屈，不過挨著何貞呢，別的就都不是問題了。他忍不住看何貞，她今天只梳了一個簡單的單螺髻，用水藍色髮帶綁了一下，乾淨又俐落。身上穿的也很簡單，蔥綠色的小棉襖，下面搭配同色棉裙，清爽大方，又俏麗可人。

他這麼盯著自己看，何貞原本就被灶火薰得暖融融的臉越發熱了。她就要站起來。「你起這麼早，是不是餓了？我給你下碗麵吧，不等他們了。」

穆永寧就伸手拉住了她。「不著急，妳別忙，坐下說會兒話吧。」

捏住她手腕的那隻手明明沒用多少力氣，可是何貞就是沒躲開，微垂了眼坐回去。

如果穆永寧提前想到了，或者有過些什麼經驗的話，一定會順勢就握住她的手，訴訴衷腸什麼的。可是他沒有啊，就那麼下意識地一拉，然後碰到了她手腕上的鐲子。「這什麼呀，妳不嫌硌得慌嗎？」

就知道不可能有什麼花前月下！

何貞也不至於失望，反倒是笑了。她垂手晃了晃手腕，露出鐲子來。「這是你爹娘臨去任上的時候，你娘送我的，說是留作念想。她給我戴上說不叫我摘，我就一直戴著。誰像你這樣去捏它，有什麼硌的？」

穆永寧盯著她的手腕看了會兒，低低笑起來。

「你抽風啦？笑什麼呢？」何貞拍了他一把。

被拍了一巴掌，穆永寧也不惱，反而跟占了大便宜似的越發得意洋洋，眉開眼笑。他抓了何貞的手，小心地捧在手心裡，忍了笑說：「我娘啊，平常不出手，一出手比我爹還狠。」

何貞往回抽手，嘴裡說：「是吧？這種成色也太貴重了，我真的不敢要。她偏不讓我推辭，非給我戴上，還讓我不要拿下來。」儘量忽略這人抓自己手這件事。

穆永寧不放，盯著何貞的臉，捕捉到了她強作鎮定後面的羞意，更是心懷大暢，湊到她耳邊小聲說：「她肯定沒跟妳說，這是她嫁進來的時候，我祖母給她的。當年就說了，讓她傳給兒媳婦。」

第四十九章

何貞差點跳起來。

她的肩膀磕在了穆永寧的下巴上，他的反應也不慢，抬起手臂把人按下去，順勢就攏在了懷裡。

穆永寧的心思擱在何貞心裡好幾年了，她當時回答得模稜兩可，卻並不是要吊著他，而是那個時候並不是該談這些的時機和年紀。少年人的情意真誠而熱烈，卻不知道能不能長久，而她自己呢，眼裡心上最重要的也不是他。更何況，他們分離在即，許不起天長地久的諾言，她能給出的，最多就是不跟人談婚論嫁這一條罷了。

可是時光荏苒，她已經知道，那個人的名字早就已經刻在了自己心上。不知道這份情愫是怎麼生出來的，也許是在她以為不可能會喜歡那個人的時候，也許是更早以前，也許是離別以後，反正他就是那麼在那裡了。

心裡存了這個人，存了這件事，再想起他的時候就難免有些期待了。

郎心如故，君心似我心，是多美好的重逢。

「妳知不知道我娘信裡寫什麼？」懷裡的姑娘雖然身體有些僵硬，卻沒有推開他，這給了穆永寧極大的鼓勵。他稍微用了點力，把人抱得緊了些，也不等她問就接著說了。「她叫我想法子把我爹寫好的婚書拿給明輝簽了。」

何貞被他沒什麼章法地按到身前，很有些難以控制的心跳耳熱，卻也沒推開他，冷不防聽見這話，連忙直起身子看著他問：「什麼婚書？怎麼還讓明輝簽？」

「咱倆的婚書啊！」穆永寧難得見到何貞傻懵的時候，覺得特別有趣，還捏捏她的臉。「妳家明輝是戶主呢，他不簽誰簽？」

這也太快了吧，何貞是真的有點懵。

她知道，這個時代的婚姻就是父母之命，也很接受那種先結婚後戀愛的世情。當然，戀不上的也就湊合過日子了。可是放到自己身上，就算對象是穆永寧，這還沒開始戀愛的就要先領結婚證了，還是讓她有些一言難盡的滋味。

「沒想到？」手下的臉蛋觸感柔滑，穆永寧沒忍住，又捏了一下，才改用手指輕輕撫摸著何貞的臉頰。「我看妳也同意了，吃過飯我就跟明輝說去。」

「不許去！」何貞拍開了他的手，扭過臉去。

「怎麼了？」穆永寧小心地扳過她的臉，仔細看了半天才放心。「沒生氣就行。知道妳害羞，我臉皮厚，我去跟他說！反正也不是頭一回說了。」

什麼叫不是頭一回說了？

天光漸亮，屋裡傳出小孩子嬉笑的動靜，穆永寧總算鬆了一口氣。他一時沒留神，說漏了嘴，讓何貞知道他跟明輝說自己的事，挨了幾次瞪眼。雖說這對他一點實質性的攻擊都沒有，可是他還是慫了，只好老老實實坐在角落裡，不敢再試圖摟摟抱抱。

明輝是何貞同胞雙生的弟弟，她當然沒把他當外人，只是一想到穆永寧跟明輝說要娶她什麼的，她就覺得很窘迫，感覺沒辦法好好跟明輝他們說話了。

她是老阿姨當久了，壓根兒沒覺得自己還有一天會害羞、會有小女生情態，所以這會兒只知道瞪著穆永寧，嫌他害自己在弟弟們面前丟臉。

可是穆永寧卻奇異地開了半竅，感覺到她其實是害羞了，所以又開心又不敢放肆，生怕真惹得她惱羞成怒了，再嘴硬不答應婚事。他可是非常了解明輝，這孩子對姊姊最上心不過，就是何貞上趕著答應，他說不定還要糾結一下呢，萬一何貞口是心非再讓明輝當真了，他可就沒媳婦了。

明輝出來打水，端進屋裡給兩個小的洗漱，自己又退到院子裡，站在廚房門口，似笑非笑地招呼。「穆大哥，起得真早啊。」他是個厚道的性子，過火的話也不會說，只是穆永寧這個見縫插針的樣子讓他覺得沒眼看。

「我不早，你姊才起得早呢，就惦記著你們幾個了。」穆永寧大大方方地回答，可是說著說著的，就又帶出幾分酸溜溜的口氣。在何貞心裡，他就算有些地位，只怕也要排在這四個孩子後頭，也不知道能不能進前五名。

雖然一想到自己沒地位的事實就覺得很鬱悶，可是穆永寧的失落被一碗麵治癒了。他當然不吃雞蛋滷，伴著香濃的肉丁炸醬才是一碗好麵，尤其是旁邊坐著特別下飯的姑娘，他就更吃得酣暢淋漓渾身舒坦了。

他吃一口麵條看一眼何貞，別說何貞感覺到了，滿桌子誰沒看見？最乖巧天真的何慧吃完一小碗雞蛋麵條，捧著熱騰騰的麵湯喝了一口，然後眨了眨圓溜溜的大眼睛，問：「穆大哥，你是不是喜歡我大姊？」

桌子上咳嗽成一片。

明睿給了妹妹一個白眼。「這還用妳說？」

穆永寧巴不得幾個孩子都知道呢，還很驕傲地點頭。「是啊，妳真聰明。」

眼看著大家都要放下筷子，何貞敲敲桌子。「都好好吃飯。」

穆永寧特別聽話，馬上站起來。「我再盛一碗。誰還要？」

難得來一次肅州，吃過飯，明輝跟穆永寧就打算帶著大家一起逛一逛肅州城，畢竟他們也在這裡好幾年了，地頭熟悉。北地寒冷，何貞把兩個小娃娃裹得嚴嚴實實的，又叮囑明義套上大氅。剛放了心，回頭穆永寧又提起她斗篷的兜帽，把她的腦袋遮得嚴嚴實實的，只露出巴掌大的小臉。

因為要上街逛，他們就用走的，明睿兩個孩子黏著大哥，一左一右地拉著明輝的手，看什麼都新鮮。而明義就跟穆永寧走在何貞兩側，一邊看著路邊的風物，一邊聽穆永寧解說。

逛了一陣子，何貞才把跟陳家人談過的事情說出來，問：「我是這麼想的，因為基本上都是要靠陳家人具體操作，我無功不受祿。就算是花生油這件事情是我試驗出來的，人家也沒有必要一定要經過我允許才能做，給我銀子就已經是仗義了。意思意思就可以，不可能真的拿人家兩成股。可是如果我想安置那些傷殘的兵士，只怕還是要花銀子，不能我一張嘴就讓人家搭上成本。你們說，這件事情該怎麼辦才好？最要緊的是，如果我們牽頭做這樣的事，畢竟是民間百姓，會不會犯了朝廷的忌諱？」

本來走在何貞身邊，穆永寧心裡還很有幾分蕩漾，嘴裡敷衍地說些本地風物，心思卻一直集中在手上——他們的衣袖都很寬大，只要借了衣袖的遮擋，他就能拉著何貞的手走一路了。

可是何貞說的事情很要緊，很嚴肅，也跟他密切相關，他不得不收起了自己的小心思，認真考慮何貞的問題。

「你們這件事情要是談妥了，估計陳家會開辦一些油坊。至於花生怎麼種，不外乎買地買下人，或者跟本地農戶收購。」兩個孩子走累了，他們就進了街邊的一家飯鋪，點了特色的拉麵、羊肉湯等一堆吃的，穆永寧一邊給何貞倒茶，一邊說。

何貞卻先注意到了他給自己倒茶的動作，很有些意外。

穆永寧乾脆給幾個小的都倒了茶，這才放下茶壺，笑嘻嘻地對何貞說：「怎麼，沒想到我會照顧人啊？妳別小看我，我們在軍營裡，什麼苦不吃？什麼不能做？」

何貞只有搖頭失笑。

「我曉得妳要做這個事情是為了我們，或者說是因為我們，妳才有了這個念頭。」穆永寧終於有機會正大光明的握住了何貞的手，配上一臉嚴肅而感激的表情，連明義都一時不好指責他。

「不是因為你，是因為明輝。」何貞快速地抽回手，瞪了他一眼。「到了現在，其實是也不因為誰了，只是覺得這是一件值得做的事罷了。」

接收到何貞「適可而止」的信號，穆永寧也不敢放肆，有些不甘地縮回手，接著說正事。「不論因為什麼吧，據我所知，因傷殘而生活潦倒的兵士極多，但是並沒有很多人願意背井離鄉。所以除非你們能在咱們大燕朝的每一個州府都辦起這樣招用他們的作坊，否則實際的效果都是有限的。」

「讓他們種花生田就更不可能了，這是在跟本地的農戶們爭利。」明輝也潑了冷水。

「最重要的是，」明義壓低了聲音。「施恩於人，恐怕是要犯忌諱的。」皇帝、朝廷都不管這些人的死活，妳來管，妳想幹什麼？

何貞對現在的官場是沒什麼了解的，也不知道尺度或者底線在什麼地方，聽明義這麼一說，她的臉色一下子就白了。「那這事，我再也不提了。」

穆永寧拉過她的手，握著她冰涼的手指，柔聲安慰她。「不用緊張，妳什麼都沒做呢，沒事。」

「姊，妳有沒有跟陳姨說過，如果本地有別的油坊榨出了花生油，他們收嗎？」明輝沈默了一會兒，忽然問。

何貞搖頭。「沒有問過。西北這麼大，他們未必能產得出那麼多，說不定也會收的。」明輝點頭，想了想，又問說：「咱們要是種了花生，送到他們油坊去，想來必是行的。」

這個何貞倒是可以肯定。「那是自然。只要花生好，油坊是肯定不拒絕的。咱家的油坊不就是這樣，現在外村的花生我也收的。」

明義也聽懂了明輝的意思，就總結說：「大姊，妳從前的想法暫時還是不要提起了。咱們讓大哥跟穆大哥閒暇的時候，就跟營裡的兄弟們說說這花生，等陳家想辦法在西北種起花生、建起油坊，那些兵士們若有返鄉的，自然會想到種花生是一條出路，能比從前多些進項。若有心思活泛的，自然會去油坊裡找活幹，這不就行了？」

「這樣還不用我和陳家擔上什麼風險。」何貞點頭，說白了就是做一下普及，然後一切交給市場，等大家都在這個新的經濟趨勢上找到了自己的位置，兵士們的安置問題也就迎刃而解了。雖然這樣可能慢一些，那些傷勢特別重、勞動能力差的人可能還是難以顧及到，可這已經是當前最好的方案了。

她想的是做好事，卻不是挖個坑把自家埋進去。何貞臉色緩和許多，露出個笑容來。「是我想岔了，還是你們思慮周全。我曉得怎麼跟陳姨回話了。」

穆永寧小心觀察著她的神色變化，安慰道：「妳做得已經足夠多足夠好了。老謝他們三個，還有後去的老吳他們八個人，都捎了信回來，妳不知道他們有多感激妳，連我跟明輝都沾了光。」

這一下，何貞又緊張起來。「對了，我那裡招攬了十來個兵士呢，你們會不會有麻煩？」

「不妨事。」穆永寧輕輕捏她的手指。「我跟明輝都說了，妳那裡現在不缺人了，過去也安置不下，暫時不會有人打算去了。回頭我們再說說花生的事，北方的這些兵士都能回老家去種花生，只要能活得不差，誰也不會非要去沂州府。妳放心，我們會周全。」

何貞嘆氣。「是我太冒失、太自以為是了，以為是在幫你們，結果還要你們來善後。」她一直覺得自己是超級靠譜的穿越女了，可沒想到還是犯了要命的錯誤。

穆永寧不樂意聽她這樣說自己。「哪有這樣嚴重了？妳這是心善、有胸襟、有魄力，全天下的姑娘都沒妳好！」

何貞是真的臉紅了。「別胡說！」

「怎麼就胡說呢？別說我們也沒幹什麼為難的事，就算是得幹，為了給妳善後，那不也是應該的嗎？」穆永寧分了個眼風給明輝。「對吧，明輝？」

「我是應該的。」明輝涼涼地回了他一句，正好夥計送了飯菜上來，他就專心陪著雙胞胎吃飯了。

飯菜上桌，穆永寧也不能再拉著人家姑娘不放了，戀戀不捨地鬆了手，又對明義說：「你哥什麼意思？他是應該的，我不是？正好反了！」將來我跟媳婦是內人，你們都是親戚！

關於兵士們安置的事情算是說定了，何貞也沒拖拉，抽空去了一趟陳府，跟陳三爺夫妻談妥了合作細節。迎著陳三爺有些擔憂的目光，她提了自己的條件：她負責提供花生米種子和花生糖等一系列花生食品的加工方式，以後只要有新的做法，她在開元縣有什麼，北邊這裡就能同步有什麼。基於這個，北地的陳記所有花生產生的盈利，她分半成。

陳三爺還在等下文呢。「沒了？」

「沒了。」何貞知道他的疑慮，也不賣關子。「前幾日提起的想法，我兄弟已經跟我說了，那是為難您呢，是我思慮不周，請您海涵。只有一樣，如果這些兵士們開荒了或者回了家鄉，自家種了花生，送到陳記的油坊，還望您這邊一視同仁地收下來。」

陳三爺明顯鬆了口氣，看了看妻子，連連點頭。「這是自然，開門做生意嘛，按花生的品相給銀子，該是多少就是多少。何姑娘，妳看如何？」

「您是大老闆了，您的信譽當然沒得說。」何貞笑著答應。

「丫頭，給妳半成可不行。」陳娘子拍拍何貞的手腕。「咱們不是說兩成嗎？」

何貞搖頭。「兩成太多，半成足夠。咱們也立個書契，就這樣長長遠遠地下去就很好。您可別勸我了。」半成就是百分之五，她覺得算是兩方都不虧。

花生這東西早晚會傳播開來，她也在努力促成花生的傳播。就算提供種子和深加工的方案，在這整個的產業鏈上，她做得也不算特別多，畢竟這裡頭並沒有什麼專利之類的東西。她拿這半成還是看在要跟陳家深入合作、建立密切一些的關係的分上，不然人家給個幾十兩買了方子也不算欺負人。

陳姨或許是真的想多給她一些，可陳三爺是什麼人啊，給她分成，絕對最少有六成的原因是衝著明輝跟穆永寧來的，說不定還有穆靖之的緣故呢。何貞一個人連著文臣武將，雖然等級都不高，可陳三爺大概還是覺得有投資價值。

半成利潤，基本上跟何貞做出的貢獻成比例，不至於太占陳家的便宜；就是到了哪裡都不算理虧，也不會讓穆家父子和明輝被人詬病，最多就是跟陳家有了那麼一點拐了彎的友好關係罷了。關鍵時候，陳三爺也不可能拿這個來要脅他們徇私枉法。雖然這種情況發生的可能性很小，但也不得不防。

何貞翻來覆去想了多次，跟穆永寧他們也反覆確認，肯定沒有問題了，她才提出這個方案，最後自然是這樣達成了協定。這件事一了，何貞他們也該要回去了。

「已經臘月中了，我們得回去過年，你們這假期也眼看著就完了，還是各回各家吧。」今天何貞按照記憶裡的樣子準備了菜肉，大家圍在一起涮鍋子，熱騰騰地吃了一頓，兩個小的都吃睏了，幾個大的才圍在一起喝茶說話。

她這話一出，大家臉上的笑意就都收起來了。當然，誰都知道這次相聚只是短暫的，可是真正面臨分別，每個人心頭都有些傷感。

還沒人應聲，房門就被敲響了，陳家的下人在外頭說：「何姑娘、何公子，外頭來了兩位軍爺，說是找穆大人和何大人。」

穆永寧立刻站起來，跟神色凝重的明輝一起走出房門。

何貞跟明義面面相覷，十分擔憂。

很快他們就回來了，神色還算是平靜，並不十分焦急。穆永寧還對何貞笑了笑。「別緊張，沒事，就是上頭讓我們回營，有些軍情要商議。」

何貞轉臉去看明輝，見他也點頭，只好姑且相信。「那你們是不是馬上就要回去？」

明輝拍了拍明義的肩膀，挑了簾子去裡間，顯然是去看雙胞胎了。明義也跟了進去。

穆永寧看著廳裡沒人，就回頭拉過何貞的手，半低了頭看她。「我得走了，妳也別在這裡多待，早些帶著弟弟妹妹回去吧。過了年就回老家去，西北又乾又冷，不是妳該來的地方。」

「不是我該來的地方？那你怎麼來了？」何貞心裡堵得慌，沒好氣地瞪他。

「我來——」穆永寧福至心靈，忽然領悟到了何貞說漏嘴的意思，再也按不住內心的歡喜，伸手把人抓過來，抱了個滿懷。他低頭親了親何貞的髮頂，在她耳邊笑。「是我錯了。我既然在這裡，妳自然也是要來的，不都說嫁雞隨雞嫁狗隨狗嘛。」

「你是雞還是狗？誰嫁你了？」挺傷感擔憂的時刻，愣是被穆永寧說得不倫不類的，何貞就抬手推他。

她這點力氣哪裡是穆永寧的對手，自然是被他抱得緊緊的。穆永寧微微彎了腰，額頭挨著何貞的額頭，小聲地問：「妳嫁過來，給我當娘子，好不好？」

何貞沒說話。

穆永寧就急了，分出一隻手來，摸上了何貞的手腕。「我家的信物都收了，妳不能不同意！」

「那是你娘給我的，誰知道你是個什麼意思？」何貞反駁。

「我什麼意思妳不知道？我娘也是聽了我的話才這麼辦的！」穆永寧急聲說完，才發現何貞低著頭偷笑呢，這才反應過來，乾脆也不說什麼了，親在何貞臉上，才帶著幾分彆扭承認。「我喜歡妳喜歡了好幾年了，家裡人都知道，行了吧？」

何貞的臉有些發熱，卻還是仰頭跟他對視，正好看見他瞳仁中小小的自己。

面對著雙頰泛紅、粉面桃腮的姑娘，穆永寧心裡甜得跟泡在蜜水裡一樣，說不出口的心裡話也沒了阻礙。「我家的事，我娘會跟妳說的，現在也沒功夫說了。反正我打小就喜歡妳，我爹怎麼對我娘，我就怎麼對妳……不對，比他還要好！不過現在北地不安生，我卻捨不得妳來擔驚受怕，等我幾年，行不行？」

面對著青年滿臉的誠摯和疼惜，何貞那些打趣的話就說不出來了。「不要想那麼多，戰場上刀劍無眼，好生保護自己。我……當年的誓言還在，弟妹不成家，我絕不出門，幾年我都等得。說不定，將來還要你等著我呢，你可願意？」

「妳得給我寫信！」穆永寧馬上提條件。「還得給我做衣裳！」

第五十章

抱著何貞給他的包袱，穆永寧沒想到，何貞居然早就給自己做了針線，驚喜得快要上天了。明輝也拎著何貞給的東西，把一封書信交給了明義，就跟穆永寧一起，牽了馬離去。

「大姊，回去吧，晚間冷呢。」大門口，兩人兩馬已經不見蹤影了，明義轉身，拉著何貞回去。

夜色昏沈，模糊了神情，明義只聽見何貞擔憂地說：「他倆走得這樣匆忙，只怕軍情緊急，也不知發生了什麼。」

「街面上還太平著，想來沒有大事。他們軍中之人，自然是要隨時聽令的，大姊也別太擔心了。」明義心裡也擔心大哥，只是不好表現出來讓何貞雪上加霜，便寬慰了她一句，又轉移了話題。「大哥把妳跟穆大哥的婚書簽好了，一式三份，都在我這裡，回去我就交給先生。」

這就是這個時代婦女地位低下的生動案例！弟弟提起自己的終身大事，何貞還是有些不好意思，便哼道：「你們可真行，就把姊姊給賣了！」

明義笑著搖頭，表示這鍋他不背。「是大哥賣的，不是我。」

出城的時候，何貞讓明義出去問了一下，也跟來送行的陳三爺打聽過，確實沒有北戎人攻城的消息，這才略微放了些心，踏上了回固遠的路。回程不像來的時候那麼充滿期待，別說兩個小的都懨懨的，就連何貞也沒精打采，提不起什麼勁頭。

穆靖之找來的護衛還是非常合格的，雖然天氣寒冷，行路十分艱苦，但是還是按照提前約定的，在臘月二十二那天把何貞幾個人送到了固遠縣的縣衙。

簡單休整了一夜之後，何貞就明顯感受到，穆太太對自己的態度有了變化——原來是很熱情，現在是更熱情，拉著何貞的胳膊不撒手的那種熱情。她一下子就想到，可能是明義昨晚把婚書給了穆靖之的緣故，於是原本挺大方的她也有些不好意思了。

穆太太卻上上下下地打量她，一邊看一邊覺得自己要做的事情太多。「紅霞，妳去把我那匣子綠松石的頭面拿來，我看這丫頭愛穿個藍的綠的，搭配著好看。」她一興奮，連羅嫂子出嫁前跟著她時候的名字都叫出來了。

羅嫂子直笑，連忙應聲去了，還沒踏出房門呢，穆太太又叫住她。「等會兒，還有那對粉珍珠的耳釘也拿來，她戴著準合適。啊，還有那兩塊海棠紅的妝花緞也取了，這個年紀的姑娘穿什麼顏色都好看……」

「嬸子，您可別破費了，我什麼都有啊。」何貞連忙拉住她的手，小心讓她坐下。「您如今身子要緊，可不要張羅這些，那些東西都貴重著呢，您留著自家用吧。」

「我給妳，難道不是自家用？」穆太太是高齡孕婦，估計身體還是有所不適，臉色不是特別好，不過因為心情愉悅，倒也看著挺有精神。「雖說寧兒在邊關，不能回來成婚，可妳是我跟寧兒的父親看好的媳婦，這卻是再沒錯的。」

何貞父母早逝，家中沒有長輩，也不知道定下了婚事的姑娘要怎麼跟未來夫家的長輩相處，又加上跟穆家原本就是相熟的，也有些不太習慣這種關係上的變化，只好和從前一樣。好在穆永寧不在家中，何貞暫居穆家也沒什麼需要格外避諱的，還算是自然自在。

穆太太終究是孕婦，精力不足，過了前幾天剛定下兒媳婦的興奮期之後，又要張羅著過年，總算對著何貞沒那麼熱情到誇張了。何貞也鬆了口氣。婆媳不和的事情聽說過不少，可這婆婆太熱情，尤其是一貫溫婉端莊的人畫風突變，她也有些吃不消啊！

只是，她不知道的是，回到軍營的穆永寧也一直保持著興奮狀態。北戎人確實有異動，所以總兵大人把大家都叫回來，研究對策緊急備戰，卻不想，北戎軍隊大約是之前吃的虧有點大，這次居然是去跟同在關外的西羌兵馬打了一場，燕朝將士們是一場虛驚之後安坐城頭，吃瓜看戲。

「西羌人不是勢力漸漲嗎？北戎人這樣能撿到什麼便宜？」明輝問穆永寧。

穆永寧看著輿圖，分析道：「據我所知，西羌人不及北戎人驍勇善戰，但是性情更加酷烈，更不怕死，手更狠。他們人口不多，這些年卻能快速崛起，只怕就是這個緣故。北戎人肯定不想身邊有這麼一個隱患的，正好咱們這邊他們打不下，乾脆就收拾西羌人了。」

明輝點頭，卻又擔憂起來。「西羌人再怎麼凶悍，畢竟人少，恐怕不是北戎人的對手吧，會不會被滅了？那時北戎的勢力豈不會更大？」

「滅不了。」穆永寧神色舒緩，一隻手伸進另一隻袖子裡，摩挲著裡面的手帕。「真要滅了西羌，北戎人的死傷代價太大，他們不會這麼做的。打一打，滅滅對方的銳氣，順便搶東西，就達到目的了。或許，他們還可以把西羌人的心思轉移到咱們頭上。」

「他們是一丘之貉，往後咱們不光要提防北戎人，西羌也得盯緊了。」遊擊將軍進了門，聽見穆永寧的分析，十分讚許，只是看見他的動作，又有幾分好奇。「小穆啊，你袖子裡藏了什麼好東西？」

武將多數性格直爽，又加上畢竟軍情不是非常危急，將軍也有心思說笑幾句。本來也只是隨口一問，卻沒想到穆永寧滿臉的笑，簡直是控制不住一般，他也樂了。「真有寶貝啊？」

「將軍，沒什麼。」穆永寧嘴裡說著，手上卻不含糊，把手帕露出一個角，叫人看見了就又塞回去。「真不是什麼貴重東西。」

明輝已經捂了臉，站到一邊去了。

穆永寧的頂頭上司把總大人笑罵了一句，才對將軍說：「前些日子，小穆家裡給他訂了一門親，想必是人家姑娘送的吧！」

「你們都知道了？」將軍回頭一看，身後的幾個下屬都忍俊不禁的樣子。「訂了親就高興成這樣？訂了個天仙？」

被明輝救過的那位守備大人一拱手。「也不是外人，是小何的孿生姊姊，那自然是好的。今天您也知道了，往後咱們營裡就再沒人不知道這事了，小穆那是恨不得全天下都知道哪。」

「嘿！那你往後可得好好護著你這小舅子，不然回去可有罪受！」將軍哈哈大笑，還一副過來人的架勢叮囑了他。

前半句穆永寧同意，後半句他就不樂意聽了，脖子一揚，居然駁了將軍的話。「我媳婦才不會給我罪受！」

說笑幾句之後，將軍大人言歸正傳。「不管怎麼說，日常操練巡邏不能放鬆了，探子也多放出去些，這幫雜碎說不定什麼時候就要咬咱們一口，不能不防。還有一件事，我說與你們知道，莫要傳出去。軍餉軍需怕是出了岔子，不知道誰伸了手，下一季的東西，總兵府那邊還沒送呢，若一直不來，少不得我得去一趟。」

將士們在前線拚命，後方卻有人在打軍需糧草的主意，在場的人臉色都不好看。

「這幫子說人話不辦人事的畜生！什麼銀子都敢伸手！」有人氣不過，就低聲罵起來。

明輝抬頭看了穆永寧一眼，沒出聲。

穆永寧也收起了臉上的嬉笑之色，神情有些陰沈。

「未必是為了銀子，說不定是互相做筏子設圈套呢。撈銀子是一方面，說不定還有些爭權奪利的事情。」將軍擺擺手。「這都是朝廷裡的事，不是咱們該問的。自己的事做好就是了。小穆在這裡，我也不怕揭人傷疤，老國公爺和世子爺，哪個不是好漢？那可是超品的國公爺啊，還不是蒙冤受屈？你們小小的兵頭子，能有你們說話的地方？」

穆永寧深吸口氣，衝將軍抱了抱拳。「將軍說得是，末將遵命。」

固遠縣衙的後院書房裡，穆靖之也在跟明義談話。「如今朝中的情勢並不清明，你若考不中還好，若是考中了，下一年會試就要進京去了。如此年幼，沒有家族勢力，卻偏偏和我家關係密切，卻是令人擔憂。」

「先生，我雖然年紀不大，可是秋試之時也有十二周歲了，不是特別小的。」明義躬身施禮。「如今我大姊和穆大哥定了婚事，我得盡快支應起門庭來，才能叫我大姊安然出閣。若是我中舉，身分不同，起碼家中也可以僱兩個下人照料弟妹，大姊也好放心了。況且，我既然想要讀書入仕，那就不是一時之事，就算當今局勢清明，也難保日後不生變故。」明義正變聲，話音裡還帶著些喑啞，比不上成年人醇厚，卻也十分沈穩。

「既如此，我府上的舊事，我便說與你知。」穆靖之沈吟了一番，讓明義坐了，把鎮國公府當年蒙冤的前後說了一遍，也分析了背後的黑手。「……事情發展得極快，父親和大哥陷入險境，戰況膠著的時候，他們與北戎人來往的書信就被發現了，還馬上就被御史臺呈到御前，頓時情勢急轉直下。當時，大皇子在兵部，二皇子在戶部，三皇子的妻妹是督察院右督御史的兒媳，這幾個人是一起下手，還是有人出手之後旁人推波助瀾，如今我尚不得而知。

「你師娘是督察院左督御史的長女，那一陣子岳父染恙休假，後來出了這事，他自是整頓了督察院，發作了幾個人，清理了三皇子的勢力，而兵部和戶部卻是陛下親自整頓的。」穆靖之說到了關鍵之處，聲音也壓低了。「所以只怕其中另有乾坤。」

明義猛地抬起頭來。

穆靖之點頭。「為師也後悔過，若不與你結下這師徒名分就好了，只怕將來會牽累你。」

明義沈吟許久，搖頭。「先生萬萬不可再提此言。先生於我有教導之恩，照拂之義，如今咱們又結了姻親，就是一家人，並不是您牽累我，而是往後我要努力助您一臂之力。您說的這些，我懂了，以後自當謹慎行事。」

他想了想，又笑著說：「先生，只怕我大姊對這些隱約有所察覺，心裡也有數得很呢。」

穆靖之挑眉，稍有意外，又覺得也是情理之中。「這是你們兄弟的福分，也是我兒的造化。」

「先生，我大姊還說想建議陳家在本地開一個花生油作坊呢，您看可行嗎？」明義有意轉移話題，活躍氣氛。「若有您縣尊大人支持，那生意可就安穩多了，我姊也能多分些銀子。」

穆靖之笑笑。「只要不違法亂紀，我是不管的。當然，我治下也絕不會有人去搗亂，只是盈虧與否，那就看他們的本事了。至於種花生這事，我倒可以叫衙役們召集鄉老里正做些動員，卻也不能強制。」

「那是自然。」明義對此並不失望。「我姊他們肯定有章程。」

何貞跟陳家夫妻商定了合作事宜之後，就完全沒動過自己在西北做這份生意的心思，過了年就帶著弟弟妹妹啟程回鄉去了。

之前出發的時候到處都交代妥帖了，幾個月不見，家中也還是井井有條的。送走了穆靖之找來的護衛，何貞又花了幾天的時間看了看鋪子裡和油坊裡的情形，這才為新的一年做調整。

截至到目前，她手上有現銀五百兩，明輝兄弟名下有山坡地一百畝，上等耕地兩畝，這些收租一年也能有一百兩銀子。當然，賦稅還得扣去一部分。油坊有一個，每天能出八十多斤上好的花生油，刨除各項成本，一個月能淨賺接近十兩銀子。後院裡的糖果零食小作坊現在有兩個僱工，一個月能賺十五兩銀子左右。縣城的鋪子賺錢最快，一個月能有三十兩入帳。因為安置傷殘兵士的計劃可能會擱淺，所以何貞之前在南山腳處蓋的那一片房子就不需要專門留給兵士們了，可以把這些房子轉賣給別人。

之前沒錢買房的五個兵士今年攢了些錢，都要讓何貞給留著院子。孟柱子和謝大虎則是乾脆就掏了銀子出來，一人也買一個院子，說總算也要有個落腳的地方。何貞知道他們手上不寬裕，各自收了一半的定錢，約定年底之前收尾款，然後給房契。

賣房子就要跟何里正報備。何里正聽她說就按成本價賣給村裡人，也十分高興，便在村裡宣揚了，建議兒子多的人家買，省得將來分家了沒有宅子。

雖說院子很小，南山那裡又很偏，可是畢竟便宜。村子裡的宅子地都貴得很，一般人家也就是守著祖上傳下來的院子罷了，就是買，也是少少買一點地，起兩間屋就是一家了。至於偏不偏的，住的人家多了，自然就旺相了。

何貞說過了這件事，就盯著油坊去了。油坊現在還挺空，完全可以再上一套設備，擴大一下產能。反正現在花生種起來了，也不愁原料，這種產業，利潤率不高，只有量上去了才幹得著。

她跟木匠鋪裡定了新的家什，剛回到村裡，就見家裡大門敞著，有客上門的樣子。她連忙進了院子，才知道來了不少人，都是打聽房子的。明義等人走了才把一堆銀子推到她面前，笑著說：「來買院子的還真不少呢。都記在這裡了，我今天光收條都寫了不少。」

何貞看了看他記的帳，有些人家不認識，也有些人挺熟的。「黃屠戶要兩套？何志大哥要一套？怎麼五叔也要？」

明義一笑。「黃大叔有三個兒子呢！他家富裕，想給兩個小的置辦家業。何志大哥是替他爹給他兄弟買的。五叔最有趣了，是給何剛買了娶媳婦的。」

「何剛不就比咱明睿大半個月嗎？這就惦記著娶媳婦了？」何貞直笑。「五叔也想得太遠了。」

「這事都交給我吧，銀子妳先拿著，我都記帳了。年底收了花生，估計不少人就能湊齊銀子了，到時候我去辦這事。」明義把自己記的帳放進袖子裡，準備回房收好。

「年底……你該鄉試了，莫要耽誤了你。」何貞猶豫。

「耽誤不了。」明義很有分寸。「無論中與不中，年底的時候我都有閒暇，集中在一起，也用不了三兩天就能辦妥。」

明義這裡心中有數，何貞就還接著忙自己的事。正月裡，託陳記貨棧的管道往陳三爺那裡運了一千斤花生米種子，正好這會兒何貞收到了陳三爺的來信，說已經安排人種了，秋天有望收穫，這事如今急不來，她也就放到了一邊。

縣裡的鋪子目前倒是穩定的，薛城的奶奶還幫著孟柱子說了門親事。對，不是相對健全一些的謝大虎，而是少了一條腿的孟柱子。對方是她娘家村裡一個苦命的大齡姑娘，沒出嫁就死了未婚夫，家裡爹娘索性就不給她再找人家，留著她幹活、照顧弟妹；等爹娘死了，弟弟們看她歲數漸大，怕她拖累，又急急忙忙地託人說親，要把她掃地出門。孟柱子見了人，大約都是苦命人的緣故，兩個人都滿意，也就定下了婚事。

「這是好事。」何貞聽說了也高興。「正好今年孟大叔也買了房子，回頭給你哥寫信也告訴他。對了，張大叔的娘子說是有身孕了，都告訴他。這都是他救回來的人，過得好了他會欣慰的。」

「曉得了。姊，妳說要在縣裡買個鋪子的，怎麼樣了？」明義應了，又問。

何貞搖頭。「正經的鋪子還得去東市買。我打聽過了，一個鋪子少不了二百兩銀子，且現在好地段的鋪子都沒人出手，租金又極高，划不來。今年我先擴充油坊，秋天你要鄉試，我也不想折騰，再等等吧。趁著種花生之前，你再去找大伯一趟，繼續買地。」

明義自從跟穆靖之一番深談之後，再看何貞的一些安排，就覺得姊姊果然是想得深遠，因此問過就罷，並不提什麼建議。接了何貞給的銀子，又買了五十畝山地，照舊租了出去。現在村裡甭管有地沒地的，只要忙得過來，誰家都想租些何家的地種，一半的收成也是好的，還不用離開家，比農閒的時候到齊河鎮碼頭上去扛大包賣苦力強多了。這些事情都不用何貞過問，明義就一起都辦好了。

第五十一章

三月十六，新的工具到位，油坊裡也多招了幾個人，統一由何志和五叔管理，油坊裡越發熱鬧了。時下，冬小麥還是最主要的糧食作物，且官府的賦稅也要交麥子，這個自然沒人去改變。但是麥收之後的夏季，基本上家家都種起花生。夏花生比何貞山上的春花生晚收一個月左右，不過產量也不錯，比原來種豆子的時候收入也好。

油坊的產出加倍，最高興的是陳掌櫃。他們不愁管道，有了賺錢的東西，只怕量不夠。陳家分了家，蘭州府往西的歸三爺，中原加上遼東、雲貴這些地方都歸大少爺管，互相不搶地盤，何貞可以跟兩邊用不同的方式合作。

時光慢慢滑進夏天，明義嘴上不說，可是看書練習越發用功了，往縣學跑得也日漸頻繁。今年的秋試沒有任何突發事件，按部就班在八月初舉行。何文今年也打算下場，就來約明義同行，可是去府城畢竟人生地不熟的，何貞有些發愁，又後悔沒有給明義買個書僮，現在再想也晚了。

可巧六月底的時候，陳掌櫃給何貞帶了個信，說他們大少爺秋日裡要來沂州府，想跟何貞見一面，談談花生油合作的事宜，他那邊可以安排落腳的地方。何貞當即答應了，這種對方負責接待的商務會談實在是太及時了！她倒不是要占那點吃住的便宜，而是有對地頭熟悉的人安排，對保障明義考試期間的生活大大有利。

七月底，在劉嬤嬤的指導下準備了考試用品後，何貞就帶著雙胞胎，跟明義和何文一起去了府城。因為說了是有陳家安排住宿，何貞又跟著照顧，何里正一家自然是感激得很，送行的時候也說了，他會幫著照應何貞的產業，特別是秋收的時候，保證不出岔子。雖然家裡每一攤都有管事的，可有里正這句話，終究還是要格外放心一些。

於是，在八月桂花飄香的時候，何貞他們就來到了府城，住進了離考場很近的陳記客棧。

陳大少爺吩咐了下面的人，提前給何貞留了兩間上房，都是有內外套間的，足夠他們住。來了先去考場外頭轉了轉，熟悉了考試的路線，心中有數了，兩個考生也踏實許多。

陳大少爺十分知趣，知道他們家有考生，顧不上旁的，捎信說等考生進了場他再來跟何貞面談。

已經出來了，就不能在乎花錢。何貞每頓飯點菜的時候都是葷素搭配，也避開了容易腹瀉或者上火的食材，儘量讓兩個考生生活舒服。她不小氣，無論是何文本人，還是他的家人，都跟自己姊弟關係非常好，既然一起出來了，那自然要一起照顧好。

帶著兩個小孩子把兩個考生送進了考場，遠遠看著府衙的兵士關上了大門，守在門外嚴陣以待，何貞才轉身。「走吧，咱們先逛逛府城。」

明睿一邊慢吞吞地走著，一邊時不時地回頭看兩眼。

何慧就問：「三哥，你看什麼呢？」

明睿搖頭，嘆氣。「過幾年，我也得來，多看看，也有些經驗。妳是不會明白的。」

這孩子，何貞搖頭失笑。她也看出來了，雙胞胎的感情就是跟別人不同，明睿這孩子越大了越淘氣，還毒舌、傲嬌，特別愛欺負妹妹。正好何慧又是個軟萌的小姑娘，從來不會生氣，更不記仇，兩人一向都好得跟一個人似的。明睿偏偏又特別護著何慧，除了他自己，誰也不許說何慧一句不好，就連哥哥姊姊都不行，她也不管了，隨便他倆玩去。

走著走著，就看見有兩個婦人從一家貨棧出來，手裡拎著油甕，邊走邊說：「這花生油做飯是真香，倒一點炒了菜，都不用放肉。」

另一個人就說：「我也曉得它好，只是三十五文一斤，也貴了些呀。」

「原來的菜油不也得三十文？卻比不上這個好吃啊。我聽說啊，現在就陳家的貨棧裡有，別的地方還買不到呢，就這也不多了，都供給大戶人家啦。」

「可也是，陳家的買賣不說都通到宮裡了嘛，他家能賣的，必然是好的。」

府城物價高些，賣這個價格不奇怪。何貞稍微有些意外的是，沒想到陳家高中低端市場都沒放過。宮裡太遙遠她不知道，可是達官顯貴的採買和升斗小民的餐桌，現在都有了花生油的一席之地了。再想到客棧裡吃的菜，有幾道明顯是花生油炒的，可見陳家的管道之寬，經營手段之強了。

難怪陳家掌櫃說，花生油有多少都能賣掉，果然沒誇張。

能把生意做遍整個大燕朝，這背後的家族力量和人脈網路恐怕是何貞難以想像的。跟這樣的商業巨頭談生意，她一個小小的鄉下姑娘，真的有主動權嗎？

很快，她就有了答案。第二天，陳大少爺就前來拜訪了。因為要避嫌，他們是在陳家名下的一間酒樓的包間見面。陳少爺帶著一個管事的老媽媽，正好可以在他們談事的時候幫著照顧兩個孩子，讓何貞完全不用擔心。這份用心就讓何貞很嘆服。

她還見到了有過一面之緣的那位大少爺的跟班，當年就是他去何貞的攤子上買過蛋捲和炒豆子。那是何貞最艱難的創業開端時期，他那一筆算得上是何貞的大生意了。如今他們又見面了，坐在一起談接下來的生意，倒像是冥冥之中有種緣分似的。

「花生油的生意做了幾年，終於得見何姑娘真容，幸會。」陳大少爺二十歲出頭，十分年輕，氣質儒雅，看著就像個書生，實在不像是那麼一個龐大的商業帝國的掌舵之人。他看著何貞，目光溫和，卻非常清正，沒有一絲輕浮之意。

何貞連忙行禮。「我那點生意不足掛齒，承蒙您和各位掌櫃的照拂才是真的。何貞謝過了。」

陳大少爺一伸手。「何姑娘客氣了，請坐吧。原也沒什麼事情，只是姑娘難得出遠門，如此時機，我便想見個面，聊一聊。畢竟青玉姊姊離開之後，等閒我也不會去齊河鎮。」他並不拐彎抹角，開門見山地說了自己的打算。

這樣的態度讓何貞放鬆很多，也稍微舒緩了一些緊繃，她微微笑道：「您說得是。我也就是個鄉下人，靠著油坊賺幾兩銀子，能把貨賣給陳記貨棧就已經很滿意了。說實在話，您安排得這樣周到，我很有些受寵若驚。」

陳大少爺笑了笑。「何姑娘是說這些日子住宿的事情吧？據我所知，姑娘早就給了食宿銀兩，咱們錢貨兩訖，哪有什麼人情了？」

「雖是如此，趕考的秀才那麼多，這樣好位置的客棧，我們憑自己可訂不上，還是要謝謝您。」何貞承情，又試探著補充一句。「我兄弟也是十分感激的，下場之前，因為知道我要來見您，還專門讓我替他道謝。」

陳大少爺的笑容更深了。「得秀才公一句『謝』，我這生意做得就很值。過幾日何公子榜上有名，我那客棧也要身價倍增了呢。」所以何貞猜得沒錯，他來見自己，生意之外，明義也是很重要的一個因素——將來有可能有功名在身的人，有投資價值。

這些話點到即止，陳大少爺轉而說起生意。「何姑娘，不知妳那花生油的加工，能不能再加些量？我與我三叔不同，重點在貨棧管道上，這油再好，若是總供不上貨，也是十分被動的。」

何貞也認真起來。「不瞞您說，現在我的油坊全年開工，不過還是花生米原料不足，就目前來說，一年能出四萬多斤油。」

陳大少爺雖是商人，不太熟悉農事，卻也知道，作物種植也不是一時半刻的事。他點頭，沈吟了一下，說：「開門七件事，油排第三件。這是大事，比鹽都靠前，卻又沒有朝廷專賣，實在是大有可為。且我朝疆域寬闊，人口充盈，別說四萬斤，就是四萬萬斤也能賣光。這樣算來，何姑娘，這生意大有可為。」

何貞一直就知道這個生意如果真的做起來了會很大，不過沒正經算過，這麼一說，也覺得驚人。不過她還算冷靜。「陳大少爺，數字上看確實如此。不過，一來花生的種植推廣還需要時日，二來，量少有量少的好處，起碼安穩。」

陳大少爺一笑。「何姑娘不必妄自菲薄。既是合作，陳家自然會拿出誠意。至於姑娘妳，有在肅州做著把總的兄弟和未婚夫，當著一縣父母的公爹，還有馬上就要中舉的兄弟，其實也不是一般商人敢動的。」

何貞端起茶水來抿了一口，掩飾心中的驚訝和忌憚。明輝和穆永寧升任把總是兩個月前的事，她都是剛收到信沒多久，而她跟穆永寧的婚事，也沒有大張旗鼓的宣揚，只是村裡何里正一家子收到了穆靖之的信罷了，這位陳大少爺消息倒是靈通！

「何姑娘放心，既是合作關係，我自然是盼著府上的幾位公子都官運亨通的。」陳大少爺看出了她的情緒變化。「我是商人，希望有所依仗，自然要查查清楚，請您包涵。」

這其實合情合理，何貞也沒糾結，點點頭，又問：「若是不一般的人呢？」

陳大少爺也端起茶來，卻沒喝，思慮片刻又把茶盞放下，說：「若是入京，恕我直言，還是要小心些的。以我所知的來看，京城裡頭，『穆』這個姓氏還是有幾分敏感的。」

「那麼，」何貞抿抿唇，正視著陳大少爺的眼睛。「陳大少爺可否告知，您背後，或者說您的盟友，都是站在哪一邊的呢？」

這個問題問得有些突兀，甚至可以說有些尖銳。

房間裡一時十分安靜。

陳大少爺這會兒卻有心品茶了。他慢條斯理地呷了一口茶水，像是潤過了嗓子，才說：「陳家是商人，沒什麼邊可站。至於朋友嘛，既然我今天要交何姑娘這個朋友，從前的老朋友自然也不會是何姑娘的仇人。朋友的朋友，自然都是朋友，妳說對不對？」

他這話說得不是特別明白，不過何貞還是聽懂了。反正話說到這裡，彼此想表達的意思也清楚了，整體來說，這自然是一場和諧友好的對話。

隨後陳大少爺又詢問了一下何貞他們的歸期，聽說他們要等到放榜之後再離開，便說到時候他再來拜訪，何貞自然也沒拒絕。

在府城的這段日子，她經過反覆權衡之後，不得不有些挫敗地面對一個事實：在這種大城市開鋪子，對於當前的她來說，還是一個不可能完成的任務。無論是財力還是人工，她都供應不上。一口吃不了胖子，她也沒有獨步商海的豪情壯志，還是回鄉去穩紮穩打得好。

幾天之後，何貞帶著弟弟妹妹去門口迎接明義跟何文。因為聽掌櫃的說起了從前考生們出考場的情形，她還特別花幾十文錢僱了輛車，等兩個弟弟從考場裡一出來，他們就趕忙迎上去，扶著人上車。

何文終究是大了兩歲，雖然臉色有些不好，可也能堅持著爬上車，還逗了何慧一句。明義就不行了，從考場出來就有些腿發軟，何貞拉著他往馬車那裡走的時候，就覺得有些拉不動，身子直往地上墜，上馬車的時候就更是徹底爬不上去了。還是趕車的看不過去，幫著何貞把他抱上了車，嘴裡嘆氣。「這個小相公歲數太小了，那考試的號裡頭可是受罪哩。」

何慧記著姊姊的吩咐，從小荷包裡掏出姊姊剛買給她的芝麻糖，塞給兩個哥哥，盯著兩人吃下去。

因為今天考試結束，不少有考生的人家都派了車或者租了車來接人，一時間路上的交通都有些堵。接到了人，何貞也不著急了，看著兩人吃了糖，靠在馬車上休息著，她也沒問什麼考得好不好之類的，只輕聲問他們，回去之後是先吃飯還是先睡覺。

兩個少年都說要先洗澡，何貞笑著答應了，又恐怕他們洗的時候發暈，便叫他們把何慧給的糖都吃完。

補充了能量，又坐著休息了一陣子，到客棧的時候，兩個人就好一些了。何貞進了客棧就叫小二送水給兩個人洗澡，回頭又吩咐明睿跟著去兩個哥哥的房間，萬一誰沒精神了或者不舒服什麼的，就趕緊跑過來叫她。

因為大堂裡有些吵，何貞乾脆就等客棧的夥計送水之後，去樓下點了飯菜，叫人過兩刻鐘送到自己的房間裡。

洗過澡吃過飯，兩個人的精神恢復了不少，這才顧得上好好說話。

何文先說：「大姊，多虧了妳照顧我，要是我自己來，我都不敢想我會成什麼樣。」他只比何貞小一歲，現在也是個清秀的少年，只是因為在家念書，看著可比去年的明輝瘦弱不少。

其實經過這整個考試過程，何貞也很有感慨，要不說寒門難出貴子呢，這個考試除了考學子們的學識，也要考學子們的家底。吃的住的，往來考場的交通，富貴人家的子弟和貧寒人家的孩子完全不能比。誠然學識能力很重要，可是好吃好喝、住在考場附近的考生和乾餅鹹菜、摸黑趕路來到考場的考生，考場上的狀態能一樣嗎？在趕考應考這一步，何貞沒什麼遺憾了，她已經給兩個弟弟提供了能力所及的最好條件。

明義也贊成。「雖說先生和縣學的夫子們都告訴過我，秋試十分不易，可是真到了考試的號房裡才能感覺到，究竟有多麼不易。」

「唉，」明睿長嘆口氣。「我也得受這份罪啊。」

何貞好笑地戳了他一下。「你先考個秀才給我看看再說。你們倆，考完了就別琢磨了，先好好睡一覺。休息好了也在府城逛逛，我去買些新鮮的月餅，咱們在外頭過個中秋。」後面是交代何文和明義的。

因為惦記著考試結果，雖然何貞有意活躍氣氛，也毫不吝嗇地買了許多好吃的來慶賀中秋，可是何文還是一直都有些不踏實的樣子，就連明義也難得地表現出了幾分緊張。

何貞看他們暫時也都還能維持正常的精神狀態，就沒有刻意開導他們，因為這種經歷對提升他們的心理素質有好處。只有真正經歷過諸般滋味，才能處變不驚，如果現在就承受不住壓力，那以後的科舉之路還怎麼走呢。

好不容易熬到了揭榜的日子。早飯時，客棧的小二告訴他們，掌櫃的已經派了識字的夥計去看榜了，如果不耐推搡，他們完全可以安坐房中靜候佳音。何貞雖然對弟弟抱有很大的希望，但也沒有過度樂觀，更多的是一種盡人事聽天命的態度。至於成績，早知道和晚知道之間只差幾個小時，她並不十分急迫，尤其是人多的地方，萬一兩個孩子被擠丟了，那才是災難呢。

她應了，也不許兩個小的去湊熱鬧，可回頭看何文和明義，兩個少年果然都有些不淡定，吃飯都心不在焉的，便讓兩個人好好吃飯，飯後自己去看榜就是。

明睿雖然不說，可是看著也有幾分意動。何貞乾脆拉著他的小手把他塞回房裡，盯著他說：「沒聽掌櫃的說，回回放榜都有人擠掉了鞋子、擠丟了孩子呢，別的事還能依你，這個絕對不行！」

「也不知道什麼時候我才能長大。」明睿雖然不滿意，可是也知道自己是個小豆丁，確實不怎麼安全，然而轉眼又發愁了。「那我回頭來考府試的時候怎麼辦？」

何貞嗤笑。「就你？學問做得怎麼樣，心裡沒數？說不定等你考府試的時候都成老頭子了呢。」

明睿不服氣，可是也有自知之明，他要是還敢頂嘴，姊姊肯定拿二哥來打擊他。他確實比不上二哥，這是一個讓人憂傷的事實。

「別作怪了，快來疊紅包。」何貞之前就買好了紅紙，預備著有人報喜的時候打賞紅包，可是怕何文他們壓力大，就一直沒拿出來過。「銅錢和碎銀子我都兌好了，快幫我封起來。」他們畢竟不是大戶人家，不可能隨身備著賞人送禮的荷包，只好拿紅紙包湊數。

第五十二章

到了中午的時候，明義他們還沒回來，客棧的小夥計先回來了，高聲喊：「天字丁號房——開元縣齊河鎮何家村，何明義老爺、何文老爺中舉啦！」

何貞猛地站起來。

「大姊，是二哥和何文大哥！外頭叫他們！」何慧連忙搖著何貞的手。「他們叫哥哥『老爺』？」

「笨！舉人老爺嘛！」明睿一邊說著，一邊邁著小短腿去開房門。

外頭，報喜的夥計跑一路喊一路，已經到了門口。門一開，他就長揖到底，滿臉堆笑。「恭喜何姑娘、何少爺，府上兩位老爺都中舉啦！何明義老爺還是頭名解元哩！」

何貞自覺算是很淡定的了，可還是面頰微紅，手都有些顫抖，連忙抓了紅包塞給夥計，跟他道了辛苦。

夥計拱手謝過，接了紅包又奉承了幾句，這才高高興興地離開。

接著，客棧掌櫃和旁邊幾個房間裡住的考生就過來道喜了，當然，主要是衝著明義來的。掌櫃帶來的消息要更具體一些，明義是第一名，解元，何文卻是最後一名，擦著邊中的。因為正主沒回來，那些讀書人一看只有何貞一個姑娘帶著兩個小孩，自然不多留，道了賀就走了。只有掌櫃因為算是合作夥伴的關係，多跟何貞說了幾句話。

過了好一陣子，明義跟何文才回來。因為他倆去的時候很低調，這一段時間也沒出去參加什麼文會之類的，所以也沒被人認出來，這會兒就歡歡喜喜進了家。

兩個人都很高興。明義是因為成績好，真的拿到了解元。何文則是中舉就好，最後一名也是中了，從此可以說真的是改換門庭，再也不是普通百姓了。

這個時代，士農工商有著截然不同的社會地位。何貞他們是農戶，算是排位第二的良民，可是那又怎麼樣呢？比不上手藝人有謀生的一技之長，更不如商人有巨大的財富，混到極致也不過是大地主罷了，見官還是要跪，徭役還是要服的。要想改變身分，唯有科舉。

秀才只能免一人勞役，二十畝田稅，可以見官不跪，卻也僅此而已。按何貞的感覺，也就是才剛剛好能當上一個衣食自足且有些尊嚴的普通人。如果弟弟們資質一般，能走到這一步她也滿足，至少能平安溫飽。

可是人都是貪心的。明義的成績好，之前已經是小三元，說明他已經是秀才裡的佼佼者，她當然生出更多的希望，如果明義能考上舉人，他們家就會更好。舉人就真正邁進了士族，不僅能免徭役，還能做官。雖然需要舉薦、任命等一系列的操作和打點，但至少是有了這個資格的。而且一個舉人能免除一百畝田稅，就是不出仕，也能算個中大型的地主了，好好經營幾年，也算得上耕讀傳家的鄉紳，也就沒人能輕易欺到頭上了。

從本心來說，何貞對解元這個名次並沒有太多的期待。明義考得越好，她當然越高興，可是全州府有那麼多讀書人呢，這個第一名就太說不好了，能進前十甚至前二十，她都覺得非常驕傲。現在明義真的拿到了解元，何貞除了高興，還有心疼。明義這孩子，估計考試壓力也不小。

何文的欣喜就單純得多了，他做好了考不中的準備，一下子中了，他還有點不真實的感覺。最後一名又怎麼樣，那也是舉人的最後一名呀！

這次開元縣來參加鄉試的有七、八個考生，一共就何文他們倆考中了，這個成績不好不壞，但是因為明義拿了解元，縣令大人的臉上又要有光了。

陳大少爺當天下午又來拜訪。這次因為明義在家，也就沒有出去，就在客棧裡小坐了一會兒。

恭喜過明義和何文之後，陳大少爺揮手讓小廝送上了一只錦盒。

「家中有些事情要處理，我要先回通州。兩位公子高中桂榜，實在可喜可賀。何姑娘，恭喜啦。」

何貞笑著受了他的恭喜，卻不肯收禮。「多勞您關心，我這兩個兄弟發揮得好，也有您食宿安排妥帖的功勞，我們都很感激。這已經是幫了大忙，賀禮就不敢再收啦。」

「不是給兩位舉人老爺的。何姑娘，咱們可是合作夥伴，妳家有喜事，我表表心意才是應當的。簡薄得很，妳可千萬不要推辭。」陳大少爺非常識趣，說的話也極有分寸。

「那就多謝您啦。」何貞笑笑，不再推辭。點名了是給她的，就是她跟陳家之間的人情來往，不需要弟弟們應酬。

事後何貞查了一下，也確實不多，只有五十兩銀子，對陳少爺來說完全不值一提，而對何貞來說也不是一筆還不了的人情，她也就踏踏實實地收下了。等到知府大人的鹿鳴宴後，他們就準備打道回府了。

他們來的時候沒人關注，走的時候也依然低調，一大早就踏上了回家的路。

昨天晚上，明義就把知府大人送的二十兩銀子給了何貞，至於本地的名流，他以年齡太小為由，也沒有去應酬。何文就更加低調了，畢竟在中舉的人裡面，他是最後一名。

「打從揭了榜，你們倆就一直挺忙活，我也沒得空問問你們，接下來有什麼打算，可是想過了？」僱來的馬車車廂挺寬敞，兩個小孩子靠著哥哥姊姊睡著了，何貞幾個大的就隨意聊天。

「我打算回縣學去，看看能不能謀個差事，一邊教書一邊讀書。來年我肯定是不考了，實在沒有把握。」何文首先說。

何貞看得出來，他來趕考的一路都非常緊張，直到考完試才稍微放鬆了一些。固然是因為他年紀小、經驗不足，但學識上還沒有準備充分因此沒有信心，也還是主要原因。聽說他放棄來年會試，何貞也覺得不算意外，便鼓勵他。「你想好了就行，反正舉人老爺也不是一般人物，你爹娘肯定也高興得很。」

何文笑笑。「我曉得自己的本事，這樣就很好了。明義考得好，過了年是要去京城的吧？」

其實何貞還真的挺擔心。在府城還好，她能陪著，作為一個十六歲的姑娘，她無論是內裡還是外在都是成年人了，照顧著明義還是沒有問題的，又加上有陳家的這份香火情，做事情也算順手穩妥。可是到了京城，就說過完年大了一歲吧，明義也才是個十三歲的孩子，且不說會試和殿試，就說衣食住行，也還是處處需要人照顧呢，難不成還要她跟著？

果然，明義就接話說：「我想去考，過了年就出發。考中考不中的不重要，我要去見識見識。」自家的家底他心裡多少有數，知道姊姊出得起他去京城春闈的盤纏。

何貞想了想，不置可否。「你回去給先生也寫封信，討教一下，也跟你何文哥說說。」

回到村子裡的姊弟幾個自然迎來了絡繹不絕的拜訪者，當然，以縣尊朱大人的師爺身分最高——解元很惹人矚目，不過也還沒到需要縣太爺上門拜訪的程度。師爺跟黃縣丞結伴而來，送來了知縣大人給的二十兩銀子，又勉勵了明義一番，也就告辭了。後來何貞聽說，他們也去了何文家，送了十兩銀子，一樣鼓勵了一通，想來這就是縣令教化上的職責了，也就沒往心裡去。

這天，何貞去了縣裡，聯繫木匠鋪子再加一套榨油工具的事。何二郎找上門來，跟明義商量辦酒請客的事。

明義有些不解。「不年不節的，辦什麼酒請什麼客？」

「咳，你這孩子，念書好樣的，為人辦事還是不行。」何二郎一擺手。「你考中了這麼大的事，怎麼能不請請老少爺們呢？」

明義給他的兩個兒子補課的事沒堅持多久，他也沒辦法，誰讓兒子自己不樂意跟著學呢。明義還沒說什麼，明忠明孝兩個就老鬧著不幹，後來就不了了之了。這次明義中舉，他也高興，自己成了解元的叔叔，說出去也體面。可是他的老毛病犯了，心裡又彆扭得厲害，不用任何人訓他，光是他自己的高興、嫉妒、鬱悶糾結起來，就已經讓他好幾天沒睡好覺了。

明義他們回來，明睿照樣去學堂念書，何慧在家學著做針線，也對著哥哥的字帖寫幾個大字。何貞更不用說，鋪子裡、油坊裡忙個不停，大家都是按部就班過著原來的日子，除了去給爹娘上了個墳、明義去看了看何老漢夫妻之外，生活根本沒什麼變化。

何文家裡也是一樣。因為何文說自己其實是舉人裡頭的倒數第一，也不算什麼了不起的事，何大伯也不想讓大家因為他這個里正的身分在這時候往他家送禮，所以也沒有大肆慶祝。

這下子，何二郎就找到努力的方向了——那得祭拜祖宗啊，得請鄉親們吃席啊，得通知了親戚們來慶祝啊，怎麼能一點事都沒有呢？

「大家都忙著秋收呢，這個時候請什麼客？」何貞從外面進來，不客氣地頂了回去。「用您的話說，這不是為難老少爺們嗎？」

其實何貞也不是什麼都沒做，家裡的佃戶、鋪子裡和油坊裡幫工的人每人發了一百文錢的紅包。她是覺得這樣更實在，勞民傷財地做酒席，講究些的不好意思空手來吃，平白給人增加負擔，那些臉皮厚的來蹭吃蹭喝，她瞧著又不舒服——她現在是舉人的姊姊了，有看不上這些人的資格。

何里正那裡正打聽著買地呢，據說他看上的是村邊上跟石溝村交界處的一片地，似乎有五、六十畝的樣子，原本好像是有主的，後來不知怎麼又要脫手，現在他家也能免一百畝地的田租，他自然是要趕緊定下來。反正據何貞所知，他家也沒有大擺酒席的意思。

何二郎還是盯著明義，一副只跟他說話，跟何貞一個丫頭片子說不著的架勢。明義心裡膩味，嘴上卻說：「二叔，里正家都沒請客，我請不適合。現在大家也都忙著秋收呢，沒得耽誤了正經事。這都九月了，等過年的時候我問問里正再說吧。」

何二郎不滿意，可是明義明確地發了話，他也只能接著勸，明義乾脆就說：「我準備過了年進京趕考，如今功夫也緊，正要抓緊時間溫書呢。」

「姊，我不打算慶祝什麼的。」明義等何二郎走了，馬上認真跟她說。

何貞點頭。「這事暫時就這麼著，看大伯家怎麼說。他家若是要辦，我就出銀子，算咱兩家合辦；他要是不辦，咱正好就省了。等明年你中了進士，咱們再慶祝也不晚。」

因為秋收，木匠鋪子裡的工期也長了些，預計要十月底才能交貨，何貞也沒催，正好趁著這段時間把自家的租子收了，再集中收購村裡人的花生米。今年秋天稍微有些冷，下霜早了些，不過對花生的影響有限，還算是一個大豐收的年景。

收購完花生米，她家的空房裡到處都堆得滿滿的，油坊裡也物料充足，五叔和何志大哥帶著大家天天忙著，一派熱火朝天。而把花生米賣給何貞的租戶和村裡的其他鄉親，手上攢夠了銀子的幾家就來找她付尾款買山坡上的房子了。最後歸總，小院賣掉了十二套，總共收回成本一百八十兩。

因為早就說好的，最後一起讓明義跟著去縣衙辦理變更房契的手續，所以何貞就拖了些日子，多攢了些銀子，跟何里正講好了連買地的事情一起辦。

何里正家買的地是平地，算是中等田，一畝得八兩銀子，總共下來四百多兩。他家拿不出來，找了幾家親友借錢，到了何貞這裡，她借出了一百兩。

「誰家都有銀錢不湊手的時候，能幫忙的就幫，想想咱們小的時候，還不也是靠著四處借錢熬過來的？」何貞這麼跟弟弟妹妹說：「里正大伯家是拿銀子買地，那地放在那裡就有收成，還不用交稅。他家家風正，伯母跟三奶奶他們都是過日子的人，用不了幾年日子就起來了。這樣算來，借給他家銀子，就是金額大些也沒事。」

何貞還是買山、種花生，八百兩銀子拿出去，二百畝山地買回來。她這裡拿到地契，馬上就租了出去，光這二百畝地，明年的油估計就能增產三萬多斤，這也是五、六百兩銀子呢。後來聽說何里正家的地都決定種夏花生了，她就更高興了。原料充足，產量才能上得去啊。

十月底，新的工具到位，何貞又招了五個人，再次擴大了油坊的產量。陳掌櫃高興得很，連連說再多產些才好，可是油坊就那麼大，再多也要放不下了。何貞看著這個勢頭，乾脆一咬牙，把油坊旁邊直到村口大路的那一片空地全買了下來。這片空地有油坊的兩倍大，能再裝五、六套榨油的機器，且這樣一來就能把作坊門口直接開在大路口了，也方便運輸。

光買這片地就花了一百三十兩，等再把青磚圍牆壘起來，又花了四十多兩，何貞只覺得心好累，荷包裡的銀子也好虛。幸好現在手上的幾個生意都不錯，流水周轉起來還能支撐這樣的花費，不然連明義進京趕考的錢都要現湊了。

木匠鋪子年前打不出來新的工具了，收了訂金，約定年後交付六套機器。這也是大生意，木匠鋪子裡從老闆到師傅學徒，個個都對著何貞笑出滿臉花。何貞面上笑，心裡苦，開始明白了前世的時候為什麼那些看上去很風光的大老闆們，私底下都是一肚子苦水了。投資啊，簡直是花錢如流水，天天擔心資金鏈斷裂。

何貞過年前給大家的年禮都比往年多了很多。鋪子和作坊裡的所有老員工，每人一兩銀子，新來的幫工是五百文，另加十斤豬肉和兩罈酒。佃戶家裡不給銀子，豬肉和酒是一樣的。這下子，更多的人想來幫工了。

正好是年節，何貞就趁著這個時候發了消息：油坊還會擴大，肯定還會招人幹活，而不方便天天上工的，可以種了花生送來賣。只要質量合格，一斤不嫌少，一萬斤不嫌多，全部給現錢。

五叔家又買了一畝荒地，跟他自家的兩畝地連在一起，開春自然是多種花生了。如今他家的日子越過越好，五嬸的娘家哥哥動了心思，也想跟著種起來。他家可不是左近村子裡唯一的例子。過年是回娘家、走親戚的日子，這樣的好事很快就散到了周邊的村鎮，隨之而去的還有十斤八斤，二、三十斤的花生米種子。

——未完，待續，請看文創風1158《起家靠長姊》3（完）

2023年3月出版

文創風 1148～1150

天才醫女有點黑

見她娘舉起石頭對著蹦蹦跳的雞下不了手，
她看得實在心焦，險些崩人設過去幫忙，
哥，你快回來呀！要裝一個斯文小姑娘太難了……

直率不掩藏，濃情自然長／荔枝拿鐵

穿越開局就是舉家被流放到遼東？這也太慘了吧……
所幸周瑜和哥哥一同穿來，手握兄妹倆能共用的空間外掛，
又有了上輩子求生的經驗，雖說得遮遮掩掩著魂穿的變化，
但兄妹攜手合作護著一家婦孺抵達遼東，也算是有驚無險。
然而並不是到達目的地就結束流放，而是得成為軍戶在邊疆開墾，
哥哥身為家裡唯一符合資格的男丁，自然就得入軍伍生活了。
所幸同是天涯淪落人，除了本就認識的親戚，村內的人皆好相與，
無須過於防備身邊人，他們一家如今就是得在哥哥報到前多存點錢。
於是她藉著醫藥知識與手弩，和哥哥在山上找尋好藥順道打獵，
卻意外救了被毒蛇咬傷的少年「常三郎」，自稱到遼東依親途中遭了難。
他看似個紈袴，還老是嘴賤喚她「黑丫頭」，可實際相與人倒是不壞，
就是懶散了點，總想靠親戚的銀兩接濟，這不行，不幹活就不給飯吃！
他瞪著柴垛抱怨：「妳居然讓病人揹柴？那麼多！妳想累死小爺啊？」
她嫣然一笑：「放心，我就是醫生，揹完這堆柴，只會讓你更健康！」

2023年3月出版

天降好孕

文創風 1145～1147

前世她有兒不能認，只能以乳母身分看顧孩子長大。
為了守護世上唯一與她血脈相連的人，她願意傾盡一切。
卻眼睜睜看著孩子死在自己眼前……
這一世，她要逆天改命，帶著孩子遠離紛爭。
只是她改名換姓，有了新身分，怎麼卻還是和這個男人扯上關係呀——

碧落黃泉，纏綿繾綣／松籬

死過一回的碧蕪，覺得自己實在是不怎麼走運——
孤苦無依、賣身為奴的她，陰錯陽差上了主子的床，珠胎暗結。
生下孩子後，碧蕪只能以乳母的身分陪在親生兒子身邊，
更慘的是，想這樣靜靜看望著孩子長大成人，都不得如願。
重來一世，卻回到荒唐的那一夜之後，碧蕪真的是無語問蒼天。
既然這是上天賜給他們母子的緣分，再艱苦她也會珍惜。
好在，找回自己真實身分的碧蕪有了家人，不再是隻身一人，
這次，她決定逃得遠遠的，不讓那個男人左右她和孩子的人生。
卻沒想到，事情完全與她記憶中的發展背道而馳，
那個男人堂而皇之的出現在她面前，兩人「巧遇」的次數，
多到碧蕪想大喊：孽緣，這絕對是孽緣——

2023年3月出版

大齡女出頭天

文創風1143～1144

委身做妾又被人打發拋棄的大齡女，
與年近而立的黃金單身漢比鄰而居，
曠男怨女喜相逢，命定姻緣隨即來！

女人有底氣，從容納福運／櫻桃熟了

當王府外頭正歡天喜地、張燈結綵地迎接新主母入住之際，
作為寵妾的李清珮從沒想過自己會有被打發出府的一天。
雖說她才區區二十歲，但在世俗眼中已是大齡女一枚了，
換作他人早就哭得死去活來，她卻灑脫地敞開肚皮大吃大喝；
天知道，在王府後院以色事人，飯不能多吃，覺不能起晚，
好不容易返還了自由身，當然要活得瀟灑愜意，讓別人都豔羨！
只不過這人生一放縱，她就因為吃多了管不住自己的嘴而出糗，
好在隔壁鄰家有一位好心的帥大叔，屢次替她治療積食不說，
還信手取來知名大儒的推舉函，鼓勵她參與女子科舉拚前程。
這股熟男魅力實在很對她的胃口，她就打著敦親睦鄰的名堂多親近，
有道是女追男隔層紗，沒料到對方會一頭栽進情坑急於求娶她，
難道兩人在一起，不能只談情說愛就好，談婚論嫁則大可不必嗎？

同是天涯炮灰人，日久生情自當救／十二鹿

2023年2月出版

扭轉衰小人生

她做人的原則很簡單，就是——
人不犯我，我不犯人；
人若犯我，禮讓三分；
人再犯我，斬草除根！
什麼阿貓阿狗的都敢來招惹她，當真活膩了嗎？

文創風 1139 1

平時忙得跟陀螺似的老爸抽空參加了她的大學畢業典禮，還開車接她離校，
她不過是在車上滑個手機而已，只聽見「砰」的一聲，接著就眼前一黑了，
再睜開眼，余歲歲莫名其妙成為了什麼盧陽侯的嫡長女，
所以說，他們這是出了車禍，人生戲碼直接跳到The End的結局了？
話說回來，身為侯府千金，她在府中的待遇實在很糟，連下人都能欺她，
原來她是一出生就被抱錯、在農村養了十年，最近才被尋回的女配真千金，
回府後就處處刁難知書達禮的善良女主假千金，還把人給推落水……
且慢！這劇情走向及人物設定怎麼如此熟悉？媽呀，難不成她穿書了？!

文創風 1140 2

十歲，在侯府看來是已經定了性的年紀，因此並不想費心教導她，
但正經的血脈不能廢了，所以侯府還是要意思意思地給她請個啟蒙先生，
嘖，她余歲歲是堂堂21世紀的大學畢業生，還能怕了古代開蒙嗎？
不過這侯府也是好笑，她這真千金認回來了，假千金居然也不還給人家，
想想也是，畢竟是精心嬌養了十年的棋子，說啥都不能白白浪費了，
為了杜絕後患，甚至還把她養父找來，想用錢買斷他跟真千金的父女關係，
本來嘛，若一個願買、一個願賣，這也不干她什麼事，
可一看到養父的臉她就懵了，這是年輕版的老爸啊！難道他也穿書了？

文創風 1141 3

自從九歲那年媽媽病逝後，身為刑警的爸爸因為工作忙，很少有時間陪她，
被爺奶帶大的她雖然從小和爸爸並不親近，可兩人畢竟是血濃於水的父女，
本以為已經陰陽相隔，沒想到老天善心大發，給了他們重享天倫的機會，
在這人生地不熟的朝代，她余歲歲能相信的人果然只有自家老爸啊！
武力值爆表的爸爸當了七皇子的武學師父，還開了間武館，一路升官發財，
而熟記原書劇本的她則盡量避開主角，努力改變父女倆的炮灰命運，
她甚至還出了本利國利民的《掃盲之書》，被皇帝破例親封為錦陵縣主，
可人生不如意事不只八九，她越想避開誰，誰就越愛在她身邊轉，真要命！

文創風 1142 4 完

七皇子陳煜這個人，嚴格來說算是她余歲歲的青梅竹馬吧，
論外貌，從小他就是個妥妥的美男子，大了也沒長歪掉；
論個性，寬厚聰慧、體貼容人，不大男人、不霸總，正好是她的理想型。
但、是，即便他的優點多到不行，也改變不了他是炮灰的事實啊！
是的，在原書裡，七皇子也是個炮灰，從頭到尾沒幾句話，
戲份最多的一場就是他在皇家圍場被突然出現的熊重傷，不治而死時，
不過算他幸運，有她這個集美貌、聰穎與武力於一身的心上人罩著，不怕，
即便前路忐忑難行、危機重重，她也有自信定能扭轉這衰小的人生！

1157

起家靠長姊 2

國家圖書館出版品預行編目資料

起家靠長姊 / 魯欣著. --
初版. -- 臺北市 : 狗屋出版社有限公司, 2023.04
冊 ; 公分. --(文創風 ; 1156-1158)
ISBN 978-986-509-418-8(第2冊 : 平裝). --

857.7　　112003229

著作者　魯欣
編輯　張蕙芸
校對　吳帛奕
發行所　狗屋出版社有限公司
地址　台北市104中山區龍江路71巷15號1樓
電話　02-2776-5889～0
發行字號　局版台業字845號
法律顧問　蕭雄淋律師
總經銷　知遠文化事業有限公司
電話　02-2664-8800
初版　2023年4月
國際書碼　ISBN-13　978-986-509-418-8

本著作物由北京晉江原創網絡科技有限公司授權出版

定價280元
狗屋劃撥帳號：19001626
網址：love.doghouse.com.tw　E-mail：love@doghouse.com.tw